KB270414

오성근 희곡집

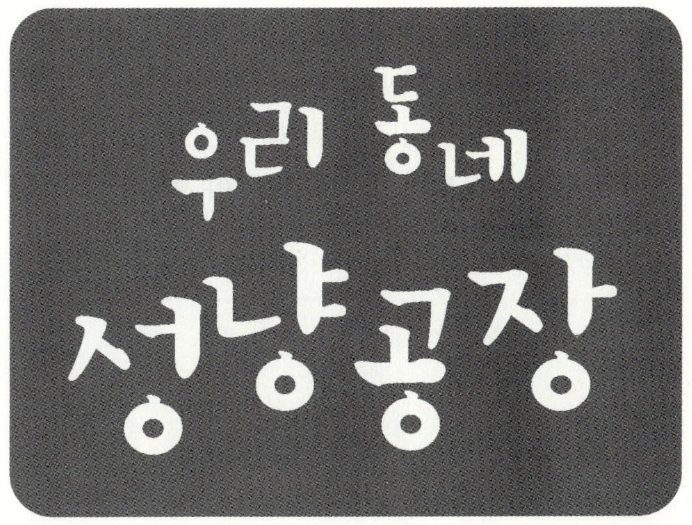

메세나

　어두운 객석에 앉아 무대를 바라볼 때 문득 '저것이 바로 인생'이라고 외치고 싶은 감동의 순간. '역사는 我와 非我의 싸움'이라던 단제 선생의 말을 접했을 때 머리 속이 조명처럼 환해지던 깨달음. 인생과 역사가 똑같이 나에게 삶이요, 무대요, 증거하는 일이다.

　이 첫 희곡집은 인천문인협회 회장이며 소설가인 서동익, 인생론적 동지인 아동문학가 김구연, 이들의 격려 없이는 출간이 불가능했기에 두루 감사를 표한다.

　내 악필 원고의 유일한 해독자인 딸에게도 고마움을 전한다.

2003년 7월 26일

인천광역시 부평구 산곡동에서　오성근 드림

차례

데이 신 따이

— 일본군 위안부 「훈」 할머니

전 12 장

망각은 우리를 노예로 만들지만
기억은 우리를 자유롭게 한다.

— 탈무드

등장 인물

훈 할머니 : 한국명 李南伊 (73세).

훈여인(하나꼬) : 훈 할머니의 일본군 위안부 시절의

        일본명이며,

남이 : 훈 할머니의 소녀 시절의 이름(17세)으로 3인은

        동일한 훈 할머니의 전신.

시나 : 큰 외손녀 (27세).

시니엇 : 둘째 외손녀 (24세).

잔니 : 셋째 외손녀 (19세).

시눈 : 넷째 외손녀 (17세).

주 캄보디아 대사.

공관원(여).

황사장 : 푸놈펜주재사업가 (43세).

이 기자(여)와 그 밖의 다른 기자 1, 2, 3.

병원장(여)(56세).

닥터 김(안과의사).

남이 엄마 (46세).

남이 아빠.

순이 할머니 : 훈 할머니의 동생.

다다쿠마 쓰도우 : 일본인 남편 (76세).

캄베잉 : 캄보디아 남편.

일본군 장교 1·2, 순사. 소년병. 게이샤(포주). 미쯔꼬. 기미꼬. 수미꼬. 노부꼬. 군의관. 일본군 다수. 죽은 정신대의 넋들 1, 2, 폴포트의 혁명 위원들. 마을 사람들. 혜진 스님. 일본인 방문객.

제1장   프놈펜 특종

(막이 오르기 전 캄보디아의 흥겨운 민속음악.
서서히 막이 오르면 무대 중앙에 위치한 두 미희들의 격투기 무용
이 펼쳐진다.
무대 한 쪽에서 TV 화면이 명멸하며 아나운서의 음성.)

아나운서 : 내년 총선을 앞두고 캄보디아의 권력 투쟁이 내
전 양상으로 급변, 6일 수도 푸놈펜 등에서는 이틀째
시가전이 벌어지고 있다고 외신이 전해왔습니다. 특
히, 내분으로 와해 위기를 맞은 크메르루주 세력과의
연계를 둘러싸고 노르돔 라나리드 제1총리와 훈센 제
2총리 세력은 각각 탱크까지 동원하고 있는 중에 캄
보디아 유일의 국제공항인 포센통은 5일 이후 계속
폐쇄되었습니다. 캄보니아 주재 한국 대표부는 만일
의 사태에 대비하여 한국 교민들을 철수시키는 방도
를 고려 중인 것으로 알려졌습니다.

(TV 화면이 꺼지고 무대가 밝아진다. 이어서 시가지를 달리는
탱크의 굉음과 먼 곳 가까이서 간헐적인 포성과 총성이 들린다.
이른 새벽 푸놈펜 소재 한국대사관. 칸막이의 한 좁은 사무실.
한 개의 책상에 두 대의 전화벨이 동시에 울린다.
여직원이 전화를 받는다.)

여직원 : (잠이 부족해서 피로한 목소리) 한국대사관입니다. 사
이) 네, 그렇습니다. 만약에 출국할 수 없을 때를 대
비해서 현지 체류 등록을 하셔야 합니다. (또다른 전
화의 벨이 다시 울린다.) 네, 두지트 호텔입니다. 삼판
텍 거리에 있는 대표부 근처로 오시면 찾으실 수 있
어요. 어제부터 교포들이나 관광 여행자들을 그곳에
임시 수용하고 있습니다. (신경질적으로) 두셋 호텔이
아니고, (천천히 확인하듯) 두지트 호텔입니다. (전화
를 급하게 내려놓는다. 이번에는 내선의 전화벨 소리)
네, 대사님. 기자 회견을 지금 여기서 하시겠다고요?
네, 알겠습니다. 준비하겠습니다. (기자들에게) 대사님
께서 들어오십니다. (다시 울리는 전화벨, 급히 전화
를 받는다.)

(가까운 곳에서 포탄 떨어지는 소리를 배음으로 깔면서 대사가
들어서자 기자들 몇이 아무렇게나 앉아서 서로의 말을 주고받고
있다가 모두들 일어나서 인사.)

기자 1 : 대사관으로 오면서 공항 근처 항공사를 둘러보았습
니다. 평상시보다 두 배의 요금을 주고도 표를 살 수
없다더군요. 태국의 타이거 맥주회사나 브리티쉬 아
메리칸 타바코 회사는 오리엔탈 타이 항공의 전세기
로 지사 직원 200명을 방콕으로 옮긴다고 하더군요.

이 기자 : 폴포트 당시의 킬링필드가 재현될까 봐 겁나는 거겠
죠.

대　　사 : 아시는 대로 훈센 정부 측은 반군들을 대부분 진압
하고 있다고 발표하지만, 실상 전투가 계속 중입니다.
라나리드 측의 대반격이 곧 시작되리라는 거죠.

기자　2 : 중국대사관이 있는 마오쩌둥 거리는 대피하려는 현
지 중국인들 승용차가 거리를 메우고 있습니다. 우리
현지인들도 사태가 심각해 가는 것을 알고 있어요.
이　기자 : 대사님, 한 가지 묻겠습니다. 현재 교민들
이 약 300명이라고 하셨는데 여기 푸놈펜에 거주하는
교민뿐만 아니라, 지방에 산재해 있는 교민까지 합한
숫자입니까?

대　　사 : 캄보디아 국적을 가지고 있는 한국민은 물론 제외됩
니다.

이　기자 : 이 내전이 돌발하기 한 달 전에 「한국 정신대연구
회」 총무라는 사람이 이곳에 와서 일본군 위안부였
던 김복동 할머니와 훈 할머니라는 분이 한국에 가
고 싶다는 의사를 밝혀냈습니다. 국내에서 이 훈 할
머니에 대한 관심이 높아지고 있는데 말입니다.

대　　사 : (손을 저으며) 그 할머니가 정신대원이었을지는 모르
지만, 한국사람인지는 확인이 안 된 상태입니다.

기자 2 : 정신대였다는 것이 사실이라면 54년 전 일이니 국적
이 캄보디아로 되지 않았을까요?

대　사 : 정신대로 끌려왔던 사람이 한국사람뿐만 아니라 일본
인이나 중국인도 다수 있었던 걸로 알고 있소. 게다
가 한국말을 하나도 못하고 자기 이름조차 기억하지
못하는 노인을 그 말 그대로 믿고 보도 할 수 있는

겁니까? (흥분해 하며) 그 훈 할머니라는 여자를 직
접 만나 보기라도 한 거요?

이 기자 : 만나보지는 못했지만 직접 만나 확인한 사람이 있습
니다. (출입구 쪽을 향해 큰 소리로) 황 사장님 이리
로 들어오시죠.

(술렁이는 분위기 가운데 허름한 차림의 황기연이 등장, 캄보디
아 식으로 정중히 인사.)

황기연 : 할머니를 모시고 올 예정이었습니다만······.

기자 1 : 지금 푸놈펜에 있단 말입니까?

대 사 : (무척 못마땅한 듯 찌푸리며) 그 이야기로 더 이상 시
간을 끌 수 없습니다. 한국 국적을 가지지 않은 사람
은 외교 문제가 있습니다. 우리 정부나 대표부가 보
호해야 할 사람들은······.

이 기자 : 황 사장님이 직접 설명해 주시겠습니까?

황기연 : 할머니는 이곳에서 80킬로 떨어진 쿠첸 마을에서 외
손녀들과 함께 살고 있습니다. 건강이 아주 좋지 않
은데다 거의 시력을 잃은 상태이고 거동도 불편해요.

이 기자 : 그 자신이 한국에 돌아가고 싶다는 의사 표시를 하
던가요?

황기연 : 가족들이죠. 훈 할머니를 모시고 있는 외손녀들······.

기자 2 : 더 이상 모시기 귀찮으니까 귀국 조치를 바란다는 거
아닐까.

황기연 : (천천히 그러나 확신 있게) 그 반대일 겁니다. 제가

만나본 그 외손녀들은…….

대　사 : 지금은 그 일을 논의할 때가 아닙니다. 헌데 그 가족
은 어떻게 만났죠?

황기연 : 제가 운영하는 신발가게가 그 마을에 있죠. 제가 한국
인이라는 말을 듣고 그들이 찾아와서 알게 됐습니다.
그 후 정신대 연구원에 소개시킨 것도 접니다만…….

이 기자 : 쿠첸으로 할머니를 찾아 가 보려고 했는데 이 내전
때문에 어렵게 됐습니다. 대사님께서 나서 주시지 않
겠습니까?

대　사 : 곤란해요, 지금은 교포들을 보호하고 귀국시키는 일이
최우선입니다. 정신대 문제는 더욱이 일본과 관련된
문제이고…….

황기연 : 기자님들께서 원하시면 제가 나서서 길을 열어보겠습
니다.

대　사 : 안 됩니다. 지금은 불가능해요. 쿠첸은 반군지역에 가
깝기 때문에 여행 금지구역이요. 만일 반군들에게 인
질로 잡힐 때에는…….

(갑자기 포탄이 떨어지고 건물이 흔들리는 소리와 함께 암전.)

제2장　　캄보디아의 푸놈펜 아리랑

(한(恨)과 흥(興)이 어우러져 약간 슬픈 듯하나 평화로운 범패(불교음악)에 맞춰 무대 한쪽에는 환상 같은 승무(僧舞).
무대 서서히 밝아지면 의자에 앉은 훈 할머니가 세 명의 외손녀들에게 에워싸여져 있다.)

훈 할머니 : 내가 어렸을 때 처음 들은 것은 산에서 들려오는 북소리였단다. 사실은 북소리인지도 몰랐지. 누가 나를 데리고 갔는데 그 소리가 절에서 나는 걸 그때 알았지. 거기 부처님이 계시더구나. 일 년에 한두 번 큰 불공을 드리는데 아주 볼만했어. 지금도 눈에 선해. 부처님 앞에서 춤을 추는 거야.

(기자들이 들어와 앉기도 하고 서기도 한다.)

기자 1 : 큰손녀 이름이 시나라고 한다지요?
시 나 : (인사하며) 제가 시나예요. 쏨스와 곰, 여기까지 먼 길 오시느라고 수고하셨습니다.
잔 니 : (허리를 굽혀 인사를 하며) 쓰와곰록, 안쩐목깜뿌져어.
시 나 : 잔니라고 하지요. 열아홉이에요. 우리들 중에서 공부도 제일 잘 하고요. 황 사장님 가게에서 일하고 있어요.

시 눈 : (할머니 뒤에 숨듯이 있다가 일어나며 인사한다) 시눈
         이라고 해요.
시 나 : 막내랍니다. 열일곱 철부지이지만 할머니를 제일 잘
         모시는 착한 아이죠.

         (황 사장, 동리 노인을 모시고 천천히 등장.)

기자 1 : 캄보디아 아가씨들이 미인인 줄 알고는 있었지만, 이
         렇게 아름다운 분들을 한자리에서 만나보긴 처음입니
         다.
이 기자 : 그럼 먼저 시나 양이 훈 할머니에 대해 알고 계시는
         바를 말씀해 주시겠어요?
시 나 : 할머니가 우리 모두를 키우셨어요. 엄마와 다름없이
         우리를 돌봐 주시면서 살아 오셨답니다. 그래서 지금
         은 우리들이 할머니를 이렇게 모시면서 산답니다.
기자 2 : 훈 할머니가 한국인이라는 걸 알고 있었습니까?

         (잠시 침묵이 흐른다.)

시 나 : 마을 사람들한테 들었어요.
이 기자 : 할머니가 말씀을 안 하시던가요?
잔 니 : 제가 어렸을 때 할머니는 가끔 고향 이야기를 하셨
         지요. (머리 딴 것을 내 보이며) 머리를 꼭 이렇게
         따도록 가르치셨어요. 쪽을 짖기 전 조선 처녀들이
         하는 식으로……

시 눈 : 옛날 이야기 해 달라면 늘 우시기만 하셨어요.

잔 니 : 산도 있고 바다도 있는 곳에서 자랐다고 하신 걸 기
억해요. 언덕에서 바다가 보였다고……. 메콩강보다
넓다고요. 그럼 한국은 캄보디아보다 넓으냐고 물으
면(양팔을 쫙 벌리면서) 이렇게 크다고 하시고…….

기자 1 : 왜 한국을 떠나 이곳에 오셨다고 하던가요?

시 나 : 한국과 캄보디아가 똑같이 일본에게 나라를 빼앗겼기
때문이겠지요. 할머니가 일본군 장교와 결혼한 것도
그 때문이구요.

이 기자 : 시나 양, 할머니가 일본군 장교와 결혼하기 전에 무
슨 일을 하셨다고 생각하십니까?

(이때 막내 시눈이 이 기자의 질문내용을 전하자 훈 할머니 앉았
던 자리에서 소스라쳐 놀라 벌떡 일어나 온몸을 부르르 떨다가
다시 앉는다.
　배음으로 훈 할머니의 독백—.)

훈 할머니 : 데이신 따이! 일본군 놈들의 공중변소 노릇하면
서 그렇게 밖에 살 수 없었던 불행의 원흉은 왜놈
들 때문이야. 그 치욕은 나 한 사람만 겪은 게 아니
야. 그 당시 처녀였던 조선의 수십만 여자들이 어쩔
수 없이 다 함께 겪은 난리였어. 하지만 차마 부끄
러워서, 우리가 억지 강요에 못 이겨 당했던 그 치
욕스런 기억들을 이제껏 아무에게도 얘기한 일이 없
었어. 생각조차 하기 싫은 그때의 얘기를 지금, 그
것도 내 손녀들이 있는 앞에서는 하고 싶지 않아.

(훈 할머니, 격앙된 모습으로 막내 시눈의 부축을 받고 자리에서
일어선다.)

시 나 : (무안한 듯) 할머니가 저렇게 말씀을 안 하시니까 우
         린 알려고도 안 해요.
이 기자 : 그럼 할머니께 여쭈어 보세요. 고향 이름이 생각나지
         않느냐고.
훈 할머니 : 진 — 동 — 면
기자들 : 다시 한 번 더 똑똑히.
훈 할머니 : 진 — 동 — 면
이 기자 : 할머니 이름이 기억나세요?
훈 할머니 : 몰라, 몰라.
다른 가자들 : (한목소리로) 다른 가족 이름은? 아버지…… 어
             머니, 동생은 없었습니까?
이 기자 : 어렸을 때 배운 노래 같은 거 기억 안 나세요?

(훈 할머니 너무 갑작스럽고 많은 질문에 혼란스러워한다.)

잔 니 : 오늘은 안 되겠어요. 내일 이 시간에 다시 오시면 어
         떨까요? 저희가 기자님들의 여러 가지 궁금증에 대해
         미리 할머니께 여쭤봐서 준비해 드릴게요.

(훈 할머니와 잔니, 시눈 그리고 시나의 부축을 받아 퇴장한다.
기자들 맥풀린다.)

기자 1 : (담배를 꺼내 물며) 내일 다시 오도록 하자고. 이 기
자님 어때요?

이 기자 : (아무 말이 없다.)

기자 2 : 어떻게 우리말을 저토록 잊어버릴 수가 있을까?

기자 3 : 아니, 가족 이름은커녕 자기 이름조차 기억 못하다니.
한국 사람이 맞는 거야?

(제각각 한 마디씩 내뱉으며 퇴장한다. 이 때 황 사장 살그머니
들어와 허탈한 듯 서 있는 이 기자의 등뒤를 쿡 찌르며 은밀히
얘기한다.)

황 사장 : 훈 할머니가 이곳에 오셨을 때를 기억하는 분이 계
십니다. 만나보시겠습니까?

이 기자 : (반색을 하며) 그래요? 어디 계시죠?

(황 사장, 이 기자를 동네 노인에게로 안내한다.)

황 사장 : 바로 이 분이세요. 귀화한 중국 사람인데 훈 할머니
를 친 가족처럼 생각하고 계시지요.

이 기자 : 어르신네, 여기 사신지 오래 되셨습니까?

동리노인 : (고개를 끄덕이며) 오래됐지. 중국사람 외국인 아냐.
여기 많이 살아. 일본사람 외국인이야. 훈 할머니가
다다쿠마 쓰도우를 만난 것은 전쟁이 끝나기 두세 달
전쯤인 45년 4월쯤일 게야. 그 사람 훈 할머니에게
참 잘해줬지. 대동아 전쟁이 끝난 뒤 일본인과, 살아
남은 조선인 위안부들은 모두 떠났어. 하지만 다다쿠

마는 당시 캄보디아 왕궁으로부터 프랑스를 상대로 독립투쟁을 도와 달라는 부탁을 받고 이곳에 남아 있다가 훈 할머니에게 청혼을 한 거야, 훈 할머니는 '나중에 고향에 꼭 데려다 줄 테니 함께 살자'고 간청하는 바람에 결국 여기에 남아 있기로 한 거야. 이듬해 훈 할머니는 다다쿠마의 딸을 낳았지. 그들을 돌봐주던 마을 사람들이 그 갓난애의 유난히 반짝이는 눈망울을 보고 유리 같다고 해서 '카오'라는 이름을 지어 준 거야.

(동리 노인 쪽의 조명 암전되면서 회상 장면으로 돌아간다.)

마을사람 1 : 자, 자! 여러분. 카오의 탄생을 축하하면서…….

(요란한 축하 환호소리와 함께 "카오! 카오!" 이름을 연호하며 마을사람들 무대중앙에서 4명이 1조가 되어 각목과 대나무 장대 2개로 장단을 맞추어 추는 「티니클링」 춤을 추며 흥겹게 논다. 이때 무대 한쪽에 뭔가 골똘한 생각에 잠겨 있는 다다쿠마에게는 얼굴로 아기를 안고 와 자랑스럽게 내미는 「훈」 여인. 다다쿠마는 외면한다.)

훈 여인 : (사이) 전 당신이 왜 언짢아 하는지 그 이유를 알아요. 내가 일본군 위안부 노릇을 했다는 것, 수많은 일본군 정액을 풀처럼 뒤집어썼다는 것, 바로 그것이 당신 가슴에 자꾸 불을 지르는 거죠? 하지만 이 '카오'는 분명 당신의 딸이에요.

다다쿠마 : (아니라는 듯 고갯짓을 하며 훈 할머니를 피한다)
지난 일 따위는 씻은 듯이 깨끗이 잊자고 했지만 그
런다고 그게 어디 덮어질 일이야?

훈 여인 : 하지만 이 '카오'는 분명 당신의…….

다다쿠마 : 아니야. 내 자식이 아니야.

훈 여인 : 제발, 제발 믿어주세요.

다다쿠마 : 네가 상대한 군인들의 숫자가 대체 몇 명이나 될
까? 수백 명? 아니 수천 명이 되겠지?

훈 여인 : (뒤통수를 호되게 맞은 기분이다) 그래서 요즘 좀
처럼 내 몸에 손을 대지 않는 거군요. 하지만 '카오'
는 분명 당신의 딸이에요.

다다쿠마 : 아니야, 내 자식이 아니야. 사생아야!

(회상 장면이 끝나고
다시 동리 노인에게 스포트라이트 들어오면)

동리노인 : 그 후 그 사람은 프랑스군과 싸우러 간다면서 훈
할머니와 '카오'를 나에게 맡겨놓고 떠났어, 결국 다다
쿠마는 캄보디아가 독립한 뒤 훈 할머니에게 한 마디
말도 없이 일본으로 혼자 떠나가 버렸지. 그러다가
캄보디아 남편을 만난 것이 51년께였어. 마을에 힘께
나 있는 못 된 사람이 부인을 두고도 다른 여자들을
마구 잡아다가 첩이나 종으로 삼았지. 훈 할머니도
잡혀 갈 것 같자 내가 훈 할머니에게 내 조카와 결혼
하라고 권해서 아들 하나와 딸 둘을 두었지. 그러다

가 폴포트(PolPot) 혁명이 일어난 거야.

이　기자 : 혁명 때, 외국인 가족들을 무차별하게 처형했다던
데…… 혹시 아십니까?

동리노인 : (몸서리를 친다) 마을 사람 반이나 죽었어. 땅! 땅!
카오도 그때 죽었어, 카오가 일찍 시집가서 저 애들
을 다 낳았어. 그런데도 일본 병정 딸이라고 카오를
끌고 갔어.

(동리 노인의 부분 조명 암전되면서 무대 전체 서서히 밝아지면,
폴포트 휘하의 크메르루주 정부가 1975~1979년 강제노역·기
아·질병·고문·처형 등으로 약 200만 명의 사람들을 희생시키
는 내용을 무용극으로 표현한다. 무용은 결정적인 스펙터클 장면
에서 동작 정지된다. 젊은 시절의 훈 할머니가 한 손에 아들을
끌고 다른 한 손으로는 품에 흰 보따리를 안은 채 딸 카오와 함
께 쫓기 듯이 등장해서 황급히 땅을 파고 흰 보따리를 묻는다.
바로 이때 동작 정지된 무용대열에서 폴포트 혁명군들이 튀어나
와 총을 겨눈다.)

혁명군 1 : 널 체포한다. 넌 캄보디아 혁명의 적인 외국인이야.
침략자 일본군 앞잡이로 위안부 노릇을 했고, 해방
후에 일본군 장교와 결혼한 것을 알고 있다.

훈　여인 : (어린 아들을 품에 안으며 미친 듯이 외쳐댄다)
난 외국사람 아냐. 조선인도 아니고 일본사람도 아니
야. 내 남편이 캄보디아 인이니까 나도 이 나라 사람
이고, 내 자식도 캄보디아 인이야.

혁명군 2 : 네가 죽어야할 이유를 말해주지. 너희들 그 육신은

바로 우리 것이기 때문이야. 우리 캄보디아 걸 뺏어
먹고 살찌웠으니까. 우린 그걸 되돌려 받아 여기 이
나무들의 거름이나 해야겠다.

(뒤에서 군중들의 함성. "총살! 총살시켜라!" 캄보디아 혁명군이
"인민의 이름으로 너를 사형시킨다." 외치며 죽창으로 훈 여인을
찔러 죽이려고 하자 "우리 엄마 죽이지 말아요" 하고 어린 아들
이 그 죽창을 대신 받고 쓰러진다.
그리고 "우린 외국인 아니야, 캄보디아 인이야"라고 울부짖는 훈
여인을 향해 방아쇠를 당긴다. 훈 여인, 총성과 함께 쓰러진다. 군
중들 다시 소리친다. "크메르루즈 만세, 폴포트 만세, 혁명군 만
세")

동리노인 : 훈 할머니는 죽지 않고 겨우 살아났지만 그때 받은
　　　　　　충격으로 기억을 잃었어. 한국에서 온 친형제의 편지
　　　　　　와 사진도 숨겨 두었는데 그때 어디다 파 묻으셨는지
　　　　　　기억을 못하는 거야. 훈 할머니의 캄보디아 남편 캄
　　　　　　베잉은 그때 참변으로 술주정뱅이에 도박꾼이 됐어.
　　　　　　술만 먹으면 매일 훈 할머니를 두들겨 팼지.

캄베잉 : 이 짐승만도 못한 년아. 왜 살아 남아서 나를 괴롭히
　　　　　는 거냐. 살고 싶으면 말을 해, 일본놈 서방이 주고
　　　　　간 돈 어디에다 감추었어? 뭐? 생각이 안 나? 내가
　　　　　생각나게 해 주지. 에잇! (비명을 지르며 나뒹구는
　　　　　「훈」여인, 목을 졸린 듯이 버둥거린다) 이래도 생각
　　　　　이 안 나냐? 말해, 이년아 죽기 전에 말해, 어디다 숨

겨 놨어?

훈 여인 : (숨이 넘어가듯 헐떡이며) 죽여요. 차라리 죽여주
세요. 일본 놈들도 죽이려 했고, 폴포트군들도 총질을
했으니, 이젠 당신이 어서 빨리 날 죽여 달라구요.

캄베잉 : 독살스러운 년. 아무도 널 못 죽인 것이 그렇게 자랑
스러우냐? 이번에 내가 확실히 죽여 줄게. 일본놈이
내버린 년을 데리고 살면서 애까지 낳게 해 주었더
니.

훈 여인 : (벌떡 일어나 앉으며) 아니야, 모두 내 자식들이
야. 너희들이 버린 자식 내가 주워서 키운 거야. 그래
난 조선사람 아냐. 일본여자도 아냐. 여기서 자식 낳
고 여기서 살았으니까 애들은 내 새끼야. 죽여도 살
려도 내가 낳은 자식이란 말이야.

캄베잉 : 아니 이년이 그래도 주둥이를 놀려? (다시 퍼붓는 발
길과 매질)

동리노인 : 결국 술 주정이 심했던 남편과도 10년 전에 헤어졌
지. ‘캄베잉’ 생각해 보면 불쌍한 녀석이야. 여기 이
훈 할머니하고 함께 재미있게 살아보려다가 공산당들
때문에 풍비박산 난 거니까.

(회상이 끝나면 무대에는 동리 노인을 중심으로, 이 기자와 황 사
장은 처연한 분위기에 압도당해 있는 모습이다. 서서히 들려오는
「아리랑」의 선율과 함께 암전.)

제3장　李 기자의 憤怒

(기자 숙소인 실내. 어둠 속에서 녹음소리가 들려온다.)

녹음소리 : 오매! 아부지! (이어 흥분한 듯 외치는 기자들의 목
　　　　소리가 들린다)

녹음소리 : (이 기자의 목소리) 시나 양, 할머니께 여쭈어 보세
　　　　요. 고향 이름이 생각나지 않느냐고.

녹음소리 : (잠시 후 훈 할머니의 목소리) 진 — 동— 면

녹음소리 : (기자들의 목소리) 다시 한번 더 똑똑히

녹음소리 : (훈 할머니의 목소리) 진동면

(무대 밝아지면 이 기자 녹음을 끄고 열심히 타이핑을 계속한다.
잠시 후 다시 녹음기를 켠 채 계속 타이핑을 한다.)

녹음소리 : (이 기자의 목소리) 할머니, 이름이, 이름이 기억나
　　　　세요?

녹음소리 : (훈 할머니 목소리) 몰라, 몰라.

녹음소리 : (다른 기자들 목소리) 다른 가족 이름은? 아버지
　　　　…… 어머니, 동생.

녹음소리 : (이 기자 목소리) 어렸을 때, 배운 노래 같은 거 기
　　　　억 안 나세요?

(이 기자 타이핑을 멈추고 기억을 더듬듯 허공을 바라본다.
훈 할머니가 천천히 몸을 흔들며 부르는 아리랑 노래가 은은히
들려온다.
"아리랑 아리랑 아라리요. 아리랑 고개를 넘어간다.")

— F. I

이 기자 : (기자 수첩을 보며 전화를 붙들고 다이얼을 돌린다)
이 기자예요. 다다쿠마 쓰도우라는 일본인이 살아 있
나 알아봐 주세요. (사이) 네! 지금 나이가 70을 훨씬
넘었을 겁니다. 패전을 맞은 후, 캄보디아에서 귀국하
기까지 한국인 '위안부'와 살았습니다. (사이) 네, 데
이신 따이, 정신대 출신입니다. 이름을 기억하지 못합
니다. 고향이 진동면이라고 하는데 진동면이라는 부
락 이름이 일곱 군데나 되니까 확인하기 어렵습니다.
혹시 전 남편인 다다쿠마 쓰도우가 살아 있다면 이름
이나 고향을 기억할 지도 모르니까요. (사이) 네, 부
탁드립니다. 기다리겠습니다. (수화기를 내려놓고 녹
음기를 켠다.)

녹음소리 : (훈 할머니의 노랫소리) 나를 버리고 가시는 님은
십 리도 못 가서 발병 난다.

(노크 소리와 함께 황 사장의 얼굴이 기웃거린다.)

황 사장 : 이렇게 늦게까지 일하는 겁니까?

이 기자 : (녹음기를 끈다) 어서 오세요. 황사장님 덕분에 특종
을 얻게 되어서 아직도 흥분이 가라앉지 않는군요.

황 사장 : (털썩 주저앉자 비닐봉지에서 캔 맥주를 몇 개 꺼내
놓으며) 특종이라! 그러실 테지, 기자 분이시니까. 이
기자는 특종을 얻어서 좋고 훈 할머니는 조국을 찾게
될 테니 감격스럽고…….

이 기자 : (캔을 잡으려다 의아히 쳐다보며) 물론 이 모두가
황 사장이 애써 주셨기 때문이라는 걸 잊지 않고 있
습니다.

(황 사장 캔 맥주를 요란하게 터뜨려 길게 마신 다음 소리나게
탁자에 내려놓는다.)

이 기자 : 웬일이세요. 황 사장님 기분이 언짢아 보이는데요.

황 사장 : 기분이 언짢다? 이 기자님이 바라던 특종을 건졌다
는데 내가 기분이 언짢을 리가 있겠소? (단호히) 하
지만 말입니다. 가령…….

이 기자 : (긴장하며) 가령?

황 사장 : (손을 내저으며) 아니, 그만둡시다. 난 장사꾼입니다.
신발을 팔 수 있다면 부쉬맨이건 크메르 루즈건 가리
지 않고 찾아가는 장사꾼이란 말예요. 돈 버는 것밖
에 모른다 이겁니다. 하지만 말입니다.

이 기자 : (캔을 따서 죽 마신다) 말씀해 보세요.

황 사장 : (진지하게) 이 기자의 특종 때문에 아니 언론들의
이 야단스런 관심 덕분에 훈 할머니가 조국을 찾아가

게 된다 칩시다.

이 기자 : 훈 할머니가 귀국의사를 밝혔으니 당연하지 않습니까? 그것이 황 사장님께서 이 일에 뛰어든 동기인데요.

황 사장 : (캔을 높이 들며) 잊혀졌던 식민지의 망령. 일본군 '위안부'의 인간 승리를 위해! 자, 축배!

이 기자 : 취하신 겁니까? 아니면 하고 싶으신 말씀이 있는 겁니까?

황 사장 : (벌떡 일어난다) 인간 승리? 그만둡시다. 무슨 말을 한들 훈 할머니가 일본군대의 '위안부'였다는 사실을 감출 수야 있겠소?

이 기자 : (따라서 일어나며) 그러니까 식민지의 망령이 아니라 살아 있는 증인이어야 한다구요. 훈 할머니가 여기 이역만리 캄보디아에 아직 생존해 있는 것만으로 일본이 은폐하려는 역사의 산증인이라는 겁니다.

황 사장 : 왜 훈 할머니가 그 역할을 해야 합니까? 일본군 '위안부'였다는 사실을 굳게 입다물고 있는 그 불쌍한 노인을 왜 다시 옛날로 돌아가게 해야 합니까?

이 기자 : 내가 묻고 싶군요. 그럼, 왜 황 사장님은 우리를 훈 할머니에게 소개시킨 거죠?

황 사장 : 떠도는 소문을 믿을 수가 없었기 때문에 그렇소. 처음에는 그냥 훈 할머니가 진짜인지 가짜인지 확인해 보고 싶었을 뿐이오. 그러나 이제 한국인이 분명해진 이상……

이 기자 : 그 사실이 이야기의 끝이 아니고 시작이라는 걸 모

르십니까?

황 사장 : 틀렸소. 난 그걸 오늘 쿠첸 마을에 가서 깨달았소. 이 기자를 안내한 것이 잘못이었소.

이 기자 : 황 사장이 아니더라도 난 찾아갔을 거예요. 쿠첸 마을로……

황 사장 : (격렬히) 그렇구 말구. 이 기자는 특종만이 중요할 테니까 — 도대체 훈 할머니가 원하던 원하지 않던 다시 정상적인 한국인으로 돌아 갈 수 있다고 생각하쇼?

(길게 전화벨이 울린다.)

이 기자 : (조용히) 내가 기다리고 있는 전화예요. 피해자가 있으면 우선 가해자를 찾아내는 일이 급선무죠. 황사장님과 내가 함께 해야 할 일이 아니겠어요?

(다시 전화벨 소리가 울리자, 이 기자 바로 녹음기를 끄고 전화를 받는다. 조명이 어두워지면서 무대 한 쪽에 백발의 쓰도우가 파자마를 입고 의자에 앉아 전화를 한다.)

쓰도우 : 아시아 태평양 국회의원 연합 일본 위원단 사무국장 다다쿠마 쓰도우 올시다. 전화 올 줄 알고 기다리고 있었소. 신문에서 기사를 읽었소. 그 여자가 아직도 살아 있다니…… 놀랍군요. 오십 년도 더 지난 때에 있었던 일이라 기억이 희미하오만, 난 그 여자와 결혼한 사실이 없소. 딸이 있었다니 나와는 무관한 일

이요. 결혼을 안 했으니까 딸이 있을 리도 없잖소. 처음 만났을 때, 불쌍해서 일주일에 한두 번씩 찾아갔지. 하지만 내가 좀 친절하게 대해 주었다고 해서 결혼한 것이라고 착각한 모양인데, 말도 안 되는 소리요. (사이) 이름이요? 하나꼬라고 불렀오. 그렇소. 일본명으로 하나꼬라는 흔한 이름이였지요. (사이) 고향이요? 아마…… 인천……이 아닐까요? 바닷가라고 하던 걸 기억하는데. 바다라면 인천이나 부산 아니겠소? 더 이상 기억나는 것이 없소. 할 말도 없구. (전화를 끊는다)

이 기자, 책상 위에 원고들과 신문들을 들어올려 힘껏 내던진다. 황 사장, 망연히 서 있다가 조용히 허리를 굽혀 원고를 줍는다. 서로 마주 본다. 황 사장, 이 기자를 향해 천천히 머리를 끄덕인다.

— F. O

제4장   고무신에 담긴 사연

(훈 할머니를 휠체어에 태우고 잔니와 시눈이 등장.)

잔　니 : 시눈아! 넌 할머니가 한국으로 가시면 따라가서 살 거　　　나?

시　눈 : (휠체어를 밀며) 모르겠어. 할머니 고향이 한국이라는 걸 믿을 수가 없어.

잔　니 : 한국으로 가시고 싶다고 했잖니?

시　눈 : 언닌 할머니가 한국 사람이란 게 이상하지 않아?

잔　니 : 사람들이 일본사람이라고 하기도 하고 한국인이라고 도 하는 걸 들었어. 엄마가 한국인과 일본사람 사이 에 태어났다면 그럼 난 누굴까 하고 이상해 하기도 했지. 그러나 난 캄보디아 사람이 틀림없잖아?

시　눈 : 그야 우린 캄보디아 사람이지. 그러나 할머니가 한국 에 가시길 원한다면 보내드려야 한다고 생각해.

잔　니 : (무릎을 굽혀 할머니의 손을 잡으며) 할머니! 정말 한 국에 가고 싶어?

훈 할머니 : (고개를 끄덕인다.)

잔니, 시눈 : (동시에) 우린 어떡하구?

훈 할머니 : (멍하게 앞쪽만 바라본다.)

시　눈 : 우리들도 함께 가는 거야?

훈 할머니 : (마냥 고개를 끄덕인다.)

(시나가 장바구니를 들고 등장한다.)

시　나 : (뒤에 감추었던 신문을 활짝 펴면서) 애들아, 할머니, 이것 봐. 신문에 우리 사진이 났어.

잔니, 시눈 : (동시에) 정말?

시　눈 : 어디 봐. (신문을 낚아채듯 빼앗아 훈 할머니 앞에 펼쳐 보이며) 할머니, 여기 좀 봐. 할머니가 제일 크게 나왔네?

훈 할머니 : (천천히 신문에서 눈을 돌린다.)

시　눈 : 어머나, 우리들 보다 더 이뻐.

잔　니 : (감탄하며) 정말이다. 할머니가 왜 이렇게 예쁘지?

시　나 : 애들아. 드디어 할머니가 고국으로 가시게 됐어. 한국에서 여러 사람들이 할머니를 모셔 가겠단다. 그래서 할머니의 가족들을 찾아주겠데. 날마다 한국신문에 할머니하고 우리들 얘기가 나온다는 거야.

시　눈 : 그럼 우리도? 모두?

잔　니 : (깡충깡충 뛰면서) 난 할머니하고 안 떨어질 거야. 그치, 할머니? 할머니는 내가 꼭 있어야 돼. 안 그래?

이 기자 : (손에 포장된 꾸러미를 들고서 등장) 하지만 단순히 잃어버린 가족을 찾아 만나러 가는 것만은 아니에요. 왜 가족과 고향을 그리고 16여 년을 사용했던 한국말마저 잃게 됐는지, 무엇 때문에 이 낯선 땅 캄보디아에 버려지게 되었으며, 무엇이 훈 할머니의 운명을 그렇게 짓밟아 놓았는지 그것을 떳떳하게 밝히려고

한국에 가시는 거예요.

(이 기자의 갑작스러운 방문에 놀란 손녀들, 곧 이 기자에게 공손
히 절한다. 이 기자도 훈 할머니에게 공손히 절한다.)

시 나 : 그게 무슨 뜻이죠?
이 기자 : 시나, 다시 한 번 묻겠어요. 시나 양, 할머니가 일본
군 장교와 결혼하기 전에 무슨 일을 하셨죠?
시 나 : (이 기자를 쳐다보던 시선을 돌린 채 아무 말도 하지
못한다.)
이 기자 : 시나 양, 할머니는 자신의 뿌리에 대해 명확한 단서
를 가지고 있지 못해요. 먼저 일본군 '위안부'에 대한
철저한 진상규명 없이는 훈 할머니 한 개인의 역사는
복원될 수 없고, 따라서 이제껏 그려오던 가족조차도
만날 수 없다는 뜻이에요.
시 눈 : 이 기자님. 할머니한테 일본군 '위안부' 시절의 참상을
되살리라는 것은 너무 잔인한 짓이에요.
시 나 : 정말 저희 할머니가 그 아픈 이야기를 꼭 해야만 하
나요?
이 기자 : 현재까지 우리 정부에 신고한 일본군 '위안부' 피해
자는 모두 186명이에요. 그 중 신고한 후 돌아가신
분이 33명. 일본은 그 할머니들이 모두 죽기만을 바
라면서 자신들이 저지른 만행을 은폐하려 하고 있어
요. 만약 훈 할머니의 증언이 없다면 일본이 꼭꼭
감추어 놓고 있는 자료 속에서 캄보디아에서의 한국

인 '위안부' 피해 실태를 전혀 알 길이 없을 거예요.
(가방에서 포장된 꾸러미를 꺼내며) 이게 뭔지 아십
니까? 쓰바 엑정, 신발. (손녀들에게 주며) 훈 할머
니가 그 때 땅에 묻고 잃어버린 것 중에 조선 고무
신도 있었다고 했지요? 힘들게 구해 온 것이니까 한
번 신어보시라고 해요.

손녀들 : (고개 숙여 인사하며) 어으군.

(손녀들이 포장을 뜯고 고무신을 꺼낸다. 잔니가 할머니 귀에 속
삭이며 신발을 건네자 한참을 보다가 갑자기 끌어안고 중얼거린
다.)

시 눈 : 할머니가 신을 신고 싶으시데요.

(손녀들 할머니를 일으켜 세우고 고무신을 신겨 드린다.)

훈 할머니 : (한참을 허공을 응시하다가 비명처럼) 오매! 아부
지!

(모두 놀라서 훈 할머니를 둘러싼다.)

훈 할머니 : (고무신을 벗어들고 양손에 쥔 채 마구 흔든다.)
가! 가! 가! 간다. 오매 오매야, 가 가 간다.

(아주 먼 데서부터 점차 가깝게 아련히 남이 엄마의 울부짖는 목
소리가 들려오면서 무대 전체 조명 어두워진다. 훈 할머니와 남

이 엄마가 위치한 두 구역에만 스포트라이트 비쳐진다.)

소 리 : (남이 엄마의 소리) 남이야, 남이야, 못 간다, 못 가.
(사이) 남이야, 내 딸 못 데려 간다. (소리치듯) 남이
야.

(부분조명이 밝아지고, "남이야" 라고 외침과 동시에 좌우에서 남
이 엄마와 맨발의 남이가 뛰어 들어와 한 덩어리가 되어 쓰러진
다. 뒤이어 동리사람, 일본인, 순사들 달려 나와 그들을 마구 갈
라 놓고 남이를 끌고 나간다. 남이와 떨어지기 전에 남이 엄마는
재빨리 자신의 고무신 한 켤레를 쥐어준다.)

남이 엄마 : 이놈들아, 어린것을 맨발로 이렇게 끌고 가면 천
벌받는다. 이 천하의 몹쓸 놈들아! (절규에 가까운
처절한 목소리로) 남이야, 남이야, 남이야.

(두 구역에만 스포트라이트 조명 서서히 암전되면서, 남이 엄마
의 처절한 외침소리 계속해서 에코로 울린다.)

제5장   일본군 위안부

(암전 상태에서 왜색(倭色) 짙은 악곡에 샤미센과 노래가 더하여
진 무용음악이 흘러나오면 무대 좌편하수 스포트라이트 구역에
화려한 기모노 차림의 게이샤가 춤을 추고 있다. 무대 좌편 상수
에는 일본군 장교가 오만한 거드름을 피우면서 의자에 앉아 있고
무대 중앙단 위에는 정복 차림의 순사가 연설 자세로 객석을 굽
어보고 서 있다. 게이샤가 춤추면서 일본군 장교의 의자 뒤로 가
무용 동작을 마치면 무대 전체 조명이 밝혀진다.)

순 사 : 여러분, 우리의 위대하신 천황폐하께서는 우리 반도에
커다란 은혜를 베푸셨습니다. 반도의 16세 이상 여자
들에게 대 일본제국은 국가를 위해 봉사할 수 있는
기회를 열어 주셨습니다. 그것은 여자 애국봉사대라
고 하는, 전선의 장병들을 위해 일할 수 있는 명예로
운 사업인 것입니다. 이 명예로운 애국봉사대는 지원
제로 되어 있소. 그러나 지원하는 데로 내버려두면,
지원자가 너무 많이 발생하여 곤란해질 우려가 있으
므로, 적당하다고 생각되는 사람을 선정해서 이름을
부르겠소. 진동면에서는 다섯 사람이오. 박아녀, 이남
이, 김춘자, 이화자, 윤영자.

(호명에 따라 줄지어 서는 어린 여자들, 암전되면 부둣가에 대기
중인 수송대 헌병사무실.)

장교 1 : 빨리 확인하여 승선시켜라.

    (보따리를 끌어안은 초라하고 초췌한 시골 처녀, 미쯔꼬가 떠밀
    리듯 들어온다.)

순 사 : (명단을 들여다보며) 이름은?

    (기어 들어가는 소리로 중얼중얼.)

순 사 : 더 크게! 안 들린단 말이다.
미쯔고 : (기어드는 소리로) 박. 아. 녀.
순 사 : 나이는?
미쯔고 : 열일곱.
순 사 : 들고 있는 것을 거기 내려놓고 이쪽으로 와서 조선
    옷을 벗어라!

    (겁먹은 채 우물쭈물.)

장교 1 : 옷을 벗으라고 했다. 시간이 없잖아! 배를 놓치고 싶
    나?

    (군 수송선의 우람한 고동소리. 미쯔꼬, 황급히 옷을 벗는다.)

순 사 : 네 이름은 지금부터 미쯔꼬 히가사오, 미쯔꼬다. (일
    본군 장교의 표정과 손짓을 재빨리 살피며) 해군 피

복공장으로 간다. 자, 옷을 다 벗었으면 국민복으로
갈아입는다.

(기계적으로 헐렁한 군복을 주워 입는다.)

순 사 : 옷을 다 입었으면 앞에 있는 사진기를 똑바로 보라!
자, 자, 겁먹지 말고, 이 사진을 너의 가족들이 보면
얼마나 자랑스럽겠느냐 말이다. 지금부터 너는 황국
신민으로 일본 대본영을 위해 봉사할 수 있는 길이
열리는 것이다.

('펑' 마그네슘 터지는 소리.)

장교 1 : 다음!

(미쯔꼬, 도망치듯 뛰어들어가면 남이가 들어선다.)

순 사 : 앞사람이 하는 것 잘 보았겠지? 여기 보따리를 놓고
저리 가서 옷을 벗고 갈아입는다.

(남이, 침착하게 옷을 벗고 군복을 입으려고 할 때 게이샤가 가까
이 다가와 남이를 요모조모 살펴본다.)

게이샤 : 잠깐! 넌 예뻐 보이니깐 좋은 일자리가 기다리고 있
다. 이름이 뭐지?
이남이 : 이, 남, 이.

게이샤 : 지금부터는 아리이 하나꼬다. 하나꼬! 넌 기모노로 갈
아입어라.

(남이 그대로 따라한다. 게이샤가 옷 갈아입는 것을 돕는다.)

순　사 : (남이가 옷을 갈아입는 동안) 다음은 김춘자, 이화자,
윤영자. (무대 바닥에 놓여 있는 국민복들을 집어들고
처녀들 앞에 내던지며) 빨리 조선옷을 벗고 국민복으
로 갈아입는다. (정신대원들이 옷 갈아입는 동안 무대
바깥쪽을 향해서) 나라베, 나라베, 나라베도 모르나!
줄 서란 말이야! 줄 서! 앞사람을 놓치지 말고 뒷사람
하고 잡담하지 말고 한 줄로 서서 기다린다.

게이샤 : (남이를 다독거리며) 사진기를 똑바로 봐. 그렇게 울
상 짓지 말고 웃어. 예쁘게 웃으란 말이다.

(펑! 하고 터지는 소리. 남이, 게이샤에게 떠밀리어 퇴장하려다가
얼른 뛰어와 땅바닥에 놓았던 보따리를 다시 끌어안고 나간다.
뒤이어 국민복 차림의 김춘자, 윤영자, 이화자 순사에게 떠밀리
어 남이가 나간 쪽으로 퇴장한다. 또 한번 '펑' 마그네슘 터지는
소리.
일본 국가와 함께 일장기가 서서히 게양된다.
일본군 장교 무대 중앙의 단상으로 올라가 객석을 등지고 돌아서
서 거수경례.
해군 군가와 함께 군 수송선의 출항하는 기적소리.
이어 무대 후면에 일본군 '위안부'의 상징 부조상(浮彫像)이 내려
올 때 무대 전체 조명은 어두워지고 상징 부조상의 위치에만 부
분 조명이 밝게 비쳐진다.

그동안 순사가 한 조선여인을 무대 바닥의 원형 플랫폼 위에 객
석을 향해 등을 지고 무릎을 꿇어앉힌다.
일본군 장교, 단상 아래로 내려와 원형 플랫폼 위에 앉혀진 여인
의 등쪽 옷을 획 잡아채어 '부욱' 소리와 함께 찢어발긴다. 여인의
하얀 나신이 드러난다. 외마디 소리와 함께 흠칫 놀라 벌떡 일어
서려는 여인의 목에 일본군 장교는 서슬이 퍼런 군도를 빼내어
갖다댄다. 점차 객석을 향해 머리를 두고 가랑이 벌린 채 조선 여
인으로 하여금 눕게 한다.)

장교 2 : 잘 왔다. 여기까지 오느라고 참 수고 많았다. 너희들
은 특별히 선발된 애국신민으로서 천황에게 충성심을
발휘하여 멸신보국 할 것을 부탁한다.

(무대 한쪽으로부터 '엇샤, 엇샤' 소리치며 한 떼의 벌거벗은 병정
들이 발을 벌리고 게걸음으로 뛰어나와 원형 플랫폼을 중심으로
한 바퀴 돌아와 무대후면에 정렬한다.)

장교 2 : (병사들을 향해) 너희들은 내일 아침, 출동을 앞두고
지금부터 여기서 몸의 정기를 기르도록! 승승장구하
는 황군의 무운을 기원한다! 여기는 계급이 없는 거
알지? 서로 정답게, 서로 의좋게……. 하하하

(병정들이 원형 플랫폼 위의 벌거벗은 여인을 강제로 윤간하는
집단안무, 끝 동작으로 한 병정이 허리춤에서 삭쿠(콘돔)를 꺼내
어 입에다 대고 불어 팽창시킨다.
이어 성행위시의 가쁜 호흡과 위안부의 고통에 겨워 뱉어내는 신
음소리 효과음이 깔리면서 삭쿠가 '펑'하고 터지는 순간, 조선여인
의 경악할만한 외마디 비명소리와 함께 갑자기 암전.)

제6장 훈 할머니의 證言

(암전된 상태에서 훈 할머니의 증언 시작.

배역을 맡은 연기자의 육성 녹음을 원칙으로 하나, 보다 기록극
다운 사실성을 강조하기 위해 실제 일본군 '위안부' 할머니의 음
성 또는 나이든 연기자의 독백 녹음처리도 시도해 봄직하다.

암전된 채 이 대사가 진행되어지는 동안 훈 할머니와 이중 배역
을 맡은 연기자들은 다음 장면 진행을 위해 준비한다.

무대 중앙에는 실제 크기 모양의 '일본군 위안소' 내의 침대와 침
구가 배치되어진다.)

훈 할머니 : 위안부 생활은 처음에 무척 힘이 들었어…… 아침
9시부터 밤 12시까지 군인들을 계속 받았지. 아침 9
시부터 저녁 5시까지 졸병을 상대하였는데, 군인들은
대개 10~20분 정도 머물렀어. 하루에 보통 20~30명
정도의 군인을 받았고, 그런 날에는 방 한쪽에 쓰다
버린 삭쿠(콘돔)가 산더미처럼 쌓여서 그 악취가 코
를 찔렀지. 졸병들을 상대하고 난 뒤 우리들은 방을
청소하고 저녁식사를 했어. 그 후 밤 9시까지 군졸들
을 받은 다음, 저녁 9시부터 12시까지는 장교들을 받
았어…… 나는 '하나꼬'라는 이름으로 불렸는데, 군인
들은 들어 올 때 삭쿠와 군표를 갖고 왔어. 우리는
군표를 받아 모아 두었다가 위안소 경영자에게 주곤
했었지…… 나와 위안부 생활을 같이 한 여자들은

조선여자 8명과 월남여자 2명, 모두 10명이었어…….
(무대 점차 밝아지면서 다음에 진행되어질 '신체 표현
군무' 반주음악이 서서히 연주된다.) 우리 '위안부'들
은 너무 힘들어서 자주 반항했고 기회만 있으면 도망
나갔기 때문에 어느 날 위안소 경영자는 우리를 전부
집합시키더구만.

(신체 표현 군무(群舞) 내용은 잔혹극에 다름없는 기괴하고 음산
한 표현이다.)

《일본 군인들이 묶어서 데리고 나온 조선여자의 옷을 벗긴 후,
사지를 판자에 묶어놓고 윤간한다. 많은 군인들이 줄을 서서 자
기 차례를 기다린다. 온갖 방법으로 윤간한 후 조선 여자를 고
문한다. 고춧가루물 등을 하반신에 뿌리기도 하고 긴 칼로 아무
곳이나 찌르기도 하면서 조선 여자가 고통스러워하는 모습을
즐긴다. 어떤 이들은 석유를 뿌려서 불을 지르기도 하고…….
도저히 상상할 수 없는 방법으로 고문하자 조선 여자는 고통스
러워하며 서서히 죽어간다. 글자 그대로 色(색)지옥이다.》

 (일본군인들이 퇴장하자 이 모두를 지켜보던 남이와 그밖의 일
본군 '위안부'들 우르르 몰려나와 판자에 묶여진 조선 처녀를
풀어 내린다.)

하나꼬 : 에이꼬, 에이꼬 정신차려 실컷 당한 것도 억울한데 뭣
땜에 죽어? 우린 꼭 살아 돌아간다. 가서 이 색지옥
의 속임수를 알려야만 해.
조선처녀 : 살아 있다고 해서 우리가 무슨 수로, 무슨 수로 돌

아갈 수 있겠노. 이미 지옥으로 던져졌는데……. 난
이제 틀렸어. 넌 꼭 살아서 고향으로 돌아가. 울 엄마
에게도 찾아가서……. (가쁜 숨을 몰아쉬며 허공을 향
해 뭔가를 잡으려고 안간힘을 쓰다가 '헉' 하는 외마
디 신음을 내고 죽는다.)

(하나꼬 외에 다른 위안부 처녀가 소리친다.)

위안부 1 : 저 아랫도리에 주먹만한 고무쫘리 같은 게 뭐지?
위안부 2 : 저런, 아이구머니나, 자궁이 뒤집혀 나온 거야.
위안부 1 : 뭐라구? 애기집이……. (갑자기 발작적으로 구역질
　　　　　을 한다.)
포　　주 : 하나꼬, 기부꼬 어서 그 시체를 치워라. 그 아이는
　　　　　대일본제국을 위해 명예롭게 최후를 마친 거야.
하나꼬 : 뭐라구? 대 일본제국을 위해 명예롭게 죽은 거라구!

(하나꼬, 포주를 물어뜯고 할퀼 양으로 세차게 덤벼드나 오히려
포주에게 얻어맞고 쓰러진다.)

포　　주 : 그러게 내가 군용 수송선실에서 말했지? 세탁일보다
　　　　　더 많은 돈을 벌러가긴 가는데 그 일이란 게 손으로
　　　　　하는 게 아니라 가랑이를 벌리고 하는 일이라고.

(포주, 야무지게 가래침을 '퉤' 하고 내뱉더니 퇴장한다.
하나꼬와 조선처녀들 부여잡고 서로를 위로하며 섧게 운다.
「아리랑」 선율이 흐르면서 무대 전체 조명 어두워짐과 동시에

무대 한쪽에 스포트라이트를 받고 선 일본군 장교.)

일본장교 2 : 일본군 위안소의 설치 목적은 첫째 군 기밀보호,
둘째 일반 여성에 대한 강간 방지와 치안 유지, 셋
째 황군의 사기 진작, 넷째 황군의 성병 방지 등 다
목적의 포석이다. 이 목적에 가장 잘 맞는 적절한 대
상이 바로 순결한 식민지 조선인 숫처녀임에는 두 말
할 나위가 없다. 하하하하.

(스포트라이트 암전되면 훈 할머니의 육성이 다시 들린다.)

훈 할머니 : 만주에서 남태평양의 파푸아·뉴기니, 남양만과
이 캄보디아에 이르기까지 일본군대가 있는 곳에는
어디나, 총알과 식품과 함께 군 화물선에 실려 보급
되었던 우리 조선 처녀들이 있었어. 위안소 생활에서
우리들이 제일 두려워하는 것은 성병에 걸려 고생하
는 것과 뜻하지 않은 임신이었지.

(조명이 밝아지면 위안소에서 성병 검진을 받고 있는 일본군 위
안부들. 미쯔꼬는 위안소 내에 놓여져 있는 성병 검사를 위한 검
진대 위에 올라가 앉아 있고 나머지 사람들은 쭉 줄지어 서 있
다.)

군의관 : 밑이 말이 아니군. 워낙 체구가 작아서 그런지 아랫도
리도 작아 군인들 받기에 고통이 많았겠군. 그렇지?

미쯔꼬 : 네.

군의관 : 차라리 째서 크게 벌려 놓은 것이 아무래도 낫겠다. 이 막대기를 꽉 물어. 마취제가 없어서 생살을 쨀 수밖에 없으니까.

미쯔꼬 : (건네주는 막대기를 꽉 문 채 겁에 질려 있다가 드디어 아픔이 오자 미친 듯이 소리지른다.) 아 — 악.

군의관 : 다음!

(미쯔꼬, 성병 검진대에서 어기적거리며 내려오는 것을 다음 차례인 기부꼬가 부축해 내린 후, 대신 올라가 검진 자세를 취한다.)

군의관 : 월경을 할 때는 군인을 받지 말라고 하지 않았나. 왜 말을 안 듣지?

기부꼬 : 피가 나올 때도 솜을 가져다 집어넣고 군인을 받으라고 주인이 억지로 시켜서요.

군의관 : 그럴 경우 군인에게 반드시 삭쿠를 쓰게 하고, 한 사람과 관계를 하고 나면 목욕탕에 가서 이 병에 든 빨간 약으로 그곳을 꼭 씻어라. 알겠나! 저쪽 요강에 걸터앉아서 수은 훈증 좌욕을 하도록 해. 다음!

(기부꼬 다음 차례인 하치에, 군의관의 명령에 따라 덜덜 떨면서 검진대에 올라가긴 했지만 어쩔 줄을 몰라한다.)

군의관 : 다리 벌리고 누워! (누우라고 하는데도 눕지 않으니까 억지로 눕히고는 검진한다.) 달거리가 끊어진 게 언제야?

하치에 : 몰 — 몰라요.

군의관 : 임신 3개월째다. 그러기에 반드시 삭쿠를 사용하라고
　　　　하지 않았나! (무지막지하게 검진대에서 끌어내리면
　　　　서 마구 따귀를 후려진다.)

하치에 : 삭쿠를 끼라고 하면 술 취해서 무작정 때리기도 하고
　　　　막무가내로 칼질을 하는 걸 어떻게 해요. 의사 선생
　　　　님. 절 좀 살려주세요. 전 아이를 낳을 수가 없어요.
　　　　누가 아버진지도 모르는 이 아이를 어떻게 낳는데요.

군의관 : 게다가 넌 초기 매독 증세가 보여. 하야시 일병! (위
　　　　안소 문밖에서 안으로 들어온다.) 하야시 일병, 이
　　　　애를 격리 병동에 수용하고 낙태시킬 겸 자궁을 집어
　　　　서 솎아내 버려. 그리고 앞으로 닷새 동안 606 살바
　　　　르산 주사를 맞히도록!

하야시 일병 : 하!

(겁에 질려 끌려나가길 한사코 거절하는 하치에의 멱살을 잡아
쥐고 질질 끌며 나간다.)

군의관 : 다음!

(다음 순서의 조선인 '위안부'가 들어오는 동안 서서히 암전되면
서 훈 할머니의 육성이 들린다.)

훈 할머니 : 삭쿠를 거부하는 군인들 때문에 걸리는 성병과 임
　　　　신은 우리들에게 큰 문제였어. 일본군은 성병으로 고
　　　　생할 때는 '육공육' 주사를 맞혔고 임신 방지를 위해

서는 수은 등으로 극약처방을 하는가 하면, 임신했을
때는 강제로 낙태를 시켰지. 전쟁터였으니 치료다운
치료도 없고 약도 없어서 죽기만을 기다릴 수밖에 없
었어. 그러던 어느 날이었지.

(해가 질 무렵.
정신이 혼미할 만큼 쇠약해진 남이. 흐릿한 외식으로 '오늘 일은
끝났다' 고 생각하며 가까스로 몸을 일으켜서 방구석에 놓여진
세면대로 가려는데 무슨 병인가를 들고 한 어린 병사가 들어온다.
멍청히 쳐다보다가 다시 침대로 돌아가 털썩 눕고는 습관적으로
군인을 받아드릴 자세를 취하는 남이.
생리를 처리하러 온 군인이라면 허리띠를 풀고 아랫도리를 까 내
렸어야 할 텐데도 단정한 군복차림 그대로다.
의아하여 몸을 추스르며 애써 일어나려다 푹 쓰러지는 남이. 소
년병이 황급히 다가가 남이를 안아 일으킨다. 침대가에 걸터앉는
다.)

(시간의 경과를 알리는 부분적인 암전.
위안소 남이의 좁은 방만 남기고 전체 조명 잠시 어두워졌다가
다시 밝아진다.
소년병이 무슨 병에 든 물인가를 남이 입에 조금씩 조금씩 넣어
준다. 맑은 정신이 드는지 남이 눈을 뜨자마자 소스라치게 놀라
일어나며 잔뜩 경계의 빛을 띄우며 다부지게 묻는다.)

하나꼬 : 내가 왜? 당신은 누구죠?
소년병 : (남이가 깨어난 것이 반가워 어쩔 줄 모르며 꾸벅 절
까지 한다.) 일어나셨군요. 고맙습니다. 꼭 사흘 만에
야 정신을 차리는군요.

하나꼬 : 사흘 만에? 내가 사흘씩이나……. (소년병, 아무 말
없이 고개만 끄덕인다.) 그럼 군인들은?

소년병 : 그래도 전부 볼일들은 보고 돌아갔어요. (사이) 어제
도 제가 또다시 돌아왔을 때 식은땀으로 흠씬 젖어
아무 기척 없이 누워만 있으니까 먼저 들어온 다다쿠
마 쓰토무 소위가 날 불러 숨이나 붙어 있는지 살펴
보고 살았거든 깨어날 때까지 군인들을 받지 못하도
록 이곳을 지키라는 명령을 받았죠.

(남이 멀거니 그 군인을 바라본다. 자세히 보니 코밑에 솜털도 채
가시지 않은 애송이다. 남이 턱짓으로 좀 앉으라고 하자 그 소년
병은 수줍어하며 벽 끝 의자에 걸터앉는다.)

하나꼬 : 몇 살이세요?

소년병 : 열 여섯입니다.

하나꼬 : 그 나이에도 여자 집에 오나요?

소년병 : 전, 안 갑니다. 그렇지만 담배와 돌격 일번(콘돔) 배급
은 언제나 받고 있어요. 저도 군인이니까요.

하나꼬 : 어느 부대?

소년병 : 항공병이죠. 한 달 전에 다리에 관통상을 입고 육군병
원에 입원했는데 이제 다 나았습니다. 아마 수일 내
로 곧 전방으로 보내질 테죠.

하나꼬 : 나에게 갖다 먹인 게 무슨 물이죠?

소년병 : (링게르 빈 병을 수줍은 듯 내보이며) 아, 이건 회복
제예요.

하나꼬 : 훔쳤나요?

소년병 : 아닙니다. 약품 취급하는 담당병한테 담배를 주고 바
꾼 겁니다. 그 담당병은 그렇게 들어온 담배를 또 원
주민에게 비싼 값으로 팔아 넘기죠.

하나꼬 : 왜 나에게 그런 약을 갖다 주었죠?

소년병 : 얼마 전에 병원 응급실로 실려온 걸 봤지요. 그때 그
창백한 얼굴이 내가 마지막으로 본 누나의 얼굴과
닮았더군요.

하나꼬 : 누나의 얼굴…….

소년병 : 아무한테도 말하지 마세요. 나 사실은 조선사람입니
다.

하나꼬 : 조선사람?

소년병 : 지금은 일본 성을 가지고 있지만 진짜 아버지는 조선
인이며 홋카이도 탄광에서 일했죠. 내가 일곱 살 때
그만 낙반사고로 돌아가셨는데, 그 얼마 후 어머니마
저 시름시름 앓다가 세상을 떠나 버렸어요. 그래서
나보다 두 살 더 많은 누나는 어느 집에서 부엌아이
로 데려가고 난 자식이 없는 집의 양자가 되어 아오
모리로 간 것이죠.

하나꼬 : 그랬군요.

소년병 : 제가 군에 지원하기 전에 누나를 찾아보았죠. 누나는
홋카이도에서 오오쓰보까지 옮겨갔더군요. 어쩜 마지
막일지도 모른다는 생각에서 오오쓰보까지 가 보았는
데 누나 역시 부상병 세탁봉사대에 걸려 남양으로 떠
났더군요.

하나꼬 : 부상병 세탁봉사대라구요?

소년병 : 동원계 직원들이 속임수를 써서 모집을 했다는 걸 여기 와서 알았지만 본영에서도 조선인 처녀들은 그런 식으로 끌어냈다죠? 아마 내 누나는 죽었을 거예요. 적도 부근의 지붕도 없는 어느 위안소에서……. 왠지 그런 생각이 들어요.

하나꼬 : 아니에요. 안 죽었을 거예요!

소년병 : (일어나서 절을 한다) 고맙습니다. 당신도 살았으니까 내 누나도 살아 있을 거예요.

(남이와 소년병, 서로를 잠시 마주 보다가 각자의 설움에 겨워 서로 부둥켜안고 서럽게 운다. 「아리랑」 구슬픈 선율이 애절하게 깔리는 가운데 암전.)

(위안소, 하나꼬(남이)의 칸막이한 좁은 방.
다다쿠마 쓰토무 소위, 군모를 벗어 의자 위에 반듯하게 놓는다. 천천히 혁대를 푼다. 상의의 단추를 풀다가 갑자기 충동적으로 바지를 내린다. 순간 자제하듯 동작을 멈추고 망연히 서 있다. 무릎을 세우고 죽은 듯이 누워 있는 남이.)

하나꼬 : 뭐하고 있는 거예요? 빨리 하지 않고.

다다쿠마 : 미안하군.

하나꼬 : (신경질적으로) 정말 왜 그러고 서 있어요? 삭쿠가 없어요? 저기 창문 위 빨랫줄에 걸려 있어요. 소독한 거니까 깨끗해요.

다다쿠마 : (황급히 바지를 추켜 올리며) 하나꼬, 나까지 널 괴

롭힐 생각은 없다.

하나꼬 : (벌떡 일어나 앉으며 달려들 듯하다가 억지로 자제하
며) 오늘은 당신까지 꼭 스무 명째예요.

다다쿠마 : (도망가듯 군모를 집어들며) 내일 출전일이야. 그래
서 모두 한결같이 내일이면 죽을지 모른다는 생각에
그 짓 또한 치열했을 거구, 오늘 하나꼬가 감당하기
아주 힘들었을 꺼야.

하나꼬 : 저희는 승승장구하는 황군의 정기를 북돋우려 여기
있는 거라구요. 어서 군표를 주시고 절 안으세요.

다다쿠마 : 군표!

하나꼬 : 왜 챙기는 줄 아세요? 그것밖에 의지할 게 뭐 있겠어
요. 여기 색지옥에서 벗어나려면 군표가 있어야 되니
까요. 모두들 고국에 돌아가면 작은 식당이나 다방을
차리는 것이 마지막 꿈이에요.

다다쿠마 : (황급히 여러 장의 표를 건네준다) 네가 불쌍하군.
그리고 이거……. (호주머니에서 조약돌 두 개를 꺼내
남이의 손에 쥐어준다.)

하나꼬 : 이게 뭐죠?

다다쿠마 : 조선 소년병이 네게 전해 주라고 남기고 간 조약돌
한 쌍이야. 하나꼬가 깨어난 다음날 가미가제 특공대
로 선발되어 떠났다.

하나꼬 : (소스라치게 놀라며) 가미가제가 뭐죠?

다다쿠마 : 비행기를 탄 채 미국함대를 육박전으로 격침시키는
새로운 작전이다.

하나꼬 : 그럼……?

다다쿠마 : 고물 비행기에다 휘발유는 목적지까지 갈 수 있는
분량만큼만 넣어서 출전을 시키지. 아깝게도 그 소년
병은 미국군함을 발견하기도 전에 기름이 떨어져서
바다에 꼰아 박혀 죽었을 게 뻔하다.

하나꼬 : 뭐라구요? (의자를 발길로 차며 발광하듯) 개자식, 나
쁜 새끼들, 미쳤어. 일본 놈들 너희는 모두 똑같은 놈
들이야. 짐승들이야.

다다쿠마 : (돌연 발악하는 남이를 붙잡아 사정없이 따귀를 때
린다. 멍청해진 듯 조용해진 남이에게) 우리 일본 제
국은 곧 이 전쟁에서 패망한다. 모두 죽을 수밖에 없
어. 그러니 어떻게든 살아남아라. 무슨 말인지 알겠지.
수단껏 도망치란 말이야.

(다다쿠마 퇴장. 남이가 한동안 넋 나간 듯 서 있다가 침대에 털
썩 주어 앉는다. 무대 한쪽에 소년병의 모습이 나타난다.)

소년학병 : 활주로를 건설하다가 주운 조약돌 한 쌍이에요. 누
나가 보고싶을 때나 죽는 게 무서울 땐 그걸 손에
넣고 굴리면 마음이 이상하게 가라앉더군요. 이걸 손
에 쥐고 있으면 남이 누나도 마음의 평화를 느끼길
바래요. 절 조금이라도 생각해주면 더욱 고맙겠구요.
남이 누나 건강하세요. 잊지 않을 게요.

(소년병의 환영이 사라지면서 하나꼬 자기 방 내 작은 창턱 위에
다 어설픈 빈소를 차리고 명복을 빈다. 그리고 돌아서서 손바닥
을 펴서 조약돌을 찬찬히 들여다보더니 결연한 자세로 탈출을

결심한다.
「아리랑」 선율과 함께 서서히 암전.)

훈 할머니 : 일본인들은 위안소 내에서 우리들끼리 조선말 하
는 것을 금지시켰고 이름조차 일본식으로 불렀어. 그
러면서도 군인을 많이 받거나 경력이 오래된 순서대
로 등수를 매겨 계급을 주고는, 다른 여자들이 잘못
했거나 도망치다가 붙잡혀 올 때면 벌주거나 때리는
등의 권위를 부여했지. 그렇게 해서 조선인인 우리들
사이에 반목과 불화를 조장시켜 공통의 피해의식을
잊은 채 서로 희생자를 찾도록 만드는 극악한 통제방
식을 썼어.

(무대 조명 천천히 밝아지면
남이는 찢겨진 옷, 흩어진 머리로 조그만 보따리를 끌어안은 채
끌려나온다. 무대 전면에 내팽개쳐지자 실신한 듯 엎어진다. 위안
부 여러 명이 그녀를 중심으로 둘러선다. 남이 등뒤에 포주가 나
와 선다.)

포 주 : 하나꼬, 참 장하구나. 도망칠 생각을 다 할 줄 알구.
(긴 회초리를 등위에 날리며) 그래, 혼자 밖으로 뛰쳐
나가니까 살만하든? 기미꼬, 네가 말해! 이년이 어디
숨어 있든?
기미꼬 : (말 못하고 돌아선다.)
포 주 : 왜 말 못해? 너도 함께 도망치지 그랬어? 수미꼬, 너
도 기미꼬와 같은 생각이냐?

수미꼬 : (역력하게) 저 사탕수수밭 넘어 중국마을 공동묘지로
도망갔어요. 저년, 그렇게 독한 년인 줄 몰랐어. 썩은
뼈만 남아 있는 항아리들이 파묻혀 있는데 시체 썩은
냄새가 그렇게 좋은 지 거기 머리만 박고 있더라구요.

포　주 : 썩을 년, 허긴 너희들이 산목숨인 줄 아냐? 내 빚에
저당 잡힌 목숨이야. 너희들 여기까지 데려오는데 돈
이 얼마나 든지 알아? 헌병들에게 매달 바치는 돈은
또 얼마구. 거기다 밥 먹여 줘, 옷 사줘, 화장품 사줘,
병 걸리면 병원에 데려다 줘, 하나꼬! 너, 나한테 빚
진 것이 얼마나 되지? 말해 봐! 돈 벌어서 공동묘지
에 숨겨 놨니? 이년 옷을 벗겨 봐! 틀림없이 도망갈
돈을 감추어 놓았을 꺼야.

(아무도 움직이려 들지 않으니까 발광하며)

포　주 : 저년 몸을 샅샅이 뒤지라는데 왜 가만히들 서 있어!
못하겠다고? 좋아, 정 그렇다면 사병들을 불러들여
너희들까지 죄다 발가벗길 테다. 너! 기미꼬!

기미꼬가 미친 듯이 달려와 남이의 옷을 찢어 벗긴다.

기미꼬 : 이 병신 같은 년아! 너 혼자 도망가면 네 목숨 부지
할 것 같아서 튀었니? 이 독한 년아! 누군 도망갈 줄
몰라서 여기서 썩어 가는 줄 알아!

(모두 자극되고 흥분돼서 달려들어 옷을 찢는다.)

기부꼬 : 이년아! 넌 뭐가 다른가 보자. 우리하고 뭐가 달라서
사병들 제쳐놓고 장교하고만 붙어?

수미꼬 : 넌 단골들 많아서 가랑이 많이 안 벌려도 군표만 잘
도 챙긴다며? 이년아! 아직 매독 한번 안 걸려 봐서
너만 성한 몸인 줄 알지? 야! 잘난 년아!

(모두들 짓밟고 옷을 찢어 발겨 벌거숭이가 되어도 남이는 보따
리를 더욱 세게 끌어안는다.)

에이꼬 : 이년아! 살아도 같이 살고 죽어도 같이 죽자더니 혼
자 도망을 가? 갈려면 배를 타고 가야지, 겨우 코앞
에 있는 뙤놈들 수수밭에 가서 엎드려? 이 지지리도
못난 년아! 차라리 내 손에 죽어라, 죽어!

포　주 : (의기양양하게) 그만! 저년이 끌어안고 있는 보따리를
뒤져봐! 그 동안 내게 갖다 받치지 않은 군표들이 저
안에 들어 있을 꺼다.

(일제히 달려들어 보따리를 서로 빼앗는다.
포주, 보퉁이를 낚아채어 급히 풀어헤치자 조선 저고리 치마와
고무신 한 켤레가 떨어진다.)

포　주 : 오호! 조선 땅 떠날 때 벗어버린 치마 저고리에 고무
신이라! 언제 다시 입을 것 같으냐? 이 때묻은 고무
신짝 끌어안고 있으면 네 발도 고향 땅을 밟을 것 같

니? (집어던지고 신문지로 싼 뭉텅이를 꺼낸다) 내 이럴 줄 알았다니까.

하나꼬 : (벌떡 일어나서 뺏으려 들며) 내 편지야, 내 아버지 편지란 말이야. 내 고향집 주소란 말이에요. 그것밖에 없어. 돌려 줘, 돌려 줘!

포　주 : 이년이 아직도 덜 맞았구나. (달려드는 남이를 매몰차게 밀어붙이며) 죽지 않을 만큼 손 좀 더 봐줘라.

(표독스럽게 다그치는 포주의 명령에 남이에게 벌떼처럼 달려들어 때리는 위안부들.
포주가 퇴장하자 위안부들 동작을 멈추고 쓰러진 남이를 재빨리 일으켜 안아 업고 위안소 침대로 다가가 누인다. 남이 입가의 피를 세수대야의 물에 적신 수건으로 닦아주기도 하고 물도 갖다 먹이기도 하며 부채질도 해주는 등 정성껏 간호한다. 그러다가 이렇게 연명할 수밖에 없는 자신들의 기막힌 신세를 한탄하며 서로를 부둥켜안고 섧게 통곡한다.
구슬픈 「아리랑」 선율 흐르면서 무대 서서히 어두워진다.)

― F. O

제7장　죽음의 초대

(남이의 악몽 —.

번개와 폭우. 희미하게 나타나는 중국인 공동묘지.

극빈자, 자살자, 연고 없는 시체를 매장하는 커다란 항아리가 군데군데 반쯤 흙 속에 묻혀 있고 일부는 심하게 파손되어 있다.

쏟아 붓는 열대 우림 속에 허우적거리는 팔들이 뻗어 나와 빗물을 움킬 듯이 손바닥을 벌린다. 유령 1, 2 항아리에서 스르르 벗어 나와 위안소 앞쪽 무대 전면에서 음산한 분위기의 음악에 맞춰 한동안 「죽음의 초대」로의 춤을 춘다.)

유령 1 : 목이 말라도 물 한 방울을 넘길 수가 없구나. 식도가 타버리고 목구멍이 좁아들어 마시지도 삼키지도 못하겠구나. 내가 정녕 죽어 귀신이 되었구나. 하나꼬, 물 좀 줘.

유령 2 : 눈이 멀어서 아무 것도 보이지가 않는구나. 멀고 먼 저승길 찾아가기 전에 두 눈이 빠졌으니 어찌 길을 찾을꼬. 어디 가서 물어볼꼬. 남이야, 남이야 어디 있니?

(침상으로 다가와 남이를 끌어당기는 유령 1, 2.)

하나꼬 : (허우적거리며 꿈에서 깨어나려고 필사적이다.) 용녀야, 순이야. 날 잡지 마. 날 살려 줘. 죽고 싶지 않단

말이야. 죽어도 고향 땅에 묻힐 꺼란 말이야. 내 너희
들 혼백이라도 거두어 고향 땅에 데려 갈 테니 제발
날 놓아 줘.

(남이 엄마가 "남이야! 남이야!" 하고 부르는 소리가 들린다.)

(남이 침대 옆에서 졸고 있던 기부꼬, 악몽에서 소스라치게 놀라
 깨어나며 일어나 앉는 남이의 기척에 깜짝 놀라 남이를 진정시
 킨다.
서서히 암전.)

제8장   일본의 패망과 虐殺

(암전 상태에서 훈 할머니의 대사가 들려지는 동안 실물 위안소 세트가 치워진다.)

훈 할머니 : 그것도 이력이라고 색지옥의 생활에 슬슬 면역이 붙더구나. 많은 군인을 받아도 큰 하혈도 없이 그럭저럭 견뎌낼 수 있었어. 그런데 그즈음 프놈펜 시에까지 폭격이 잦았고 시내의 거리마다 피난민 대열이 늘어났어.

(무대 서서히 밝아지면
일본군 장교 2가 무대 중앙에 서 있고 무대 하단에 일본군들 부동자세로 서 있다.
일본군 장교 2, 군모를 단정히 쓴 다음 마지막으로 일장기에 거수 경례한 후 부대원들에게 훈시한다.)

장교 2 : 제군들! 일본은 패전했다. 그러나 마지막 작전은 지금부터 시작이다. 모든 군기밀 문서를 완전 소각하고 각 부대 위안소의 위안부들을 모두 없애버려. 또한, 반란과 소요를 막기 위해 명령에 불복종하는 자들은 무차별 사살하라.

부대원들 : 핫!

(폭음과 함께 불기둥이 여기저기서 솟아오른다.
일본군들 뿔뿔이 흩어져 황급히 무대 밖으로 피한다.
장교 2 일장기에 다시 한번 거수경례한 후, 군도를 세워놓고 그
위에 엎드려 자결한다.
갑자기 병사들이 달려나와 흩어져 도망가는 정신대를 칼로 찌르
고 총으로 쏘고 둘러 업고 겁탈하고……. 그야말로 아비규환. 죽
어 가는 위안부들 차례로 겹겹이 쓰러진다. 혼란스런 음악과 굉
음. 한바탕 소동이 끝나고 시체들, 짐짝들 사이로 남이가 간신히
일어나 앉는다.)

하나꼬 : 나 혼자 살아 남았군. 나만 살았어. 나, 식민지의 딸로
태어나 일본군인의 노리개로 끌려왔기에 "조센삐" 라
하고 하도 흔해 빠져서 도라지꽃, 이름도 성도 없이
그저 하나꼬라고 부른 나만 살아 남았어. (찢겨진 트
렁크에서 붉은 전표, 노란 군표들을 끄집어내어 공중
에 흩뿌린다.) 이까짓것 벌려고 몸을 판 것 아니야.
너희들이 누구냐? 싸우면 지지 않는다는 천황의 군
대! 너희들은 죽는 자리까지 우리를 끌고 다녔어 허
리에 '데이 신 따이'를 빗겨 차고 다니며 가는 곳마다
우리는 총알받이였어. 생지옥, 색지옥. 그래서 저주받
았어. 패망했어. 도망치면서도 우리를 끌고 갔어. 밀
림으로, 늪지로, 토굴로, 바다 속으로, 지옥으로…….
남은 자는 이라와지 강의 탁류 속에 휘말려 사라져
버렸어. 나만 살았어. 나만. 그런데도 난 갈 수가 없
어. 신발이 있어도 이제는 갈 수가 없어. 가! 가! 가!
아니, 갈 수가 없어.

제10장 훈 할머니의 귀국

(김포공항에 착륙하는 항공기 소리.
이어 숱한 카메라의 셔터 누르는 소리.)

— 비켜요, 비켜.
— 기자 여러분. 취재에 충분히 협조해 드릴 테니까 일단 좀
  비켜주세요.

(삑삑 호루라기 부는 소리.)

— 탈진하셔서 빨리 병원으로 옮겨야 합니다
— 어느 병원이죠?
— 앰블런스! 좀 비켜요. 비켜…….

(뒤이어 요란한 경보음을 울리며 출발하는 앰블런스 소리 등.
공항에서 훈 할머니를 맞는 취재진들의 열띤 경쟁과 그곳의 소란
스러운 정황을 암전상태에서 음향효과로 표현하여 처리한다.)

(잠시 후 대기실 F. I 되면 종합병원 8층 특실 입원실 — 안과 수
술 직후 누워 있는 훈 할머니를 휠체어에 태운 채 밀고 나오는
시나와 병원장과 안과 의사, 기자 여러 명이 들어온다.)

병원장 : (활달하게) 많이들 기다리셨죠. 연세가 많은 노인의

수술이라 시간을 끌었습니다. 궁금하신 게 있으면 여기 닥터 김에게 물어보시죠.

기자 1 : 수술을 할 만큼 중태였습니까?

닥터 김 : 조금만 늦었어도 실명할 뻔했습니다. 수술은 성공적입니다만 신경쇠약에 과로, 게다가 노인이라 완전 회복을 장담할 수는 없습니다.

기자 2 : 혹시 훈 할머니의 어머니라고 주장했던 부산에 사는 유준애 할머니를 만나보고 나서 가족이 아니라는 것이 판명되자 너무 낙심했던 것이 원인이 아닐까요?

시　나 : 크게 기대는 안 했지만 할머니께서 노모가 살아 계실지도 모른다는 기대를 했던 것 같아요, 여러분이 많이 도와 주셔서 정말 고맙습니다. 귀국하신 뒤부터 옛날 일을 기억해 내려고 무척 애쓰시는 것이 너무 안타까워요. 무엇보다 건강이 걱정되었는데 마침 원장님께서 입원을 허락해 주셔서 뭐라 감사드려야 할지…….

기자 2 : 시나 양, 부분적으로 기억상실증에다가 실어증, 신경쇠약 등으로 기력이 쇠하신 할머니가 오십 년이 넘게 떠나 살아온 가족과 과연 재회할 수 있으리라 믿으십니까?

시　나 : 여러분이 도와주시면 살아 있는 가족 누군가가 꼭 나타나리라고 확신합니다.

기자 1 : (수첩을 꺼내보며) 오늘 아침 경남 합천에 산다는 할머니 한 분이 신문사로 전화 연락을 해왔습니다. 어렸을 때 마산 진동면에 살았다는데 지금이라도 만날 수 있다면······.

병원장 : (단호히) 안 됩니다. 지금은 안 돼요. 훈 할머니는 중
환자예요. 가족 재회는 앞으로 얼마든지 가능해요, 지
금부터는 건강이 회복될 때까지 내가 보호해 드립니
다. (서둘러서) 주치의로서 말이죠. 시나 양? 동의하
시죠?

(황 사장과 시나 고개를 끄덕인다. 기자들의 카메라 후레쉬, 무대
전체 조명 암전되고 부분 조명 비춰진다.)

(인천 앞 바다의 야경이 내려다보이는 병원 옥상의 거실.
휠체어를 탄 할머니와 잔니, 시나, 병원장이 함께 있다.)

병원장 : (시나의 손을 이끌고 창가로 간다) 시나, 잔니. 할머니
모시고 이리 와봐요. 바다는 밤에 볼 때 더 잘 보이
는 거 알아요?

시 나 : (감탄하며) 멋있어요. 아름다워요. 할머니가 고향 바다
를 잊지 못하시는 게 이해돼요.

병원장 : (잔을 권하며) 저기가 서해바다, 그 아래로 계속 남진
하면 동지나해가 나오고 그 너머가 시나와 잔니가 떠
나온 캄보디아!

시 나 : 아! 그렇군요. 거기 메콩강이 흐르고 그 강을 따라 올
라가면 우리가 할머니와 살던 곳!

병원장 : 할머니가 돌아오고 싶었던 곳이 이렇게 멀리 떨어져
있었던 거 이제 알겠어요?

잔 니 : (걱정스레) 할머니가 고향을 찾지 못하신다면······.

병원장 : 꼭 찾을 꺼야. 찾을 수 있구 말구.

시 나 : 할머니 나라에 와서야 왜 사람들이 고향을 잊지 못하
는지, 태어난 곳이 얼마나 소중한지 알 수 있을 것
같아요.

병원장 : (생각에 잠겨 창 밖을 보며) 오십 년도 더 되는 그때,
저기 보이는 저 부두에서 우리 할머니들이 일본군 수
송선을 타고 떠날 때 난 마악 세상에 태어난 어린아
이였지.

잔 니 : 인천이 고향이신가요?

병원장 : (고개를 저으며) 시나 양처럼 나도 넉넉지 못한 시골
에서 자랐어. 나뿐 아니라 그때는 모두가 먹고살 수
없어서 살길을 찾아 고향을 버리고 떠나던 때였지.
만주로 중국으로 일본으로……. (갑자기 시나의 두 손
을 잡으며) 시나 양, 훈 할머니처럼 나도 외국 땅에서
지독하게 고국을 그리워해 본 적이 있어.

시 나 : (놀라며) 설마 선생님께서…….

병원장 : 내 경우는 훈 할머니와 다르긴 하지. (혼잣말처럼) 어
렵게어렵게 의사가 되긴 했지만, 더 배우고 싶은 욕
심으로 미국으로 건너갔지. 6년 동안 고생을 참으면
서 공부만 했어. 어느 날 갑자기 내가 귀국하겠다고
하니까 많은 분들이 못 가게 말리더군. 산부인과 교
수로 성공이 눈앞에 보이는데 왜 고생하려 돌아가느
냐고.

시 나 : 꼭 돌아와야 할 이유라도 있었나요?

병원장 : (여전히 회상에 잠겨) 그건 말로 할 수 없는 지독한

질병과 같았어. 지금 돌아가지 않으면 영원히 고향을
잃고 떠돌이로 살아갈 것 같은…… (현실로 돌아와)
시나 양, 훈 할머니가 평생 동안 그런 아픔을 가지고
사신 것 이해 돼?

시　나 : 할머니는 그런 분이세요. 함께 사시면서도 늘 먼 곳에
가 있는 것 같은…… (불현듯 생각난 듯) 그래서 지
금은 새로운 걱정이 생겼어요.

병원장 : 걱정 말래두, 다 잘 돼 갈 거야. 곧 가족들두 나타나
게 될 거구.

잔　니 : 할머니 가족을 찾게 되셔두 또 다른 가족이 캄보디아
에 남아 있는 거예요.

병원장 : (놀라서 돌아본다, 믿을 수 없다는 표정) 또 다른 가족?

시　나 : 그래요, 캄보디아에선 한국이 고향이었지만 고향을 찾
으신 다음 그때부터 캄보디아에 남은 자손들 때문에
또 다시 가슴이 아프실 꺼예요.

병원장 : (충격을 받은 듯) 시나 양!

(암전 되자마자 어둠 속에서 전화벨 소리. 핀라이트 속에서 병원
　장 전화를 받는다.)

병원장 : 원장이에요. 그렇습니다. 이 기자라구요? 네? 찾았다
구요? 이번엔 틀림없다구요? 훈 할머니 이름이 이남
이, 동생이 이순이가 맞다고요? 아, 살아 있었군요!

― F. O ―

제11장　55년 만의 귀향

(징 소리와 함께 승무곡.
바닷가 보이는 어느 돌담을 끼고 있는 안마당으로 훈 할머니 일
행과 기자들, 구경꾼들 등장.)

황 사장 : 여기가 우리가 찾아낸 훈 할머니 고향집입니다. 기억
　　　　하세요? 이 돌담, 그리고 저 바다.

이 기자 : 할머니께서 어렸을 때 놀러가던 절이 저 뒷산에 있
　　　　지요, 영천사라는 절이, 지금도 가 보실 수 있습니다.
　　　　그리고 저건.

훈 할머니 : (갑자기 경탄을 하며) 저 — 건, 저어 — 건.

황 사장 : (놀라움과 기쁨으로 훈 할머니의 손을 잡으며) 기억
　　　　나세요? 엿가마터?

훈 할머니 : (달려 갈 듯 몸을 앞으로 내밀며) 울아버지, 엿!
　　　　엿!

이 기자 : 선친께서 엿장수를 하던 것이 기억나시는 걸 보니
　　　　이 집이 맞아요!

(무대 한쪽에서 엿타령을 걸쭉하게 부르며 하얀 한복 두루마기를
입은 훈 할머니의 아버지의 환영.)

남이 아버지 : 싸구려 — 막 팔아요. 막 팔아. 감자엿, 호박엿,
대추엿, 생강엿, 찹쌀엿, 깨엿이요. 말만 잘하면 거저
도 주니 오시오. — 자, 오시오. 강원도 금강산 일만
이천 봉 바위마다 섣달 열흘 백일산에 열여섯 우리
남이가 동산물로 고아서 금새 만든 엿기름이 질질 흐
르는 엿…….

남이 아버지 : (남이를 그제야 발견한 듯) 남이야, 인제 오니?
어서 오너라. 그 놈들이 널 데려가던 때가 어제 같구
나. 보따리에 옷과 사진 몇 장을 챙겨들고 널 쫓아
달려가던 때가 눈에 선하구나. 나는 네 손을 붙들고
눈물만 흘렸고 엄마는 바닥에 쓰러져 통곡했지. 하지
만 됐다. 이렇게 다시 돌아왔으니. 네 어미와 난 니가
꼭 다시 돌아올 줄 알았지. 자, 네가 좋아하는 엿 한
가락 주랴? 칠백가루, 후추가루, 깨양념 묻힌 찹쌀엿.

(훈 할머니가 점점 다가가면 갈수록 부분 조명 서서히 암전되면
서 아버지 사라진다.)

훈 할머니 : 오매, 아버지— (흡사 아버님의 무덤 위에 쓰러지
듯 무대 위에 쓰러지면서 오열한다.)

(엿가마터 뒤에서 훈 할머니의 동생 순이가 나타난다.)

이 기자 : 저 분이 이남이 씨의 막내 동생인 순이 씨가 맞습니
까?

순이 할머니 : (달려와서 훈 할머니의 목을 얼싸 안으며) 남이
언니, 우리 남이 언니가 맞지? 어매요! 남이 언니가
살아왔어요. 아이구, 어매요! (흐느껴 울며) 어매가 죽
었다고 했던 남이 언니 맞지요? 남이 언니 맞지요?
(훈 할머니의 얼굴을 쓰다듬는다.)

훈 할머니 : (말없이 고무신을 벗어 순이 할머니에게 벗어 준
다.)

순이 할머니 : (이해할 수 없다는 듯 고무신과 훈 할머니를 번
갈아 바라보다가 왈칵 고무신을 끌어안는다) 맞아, 그
러고 보니 진짜 우리 큰언니가 틀림없어. 엄마 죽기
전에도 말씀했다우. 언니가 끌려갈 때 엉겁결에 고무
신을 벗어줬다구. 언니야, 언니 발 좀 봅시다. (양말을
벗기고 발을 쓰다듬어 본 후 감격해서 훈 할머니의
발을 가슴에 끌어안는다.) 똑같다. 똑같다구. 발바닥이
넓고 엄지발가락이 이렇게 안으로 굽었다구. 어쩌면
이렇게 엄마하고 같을 수가! (큰소리로) 엄니! 언니가
살아왔소. 엄니야!(얼싸 안는다.)

(훈 할머니와 순이 할머니, 두 자매가 서로 얼싸안고 한동안 섧게
운다.
두 자매의 눈물겨운 55년 만의 해후 장면이 실루엣으로 비쳐질
만큼 무대 전체 조명이 점차 어두워지면 무대 한쪽에 위치한 이
기자와 황 사장에게 스포트 떨어진다.)

황 사장 : 이 기자님! 해마다 8월이면 광복을 경축한지도 50년
이 넘었어요, 하지만 일본 침략으로 유린당한 저 한

맺힌 상처들을 제대로 치유한 적이 한번이라도 있었
던가요?

이 기자 : 너무 쉽게 그 상처를 잊는 게 문제겠죠. 일본군 '위
안부' 문제가 언론의 집중 조명을 받을 때마다 우리
사회에선 일제히 규탄의 여론이 들끓곤 하죠. 일본
정부에 대해 분노하고 흥분하고 시위하고 심지어는
화형식까지 하지만 그 열기는 곧 사그러 들고 결국
일본군 '위안부' 문제는 피해당사자와 몇몇 관련 단체
들의 외로운 투쟁이 되어버리는 거예요.

황 사장 : 그 사실이 이 이야기의 끝이 아니고 시작이라고 하
신 말씀이 기억나는군요. 이 기자님을 쿠센 마을로
안내한 것, 참 잘했다고 생각합니다. (의미 있는 웃음
을 띠우며 이 기자에게 악수를 건넨다.)

(이때 시나가 이 기자에게 다가온다.)

시　나 : 이 기자님, 참 고맙습니다. 왜 더 일찍 할머니께 고국
을 찾아드릴 생각을 못했을까요. (잠시 후) 물론 할머
니가 한국사람인 걸 알고서도 그 땐 우리 할머니니까
그냥 캄보디아 사람이라 생각했지요, 메콩강 물을 마
신 사람은 모두 메콩강 사람이라는 말도 있잖아요,
새벽마다 강물을 떠놓고 어딘가를 향해서 절하시는
걸 보고도 우린 그저 극락가시고 싶어서 저러나보다
생각했죠.

이 기자 : 할머니가 새벽마다 메콩강 물을 떠놓고 어딘가를 향

해 절하시면서 무엇을 간구하셨을까요?

시 나 : (의아해서) 네?

이 기자 : 할머닌 고향에 돌아오셔서 꼭 하시고 싶었던 아니,
          꼭 하셔야만 할 마음의 소원을 품고 계셨어요.

시 나 : 그게 무슨 일인데요?

이 기자 : 함께 돌아오지 못하고 이국 땅에 묻힌 원혼들을 편
          안히 잠들도록 해 주는 일이죠.

황 사장 : 내일 영천사에서 위령제를 지내는 거야.

(이 기자, 시나의 등에 다정스럽게 팔을 두르고 퇴장한다.)

제12장　　살아남은 자의 할 일

(세상 떠난 정신대원의 영정들을 두 손에 안고 있는 정신대 가족
들, 한국을 방문한 일본인들 일행.)

도창소리 : 비나니오 비나니오 찾을 것을 비나니오
성도 없이 살아 왔길래 이름도 없이 살아 왔길래
비나니오 비나니오 나라 찾길 비나니오
고향 찾길 비나니오 부모 찾길 비나니오
흙바람 속에 한 시절 피고름 속에 한 시절
눈 귀 막고 한 세상 살았더니
평생토록 내 핏줄보고 지고
갈 길 막혀 떠돌던 빈 넋이야
독한 목숨 부지하여 허겁댁이 돌아오니
어디 가서 물어볼꼬, 어디 가서 찾아볼꼬.

(도창소리에 맞춰 승무가 추어지고 무대 중앙 후면에는 일본군
‘위안부’ 부조상(浮彫像)이 내려온다.)

혜진스님 : (종을 울리며) 소첩 선 청신녀 이용녀 영가, 소첩
선 청신녀 김순이 영가!

(상수에서 이용녀와 김순이 찢어진 흰 저고리에 검은 통치마를
입고 머리에 빨간 꽃 화관을 쓴 채 혼령이 되어 나타난다. 무대

(중앙에 있는 훈 할머니에게로 다가가 반가워한다.)

혼령 1 : 너 하나꼬가 틀림없제? 그래 나 너캉 인천에서 배
탄 버마 이용녀다, 학질거려서 키니네 너무 먹고 미
쳐 버렸제. 기억나것제? 물만 보면 나무조각 띄워 조
선으로 배타고 간다구 허둥댔던. 소독물 마시고도 죽
지 않아서 바닷물 마시고 죽지 않았나?

혼령 2 : 남이야. 내가 널 모를 리가 있니? 어쨌거나 우리 혼
백이라도 거둬서 고향 땅에 데려가겠다던 약속을 지
켜줘서 참 고맙데이.

혜진스님 : 꽃다운 나이, 일본군들에게 끌려가 짓밟히고 잃어
버린 인생 되찾는데 50년. 이제는 주름투성이 할미꽃
되었지만, 용기 있는 그 증언, 그 증언의 힘으로 우리
는 진상을 알게 되었소. 늘 어둠의 그림자가 드리워
졌던 일본군 '위안부' 우리의 할머니, 어머니, 아내와
딸이 겪었던 그 끔찍한 악몽의 세계에 이제 환한 빛
을 쪼이노라! 금일 이용녀 영가와 김순이 영가, 그리
고 가슴 깊이 맺힌 한을 품고 아직도 구천을 떠도는
일본군 '위안부' 모든 슬픈 넋들은 이 위령제를 잘
받들어 고운 색깔 옷 떨쳐입고 왕생극락하라!

(진혼을 위한 승무가 춰진다
이용녀와 김순이 주위를 돌며 부모님과 가족들에게 인사를 한다.
무대 위 사람, 무대 중앙의 길쌈놀이에 참여하여 천을 잡고 돈다.
다시 도창이 불려진다.)

돌아를 왔네 돌아를 왔어
에이야 에이야 딸애가 돌아왔네
이 얼굴이 뉘 얼굴인고
근본이 무엇인고
근본이 해동조선
해도 돋고 달고 돋는 해동조선
천하에 내 이름 알리 없고나
좋은 바람 불거들랑
다시 만나 보고 지고

(이 노래에 맞춰 길쌈놀이가 절정에 이르는 동안 훈 할머니, 무대 중앙에 걸린 「정신대 처녀화상」 앞에 향불을 올린 후 시나와 잔니의 부축을 받아 휠체어에 걸터앉는다. 이 때 30대 일본여자가 나와 훈 할머니가 탄 휠체어에 무릎을 꿇는다.)

일본 여자 : 미안합니다. 정말 미안합니다.
훈 할머니 : 이젠 그 말을 일본 정부의 입을 통해서 듣고 싶군
요.

(무대 한 쪽에 일본 신임총리 오부치 게이조 내각의 농수산상 나카가와 쇼이치가 정장 차림으로 나타난다.)

쇼이치 : 일본 신임총리 오부치 게이조 내각의 농수산상 나 카
가와 쇼이치올씨다. 조선인의 일본군 '위안부'의 실상
에 관해서는 더 이상 밝힐 것이 없소. 일본군인이나
헌병 경찰 및 관리들의 강요와 협박, 폭력에 의한 연

행사실을 증거하는 문서자료들을 발견할 수 없기 때문이요. 따라서 일본정부는 첫째, 지금까지 한국정부와의 협상으로 배상을 종결한다. 둘째, 전쟁 당시 한국민은 일본 국민이였으므로 전쟁법 대상이 아니다. 셋째, 노예제도가 당시에는 금지되지 않았다. 넷째, 당시 전쟁법은 강간을 금지하지 않았다. 다섯째, 현재의 법률을 적용하는 것은 소급입법이라는 입장에서 일본군 '위안부'에게 일본정부 차원의 개인 변상을 절대 있을 수 없으며 다만 여성을 위한 아시아평화국민기금으로 한국인 피해자를 보상하는 것으로써 이 문제를 종결해야 할 것이오.

(음악에 맞춰 일행 모두들 훈 할머니를 앞세우고 길쌈을 들고 퇴장한다.
음악이 계속된다.
서서히 막이 내린다.)

심청이 손에 누가 꽃을 주었는가

전 5막 12장

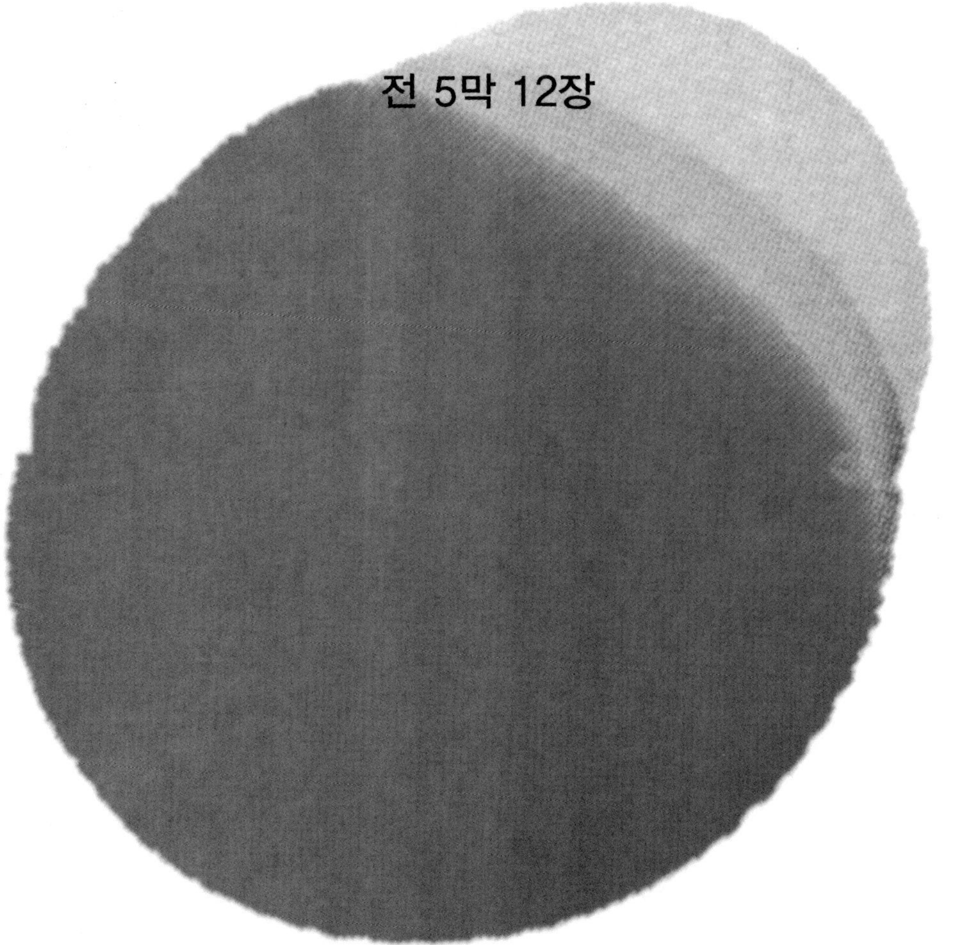

등장 인물

심청.

심 봉사.

뺑덕어멈.

임금.

세자.

왕자.

대신들 1, 2, 3, 4.

백성 1, 2, 및 다수.

홍장군.

화주승(묵대사).

산발이.

선주.

뱃사람들.

군졸들.

맹인들.

도깨비들.

창(唱)과 코러스.

【 제1막 】

제1장 폭풍의 바다

(시야를 가린 폭우 속에 풍랑 이는 바다. 천둥번개 속에 희미하게 나타나는 뱃머리. 갑판 뒤로 쏟아지는 물보라. 우지끈 뱃전이 부서지는 소리. 마치 세상 끝을 보는 듯한 절망과 비탄의 아비규환. 번개가 비칠 때마다 돛대와 뱃전을 부여잡고 파선 직전에서 울부짖는 뱃사람들의 모습이 지옥도를 방불케 한다.
선주만이 침몰 직전의 배를 구하기 위해 사력을 다해 선원을 독려하고 있지만 이미 뱃사람들은 엄청난 자연의 괴력 앞에 넋을 잃고 탈진해버린 모습이다. 초자연적인 세력과 그 주술에 결박당한 모습이다.)

선   주 : (사력을 다해) 노를 놓지 마라. 목숨이 아까우면 제 자리를 지켜라.

뱃사람 1 : 노가 부러졌습니다.

뱃사람 2 : 으 ― 악 뱃전이 부서집니다.

선   주 : 계속 노를 저어라. 자리를 떠나는 자는 목숨을 건지지 못하리라. 고수는 무엇하느냐? 북을 쳐라, 북을……!

뱃사람 3 : 아이구, 하느님 제발 굽어살피소서.

뱃사람 4 : 아이구, 용왕님 이 불쌍한 죄인을 용서하소서.

세 자 : (돛을 붙들고 있던 한쪽 손을 위로 치켜들며) 천지신
명이시여, 이 불쌍한 백성들을 버리지 마옵소서. 구
하여 주옵소서.

(갑자기 천둥번개가 내려친 직후 서서히 천지 운행이 중단된 듯
파도가 잠잠해진다. 배 안에 있는 모든 사람들은 그 자리에 넋이
나간 채 못 박힌 듯 굳어 서 있다.)

소리들 : 폭풍이 멈췄다! 파도가 잠잠해졌다!

(곧이어 사방으로부터 짙은 해무가 몰려와 배와 뱃사람들을 가려
버린다.)

선 주 : 배가 좌초되면 모두 죽는다. 닻줄을 잡아라. 북을 쳐
서 소리를 내라.

(암전.)

(선실 안에서 의관 정제하고 엎드려 보고서를 쓰고 있는 사신 위
에 Pin이 떨어지면, 잦아드는 북소리와 함께 그의 육성이 흘러나
온다.)

사 신 : 명나라 사신은 조선 임금께 아뢰옵니다. 귀국하는 왕
세자를 모시고 남경을 떠나 배에 오른 후 이틀이 지
나 마침내 황해도에 이르러 육지를 면전에 두고 항해

를 하던 중 불어닥친 폭풍에 배가 파선 직전에 이르렀으나 성은이 망극하와 갑자기 폭풍과 격랑이 멎고 잠잠하더니 뒤이어 지척을 분간할 수 없는 해무 속에 배는 방향을 잃고 표류하게 되었습니다. 이 와중에도 세자마마께옵서는 조금도 당황치 않으실 뿐더러 오직 천지신명께 비시기를 잠시도 마지 않으셨사옵니다.

(암전.)

(꺾어진 돛대 앞에 무릎을 꿇고 하늘을 우러러 기도하는 세자.)

세 자 : 이 몸이 불효하여 아바마마의 지존을 옆에서 뫼시지 못하고 고국을 떠나 볼모의 몸으로 타국 땅에서 갇혀 지내기를 오개 성상, 이제 이 나라 사직과 열조의 도우심으로 환국의 은혜를 입었으나 몽매에도 잊지 못하던 고국 땅을 지척에 두고 이 목숨을 부지하지 못한다면 이것이 하늘의 뜻이옵니까? 이 모진 안개를 거두어 주소서. 살길을 열어 주옵소서. 이 천한 몸을 도모해 주시오면 성군을 도와 국태 안녕을 위해 이 한몸, 목숨이라도 내놓겠습니다. 하늘이여, 바다여, 땅이여 불쌍히 여겨 주옵소서.

(암전.)

(빨라지는 북소리.)

뱃사람들 : 해무가 물러간다. 햇살이 보인다. 저기 육지가 보인
다.

뱃사람 1 : 선주 나리. 저기 무엇이 이쪽으로 오고 있습니다.

뱃사람 2 : 파선한 배인 것 같습니다.

선   주 : 배를 가까이 대어라. 밧줄을 던져 끌어 올려라.

(배 모양을 한 커다란 버들고리를 건져 올린다.
가까이 몰려들자,)

선   주 : 물러들 서거라!

뱃사람 3 : 관처럼 생겼으니 부정한 것이 틀림없사옵니다.
다시 바다 속에 던져 버리는 게 좋을 듯합니다.

세   자 : 저 버들고리가 조선 땅의 것인지 중국 쪽에서 흘러
온 것인지 알아보도록 하라.

선   주 : 뚜껑을 걷어내어라.

(뱃사람들 몇이 뚜껑을 열자 놀라서 물러선다.)

세   자 : 무엇이 들어 있는지 어서 고하지 못할까!

선   주 : (가까이 가서 보고 흠칫 놀란다.) 오지 마옵소서. 시신
이옵니다. 가까이 오지 마옵소서. 여봐라, 관 뚜껑을
덮고 다시 바다에 던져 버리도록 해라.

세   자 : 부정한 것이라니?

선   주 : 보시면 안 되옵니다. 죽은 것이옵니다.

세   자 : 잠깐! 그 시신이 어느 나라 백성인지 알 수 없겠느냐?

선 주 : (가까이 가서 살펴 본 후) 입고 있는 옷과 형상이 조
          선의 아녀자인 것이 틀림없사옵니다.
노사공 : (앞으로 나오며) 아뢰옵기 황송하오나 이 시신을 다
          시 바다로 띄워 보내는 게 옳은 듯 하옵니다. 바다가
          노하여 겨우 죽을 고비를 넘긴 지금 저 부정한 시신
          을 가까이하면 저희들이 화를 면키 어려울 줄로 아옵
          니다.
세 자 : 하면, 육지에서 떠내려 온 것이냐?
선 주 : 세자마마! 이 험한 물길을 오고가는 상선이 무사하기
          를 빌어서 어린 낭자를 사서 수장하는 관습이 있사온
          데 한 번 용왕님께 바친 제물은 바다로 돌려보내야
          할 것이옵니다.
세 자 : 어리석고 해괴한 풍습이로구나. 사람을 이 험한 바다
          에 제물로 바치다니……. 내가 비록 오래 타국의 볼
          모로 잡혀 있던 몸이었기로 백성의 풍속에 무지하나
          장차 나라를 다스릴 임금으로 이 일을 모른 척할 수
          없소. 자세히 조사하여 내게 알리도록 하시오.
선 주 : 세자마마. 우리 뱃사람들에게도 반드시 지키는 법이
          있사옵니다. 한 번 용왕님에게 바친 제물이면 육지의
          중생이 관여 못 할 것이오니 그 명을 거두어주소서.
모두들 : 거두어 주소서.
세 자 : (칼을 뽑는다) 듣거라! 참으로 무법하구나! 모든 법이
          다 하나로써 하늘의 법이 나라의 법이나 다 똑같으니
          라. 너희는 백성을 중히 여겨야 할 나라의 법도를 우
          습게 보려 하느냐.

모두들 : 황공하옵나이다.

세 자 : 한 번 죽은 것을 무고하게 두 번 죽일 수 없느니라.
그 불쌍한 시신을 어서 거두도록 하라.

(모두 황급히 버들고리를 옮기기 위해 들어올리려 할 때 하늘에
서 큰 천둥소리와 번개가 치자 크게 놀라 엎드려진다.
해무가 몰려오고 한줄기 빛이 그 고리 위에 머문다. 고리 뚜껑이
천천히 열리자 심청이 안개 속에 모습을 들어낸다.)

세 자 : (칼을 겨누며) 누구냐! 산 자냐 귀신이냐! 대답하라.
(대답이 없자) 요상한 귀신이 틀림없구나. 허면 이 칼
이 너를 무사히 돌려보내지 못하리로다.

(더 밝은 빛이 심청이를 둘러싸고 그 손에 모아 쥔 연꽃을 밝게
드러낸다. 세자 눈부시어 몸을 가누지 못한다.)

세 자 : (칼을 떨어뜨리고 무릎을 꿇는다.) 뉘시오니이까? 도
대체 귀인은 누구시기에, 누구시기에 여기…….
심 청 : 세자마마! 놀라서 마옵소서!
세 자 : (서서히 몸을 일으키고) 제발 대답해 주시오. 이토록
눈부신 모습으로 내 앞에서 말하는 낭자는 하늘에서
하강한 선녀인가요? 용왕의 따님인가요?
심 청 : (무릎 꿇고 연꽃송이를 바친다) 저는 선녀도 공주도
아닌 이 나라의 백성으로 비천한 계집이옵니다. 오늘
장차 이 나라의 임금이 되실 태자마마의 은총을 입어
목숨을 건졌사오니 몸 둘 바를 모르겠사옵니다. 부디

이 연꽃송이를 받아주옵소서.

세　자 : 비천한 백성이라니? 무슨 말씀이오. 내 귀인의 이 어
찌된 곡절을 알기 전에는 그대를 이 세상 사람 아닌
신령할 존재로 우러러 모시겠소이다.

심　청 : 지금 이 자리에서 다 아뢸 수 없사옵니다. 다만 이름
은 심청이, 황해도 찬자리 출신의 소생에 불과하옵나
이다.

세　자 : 더욱 알 수 없어지는구나. 헌데 어찌 이 흉흉한 바다
에서 목숨을 부지하였으며 이 눈부신 꽃은 어찌된 사
연이오?

심　청 : 소녀는 본래 앞 못 보는 불쌍한 아비 심학사의 딸이
온데 아비의 눈뜨기만을 소원하여 이 목숨을 죽을 곳
에 내 놓았으나 목숨을 돌려 받은 큰 은혜를 입었사
옵나이다. 천한 몸이 이 꽃을 얻었으니 아비가 눈을
뜨는 소원을 이룬 것은 분명하오나 불쌍한 이 나라
백성을 구하는 일은 오직 임금으로만 하실 수 있는
일이오니 부디 이 꽃을 받으시어 백성을 구원하시옵
소서.

세　자 : 아. 하늘이 나를 도우셨도다! 내가 오랑캐 땅에 잡혀
일심으로 대왕마마와 백성들의 안위를 하늘에 빌었더
니 하늘이 도우셨도다. (심청이의 손을 잡고 감격하
며) 하늘이여, 하늘이여, 제가 태산같은 은혜를 입었
나이다.

제2장   이상한 소문들

대신 1 : 도대체 이게 무슨 해괴한 일이요. 상감마마와 함께 들어온 명나라 사신이 닷새가 지났는데도 조정에 들어와 대왕마마께 예를 갖추어 알현하기를 미루고 있는 이유가 무엇이라고 생각들 하시오?

대신 2 : 남경에서 오는 뱃길에 심한 풍랑을 만나 아직도 앓아 누워 있다고 하지 않습니까.

대신 3 : (분개하며) 공연한 핑계입니다. 기왕에 먼저 도착한 후금국에서 온 사신과 마주치기 꺼려 대왕마마 알현을 미루고 있는 것입니다.

대신 1 : 그나저나 외국에서 온 사신들이 서로 다투어가며 이 나라의 국사를 간섭하려 하고 있으니 참으로 통탄할 일이오.

대신 4 : 대왕마마께서 하루 빨리 왕세자를 임금으로 책봉해야 할 때가 아닙니까?

대신 3 : 옳소이다. 명나라가 볼모로 데려간 세자마마를 돌려보낸 이상 속히 왕위를 물려 받으셔야 하오.

대신 1 : 그래서 중신들의 의견을 듣자고 하는 것이오. 먼저 명나라 사신이 상감께 나아가 황제의 뜻을 밝혀야만 대왕께서도 결정을 내리실 것이라 보오.

대신 4 : 명나라 사신이 병을 얻어 앓아 누워 있다는 소리는

당치 않은 핑계입니다. 들리는 말로는 당초 명나라에
서 떠날 때 각기 다른 두 개의 친서를 지니고 왔는데
어느 쪽을 내놓을지 우리 조정의 동향을 살피고 있는
중이라 하오.

대신 2 : 두 개의 친서라니? 혹시 명나라 마음대로 왕통의 결
정을 좌우하겠다는 것이 아니오니까?

대신 3 : 명나라 뜻대로가 아니라 먼저 우리 조정의 결정을 분
명히 해야 합니다.

대신 1 : 대왕께서 어찌 그것을 모르시겠소? 다만 명나라의 적
국인 후금이 거듭 사신을 보내어 우리와 국교 개선을
하도록 강요하고 있으니 이러지도 저러지도 못하고
있을 뿐이오.

대신 3 : 명나라가 왕세자를 볼모에서 풀어준 것은 그 세력이
쇠하여 지고 있는 이때에 북방 오랑캐인 후금이 점점
강해지기 전에 조선과의 관계를 더 강화하려는 의도
가 분명하오.

대신 1 : 만약에 우리가 후금의 요구대로 조선이 후금과 국교
를 가진다면 어찌하겠소?

대신 2 : 아마 어떤 명분을 내세워서라도 왕세자가 왕위를 계
승하지 못하도록 다시 볼모로 데려가려 하지 않겠습
니까?

대신 4 : 더 이상 왕위계승을 미룰 수 없습니다. 명 황제가 세
자의 왕위계승을 반대한다면 차라리 잘된 일입니다.
아우님이신 둘째 왕자인 대군이 계시지 않소?

대신 1 : 무슨 이유로 왕세자를 폐위시킨단 말이오.

대신 4 : 여러 중신들은 대궐 안에 들리는 저 소리를 듣지도 못하시오? 아무리 오랫동안 먼 타국에서 고생이 심했기로서니 귀국하자마자 매일 잔치가 웬 말입니까? 대왕께서 노환으로 앓아 누워 계신 이때에…….

대신 3 : 맹인잔치라 하지 않소.

대신 4 : 앞 못 보는 맹인들보다 앞을 내다 볼 수 없는 나랏일 먼저 걱정해야 하지 않소이까? 그런데 이 무슨 세자의 체통에 벗어난 요괴한 일이오?

대신 2 : 혹시 세자가 데려온 심청이라 하는 여자에 대해서 알아본 것이 있소이까?

대신 4 : 들자하니 조선 아녀자가 아닌 북방 오랑캐의 피가 섞인 혼혈이라는 말이 들리오. 뱃사람을 흘려 큰 재산을 모은 기녀라고 하던데 심지어 장님을 눈뜨게 하는 비술을 가졌다고도 하오. 말세에 큰 변고가 일어날 징조라는 것이 이를 두고 한 말이 아니오?

대신 1 : 왕세자가 그런 요물에 미혹되어 장차 세자빈이 되고 국모가 될 것이라고 생각해 보시오. 이 나라가 어떻게 되겠소?

모두(대신 3을 제외하고) : 절대로 아니 되오.

대신 1 : 먼저 심청이라는 그 요물 같은 계집아이의 전력을 소상히 알아내도록 엄하게 명을 내리시오.

대신 4 : 누구에게 시킬 것 없습니다. 제 손으로 이 일의 전후를 밝혀내고야 말겠소이다.

(암전.)

제3장 맹인 잔치

(멀리 잔치하는 흥겨운 소리, 흥겨운 노래에 맞춰 펼치는 춤사위
가 무대 상단에 보이고 아래쪽 좌우에서 초라한 행색의 장님들
이 더듬거리며 모여들기 시작한다.)

소 리 : 조선팔도 천하 맹인들을 한양으로 불러들여 맹인잔치
베푼다네.

봉사들의 唱 · 1 :

병신 중에 불쌍한 게 나이 많은 병신이요.
병신 중에 불쌍한 게 앞 못 보는 맹인이라
눈 어둔 사람 구완함이 그 중에 으뜸 아닌가.

봉사들의 唱 · 2 :

경 읽어 사는 봉사 점하여 사는 봉사
계집에게 얻어먹는 봉사 아들에게 얻어먹는 봉사
딸에게 얻어먹는 봉사 풍각쟁이로 사는 봉사
걸식으로 사는 봉사 불쌍하고 불쌍타.

소 리 : 오시오, 봉사님네들, 어서들 오시오.

합 창 : 썩은 뼈에 살이 나고 마른나무 꽃 피겠네

컴컴한 우리 눈이 부모 얼굴 모르더니
일월성신 보겠구나 산천초목 보겠구나.

봉사 2 : (따라 하듯 노래하며 춤추며) 경사 났네, 경사 났어.
개벽천지하야, 두 눈 번쩍 뜬다네.
봉사 3 : (의심하며) 그게 참말이렷다! 정년 헛소문은 아니렷다.

(세 사람이 서둘러 한 방향으로 달리다가 딱 머리가 부딪친다.)

봉사 1 : 어이구. 이 놈아 넌 눈도 없느냐?
봉사 2 : 그렇게 말하는 네 놈은 내가 봉사인 줄도 모르느냐?
봉사 3 : 장님이 장님더러 못 본다 하니 너희들은 성한 눈 따
로 두고 본다더냐?
봉사 2 : 천지간에 이렇게 눈 똑바로 뜬 놈이 없단 말이냐.
봉사 1 : 피차에 초면이요, 봉사님일세 그랴. 통성명 하옵시다.
봉사 2 : 구면이면 알아보겠소? 통성명 다 하다가는 날 새겠으
니 함자들만 이르시오.
봉사 1 : 그럽시다. 내 성은 전에 수레 車더니 초라하기에 앞
뒤 촛대를 때버렸오.
봉사 2 : 거 무신 소린지 무식해서 알아듣겠소?

(위에서 계속 글씨를 쓴 흰 종이가 내려와 보여주나 아무도 읽을
수 없다. 모두들 우두커니 서 있을 때 심 봉사가 앞으로 나무막
대를 휘저어 허공에 획을 그려본다.)

심 봉사 : 申씨 성인가 보오?

봉사 1 : (감탄하며) 아는 품이 용하시오. 아주 까막눈은 아닌
　　　　　가보오.

봉사 2 : 그럼 내 성도 알아 맞추어 보시오. 내 성은 해 뜨는
　　　　　데를 못 보는 자요.

심 봉사 : (다시 막대를 크게 휘두른 뒤) 예. 동이 막혔으니 묵
　　　　　을 진(陣)씨로구나.

모두들 : 허……. (감탄한다.)

봉사 3 : 내 성은 길에서 똥 누는 자요.

심 봉사 : 예, 굴 갓이 흙 묻을까 봐 지팡이 박고 덮었으니 송
　　　　　(宋)씨시오.

봉사 4 : (뒤뚱거리고 나오며) 내 성은 소리를 들으면 값진 보
　　　　　물이다가 글로 쓰면 양반 행세 못할 성이요.

심 봉사 : 당신 성은 은나라 은(殷)자요.

봉사 4 : 용하시오, 용해.

봉사 5 : 내 성은 작대기 들고 토기 쫓는 자요.

심 봉사 : 그건 사냥꾼의 성이오. 버들 유(柳)자시로구만.

봉사 6 : 내 성은 낮에만 말하는 자요.

심 봉사 : 예, 낮에만 말하시니 분명 허(許)씨요.

봉사 7 : 내 성은 소(牛) 속에 들어가면 병이 되고 사람 속에
　　　　　들어가면 약이 되는 자요.

심 봉사 : 예, 누를 황(黃)자요.

봉사들 : 대답이 무던하이.

봉사 1 : 그러이. 그렇게 유식한 봉사 님 성씨도 좀 들어봅시다.

봉사들 : 옳거니. 도대체 봉사 님은 뉘시오?

심 봉사 : (한숨을 푹 쉬며 돌아선다.)

봉사 4 : 왜 그러하오? 당신 성을 묻는데 한숨은 왜 쉬시오.

심 봉사 : 내가 내 사연을 말하면 봉사님네들 알아 들겠소?

봉사 2 : 눈먼 사정이건 말 못 할 사연이건 들어봐야 통사정하
지 않겠소?

심 봉사 : 여보시오. 내 성씨가 궂디궂어 남의 앞에 내놓자면
눈물이 먼저 나와 말할 수 없구려.

봉사 6 : 어허. 그 눈물나는 성씨를 뭐라고 말하면 우리가 알아
듣겠소.

심 봉사 : 근본 내 성은 잠길 심(沈)자 였더니 내 가세가 이렇
게 가라앉아 버렸구랴. (물 속에 빠져 허우적거리는
흉내를 내자 모두 따라 한다.) 물에 빠져 죽으러 해도
못 죽겠더니 내 딸년이 제물로 몸을 팔아 큰 바다에
제 몸을 던졌소 그려. 남경 가는 장사 배에 몸을 판
돈이 큰 밑천이 되더니 장님 코 베어 갈 세상에 눈앞
에서 그 돈 다 탕진하고 눈을 뜨기는커녕 이렇게 중
병을 얻어 매일 죽은 딸년 생각에 한숨으로 지샌다오.

봉사 1 : 오호, 당신이 바로 소문으로만 듣던 沈자 성가진 심
학사시구랴.

모 두 : (앉은걸음으로 다가와 손을 더듬어 잡으며) 풍덩 沈
씨 심 봉사면 효자 심청 아비로고.

봉사들 : 부럽소 부러워. 그런 딸이라면 눈 못 떠도 자랑할 만
하이.

다른 봉사들 : 암, 아들 열하고도 안 바꾸지.

봉사 1 : 암, 누가 있어 내 눈뜨길 빌어줄까!

모 두 : 가보세~ 가보세~ 눈뜨러 가보세~

(손잡고 가며)

우리가 눈을 볼 양이면 길 가기가 좀 좋겠나
(아무렴 그렇지 그렇구 말구)
저 산을 무슨 산 이 물을 무슨 물
저 마을은 터 좋으니 부자가 살겠고
이 무덤은 명당이니 과거에 급제 나겠고
(아무렴 그렇지 그 아니 경사런가)
막대 잡고 손을 잡고 활개치고 훨훨 가면
산천 경계 그 아니 좋을 시고!
한양 길 멀어도 다리도 덜 아플세
(내 말이 그 말일세 그렇구 말구)

심 봉사 : (점점 뒤떨어져 혼자 되며) 두 눈이 캄캄하여 천방
     지축 따라가나 잠만 오고 다리 아파 암만 해도 갈
     수 없다.

(갑자기 뺑덕어멈 달려 나와 심 봉사를 가로채어 반대 방향으로
끌고 간다.)

뺑덕어멈 : (객석을 향해) 내 이럴 줄 알았지. 이 영감이 글쎄
     날 내버려두고 혼자 한양 가서 팔자를 고치려고 한다
     니까.

(암전.)

제4장　연꽃 대화

(자정 가까운 밤 대궐 궁내의 별궁. 침소에 등이 켜 있고 심청이
　앉은 그림자가 그린 듯 비쳐 나온다. 세자가 별군의 인도를 받아
　들어선다.)

세　자 : 너희들은 그만 물러가거라. 잠시 여기 머물다가 나 혼
　　　　자 동궁으로 들겠다.

(별군들 읍하고 퇴장.
세자 혼자 그리운 마음으로 한참을 청의 그림자를 바라보고 서
　있다.)

세　자 : 청이! 낭자가 지금 내 곁에 있는 것을 이 눈으로 보
　　　　지 않고는 잠들지 못하리라. 청이, 낭자가 여기 있음
　　　　으로 내가 아직도 살아 생명을 부지하는 일이 꿈만
　　　　같구려. 매일매일 사는 일이 감격스러울 뿐이오. (품
　　　　에서 연꽃을 꺼낸다) 그대야말로 내 어둡고 수심뿐인
　　　　인생에 생기를 찾아준 한 송이 연꽃이오. 내 구차한
　　　　삶이 낭자를 만나고 나서야 이제 광명을 찾은 것이나
　　　　다름없소.

(청이, 인척에 놀라 밖으로 나온다.)

심　청 : 이 늦은 야밤에 밖에 뉘신지요.

세　자 : 청이, 나요. 어마마마를 늦게까지 모시고 있다 잠드신
　　　　것을 보고야 돌아가는 길이요.

심　청 : 황공하옵나이다. 세자마마, 하온데 상감마마의 병환은
　　　　어떠하신지요.

세　자 : 오래 전에 얻은 중환이시라 차도가 없어 근심이라오.

심　청 : 소저도 민망하여 몸 둘 바를 모르겠나이다.

세　자 : 청이는 매일 아비를 찾아 맹인잔치에 여념이 없으니
　　　　얼마나 고달프시오.

심　청 : 오히려 기쁠 따름이옵니다. 비천한 소녀가 하해 같은
　　　　은혜를 입어서 아비를 다시 만날 소망을 갖게 해 주
　　　　셨으니 몸 둘 바를 모를 뿐이옵니다.

(세자, 청의 두 손을 잡는다.)

세　자 : 그게 어찌 내 덕분이겠소. 청이야말로 하늘이 내리신
　　　　효녀가 아니오? 인륜을 가르칠 때 부자유친이 군신유
　　　　의보다 앞선다고 배웠소. 부가 자(慈)하고 자가 효
　　　　(孝)한 것이 반듯해야 나라가 올바르게 선다 하오. 그
　　　　런 즉 청이의 그 어진 마음은 이 나라 임금에서부터
　　　　백성까지 모두에게 큰 본이 될 것이라고 믿소.

심　청 : (세자의 손에서 벗어나며) 어찌 제가 그런 효의 자리
　　　　에 설 수 있겠습니까. 아니옵나이다. 저야말로 가장
　　　　큰 불효를 범한 죄인이옵니다. 아비를 위한다하면서
　　　　아비를 버렸습니다. 아비의 산 가슴에 무덤을 파는

아픔을 드렸습니다.

세 자 : (좇아가 다시 손을 잡는다) 당치않은 말 마오. 청이.

심 청 : (더 멀리 떨어지며) 어제 밤에도 꿈에 아버지가 나타
나더이다. 차가운 물 속에 빠져 허우적거리시는데 이
번엔 아비만 눈멀었을 뿐 아니라 저도 눈멀어서 물
속에 가라앉더이다. 그런데 아비보다 내가 먼저 살려
고 손을 뻗쳐 허우적거리니 아비와 점점 멀리 떠내려
가 아비가 보이지 않더이다. 아비보다 내 눈 먼 것이
더 어둡고 깊어서 천지가 다 어둡다는 생각에 슬퍼
울음만 나오더이다.

세 자 : 청이, 그건 청이가 아비의 고통을 누구보다 더 잘 알
기 때문에 당하는 슬픔이오.

심 청 : 아비의 고통을 내가 어찌 다 안다 할 수 있으리까, 철
들 때부터 효녀, 효녀, 효녀 심청이라는 말 때문에 나
하나 없어지더라도 아비를 구해야 한다는 생각만 있
었을 뿐, 아비가 정녕 눈을 떠서 밝은 세상을 볼 수
있는 것은 하늘이 도우실 일, 제 혼자의 힘으로 어찌
아비의 눈을 떠서 세상을 볼 수 있게 해드린다고 하
겠습니까?

세 자 : 허면 세상은 참으로 공평치 못한 것, 모든 고통에서
우린 모두 눈 뜬 장님일 뿐, 인간의 모든 수고도 정
성도 헛된 일! 정녕 그렇단 말이오?

심 청 : 소녀 같은 미천한 것이 어찌 알 수 있겠사옵나이까?
눈 먼 아비 옆에서 헤어지지 않고 함께 살 수 있기만
하면 그것이 행복인 줄 미처 알지 못했던 소녀이옵나

이다. 매일같이 찾아드는 맹인들을 보면서 가슴 미어
지는 슬픔만 더해지더이다.

세　자 : 낙심하지 마오. 반드시 아비를 만나고, 아비가 눈뜨는
세상을 볼 수 있으리다. 공양미 삼백 석보다 더 귀중
한 목숨을 아비를 위해 감히 버리지 않았소?

심　청 : 아비가 눈뜨는 세상이 온다는 게 참말이옵나이까?

세　자 : (주저하며 회의에 빠진다.) 5년 동안을 대국의 불모로
잡혀가서 내가 무엇을 생각하며 지냈는지 아시오? 내
가 당하는 수치가 나 일신의 수치가 아니고 내 나라
가 힘이 없어서 당하는 수치일진데 내 반드시 이 원
수를 갚으리라. 반드시 살아서 돌아가리라. 왕이 되리
라. 세자가 아니었더라면 이 능멸을 겪지 않아도 되
었을 것! 태자의 몸으로 태어난 것이 원망스럽기 그
지없었소. 오직 왕이 되는 것, 그래서 나라와 백성을
구할 수 있다면…….

심　청 : 세자마마!

세　자 : (청을 품에 안으며) 청이, 하늘이 맺어준 우리의 인연
을 거스르지 맙시다. 새 세상을 바라봅시다. 반드시
온 백성이 눈뜨는 세상을 내가 보여드리리다. 이제부
터 험한 세월 눈물뿐이었던 아픈 기억일랑 잊도록 합
시다.

심　청 : 세자마마!

세　자 : (품에서 연꽃송이를 꺼내 청에게 보여준다) 청이? 청
이는 이 연꽃을 나에게 주었소. 청이가 다시 태어난
날. 아니지 내 인생이 다시 시작된 날, 그 날처럼 심

청이가 내 앞에서 매일매일 새로 태어나는 것을 보여
주오. 이제부터는 쓰라린 어제를, 과거를 기억하지 맙
시다.

(그 꽃을 청이 앞에 내민다. 갑자기 사방이 어두워진다. 한 줄기
희미한 빛이 서서히 드려난다.)

심 청 : 과거를 잊고 아무 일도 없었던 것처럼 살라고 하시는
가요? 그것이 가능한 일인가요? 세자마마 당신은 잠
들었다 깨어도 여전히 상감의 아들, 하지만 이 몸은
바다 속 깊은 용궁에서 숨이 끊어졌다가 다시 살아도
여전히 이 나라 이름 없는 백성의 딸! 기억이 없다면
저녁이 되어도 아침이 있었던 것을 잊을 것이며 어둠
이 가고 날이 밝아와도 오늘은 여전히 오늘일 뿐, 떨
어진 낙화를 보고도 꽃을 기억 못할 것이며 아름다운
깃털을 보아도 새는 기억 못할 것이며 오오, 아비를
보고도 아비를 기억 못할 딸이 될 뿐! 눈먼 아비를
버린 이 불효를 어찌 잊을 수 있겠나이까. 어찌 잊
으라 하시나이까.

【 제2막 】

제5장 심청이의 전력·1

(대궐의 한쪽, 대신 4가 앉아 있고 사령이 뜰에 대령하여 서 있
 다.
 북소리 한번 크게 울린 후)

대신 4 : 여봐라, 심학규라 하는 자를 데려 오라 하였더니 어찌
        되었느냐.
사　령 : 지금 곧 불려들이겠사옵니다. (안에다 대고) 들라하여
        라.

(밖에서 "네에잇" 하는 소리와 함께 포졸 두엇이 뺑덕어멈을 데
리고 들어온다.)

대신 4 : 아니, 이건 봉사가 아닌 두 눈 멀쩡한 계집이 아니냐.
포　졸 : 심학규라는 봉사는 찾을 수 없고, 심 봉사와 산다는
        여인이 있기에 데려왔사옵나이다.
대신 4 : 네가 심학규의 처라면 심청이가 네 딸이 틀림 없느
        냐?

뺑 덕 : 아니 올습니다요. 그저 심청이 내력을 소상히 일러바
       치라 하옵기로…….
대신 4 : 뭣이 어쩌고 어째? 심청이를 네가 낳지 않았다면 데
       려다 기른 자식이란 말이냐?
뺑 덕 : 그게 아니라 쇤네는 심 봉사의 후처일 뿐이옵니다.
대신 4 : 그게 분명하다면 어째서 심 봉사를 데려오지 않고 너
       혼자 왔더란 말이냐?
뺑 덕 : 같이 오는 길에 헤어져서 쇤네는 혼자 먼저 당도하였
       사옵나이다.
대신 4 : 뭣이 어쩌고 어째? 길에서 헤어지다니 다투기라도 했
       단 말이냐?
뺑 덕 : 그것이 글쎄…… (지팡이를 들어 보이며) 지팡이 끝을
       단단히 잡고 내 뒤를 쫓아오던 중이였는데 길에서 잠
       시 쉬던 중에 다시 일어나 오다 보니 영감이 보이지
       않습니다요.
대신 4 : 눈뜬 자나 감은 자나 못 보기는 마찬가지로고…… 그
       래, 네가 심청이 내력을 소상히 꿰뚫듯이 말 할 수
       있겠느냐?
뺑 덕 : 여부가 있겠습니까. 쇤네 말고 청이를 잘 아는 사람이
       있다면 나와 보라구 합쇼. 심청이를 길러낸 것이 이
       쇤네가 아닌 갑쇼?
대신 4 : 네가 심청이 유모였단 말이더냐?
뺑 덕 : 그게 아니 굽쇼. 제가 본래 심성이 착해서 불쌍한 것
       을 보면 못 본 척하는 성미라…….
사 령 : 불쌍한 것을 보고도 못 본 척해? 심청이를 어찌 길러

냈느냐 묻고 계시지 안느냐?

땡 덕 : 어련하겠습니까요? 그럼 시작해 볼랍니다.

(암전하면 마당놀이 무대로 바뀌어 각색 백성들, 봉사들이 하나 둘 모여들어 자리 잡는다.)

땡 덕 : (장단에 맞추어 창하듯) 여기 계신 양반님네들 내 말 좀 들어들 보소.
심청이 아비 심학규가 본래 황해도 땅 찬자리 마을에 가난한 선비로 태어났으나 과거 급제하고 입신 출세하기 위해 불철주야 글만 읽던 사람이었더라. 과거 보기를 일곱 번 낙방하기를 일곱 번, 출세길은 고사하고 나이 들어도 시집오겠다는 색시 하나 없어 형편 없는 노총각이 되었겠다. 윗찬자리 건너 마른자리 곽 씨 집에 과년한 딸이 하나 있기로 그 노친네가 양반 한 번 되어보자고 그 가난한 심씨 집, 심학사 집에 며느리로 보냈겠다. 아이고, 시집 온 지 한 달 만에 시부모 상을 당해 부부가 살았는데 농사 지을 땅 한 마지기 없는 터에 심학사는 냉수 마시고 수염만 쓸고 앉은 백수요. 일 년 열두 달 허구한 날 제삿날이 다가와도 쌀 씻을 물 한 그릇도 어려우니 밥 굶기가 일반이라. 삯바느질하기, 밭에 나가 품앗이하기, 정승댁 찬모 노릇, 동네빨래하기, 도대체 궂은 일 마른일 할 것 없이……

백성 1 : 자, 그만하구 다음 얘기로 넘어가게 그려.

뺑　덕 : 어느 날 심학규 아내가 불쌍하여 아무도 몰래 나무나
　　　　한 짐 하러 산에 올랐다가 벼랑에서 떨어져 그만 두
　　　　눈이 상하는 사고를 당했것다. 그냥 눈이 멀어버린
　　　　게라 곽 부인 어쩌것소? 무슨 년의 팔자가 이 모양이
　　　　요. 내빼버렸겠소?

백성 2 : 그럴 수야 없지. 팔자 소관인 걸.

뺑　덕 : 암, 어쩌겠소. 달도 차지 않아서 엎친 데 덮친 격으로
　　　　자식을 터억 낳았것다. 이거 당신 핏덩이요. 심 봉사
　　　　가 받아보니 딸아이라. 그 길로 나 몰라라 친정으로
　　　　도망쳐 부릿소, 그려. 내가 불쌍하고 불쌍해서 그 집
　　　　에 들어가 그 날부터 홀아비 돌보며 핏덩이까지 키우
　　　　는데…….

백성 1 : 거, 어찌 이야기가 매우 수상쩍다.

백성 2 : 여편네가 고생 자심하여 내뺀 집에 어째 고생 사서
　　　　하자고 기어 들어갔던가.

뺑　덕 : 내 얼굴을 보소. 내가 왜 뺑덕어멈이요. 나 같이 얽은
　　　　여자 데려다 살겠단 서방 없으니 마침 심학사는 봉사
　　　　라도 마음 착한 양반의 끄트머리라. 오, 옳지 저이 앞
　　　　에서는 내가 양귀비 아니라 절세 가인이라 해도 믿겠
　　　　거니. 내가 뺑덕이가 아니라 양귀비로 팔자를 고쳐보
　　　　련다. 그때부터 심 봉사는 심청이 안고 이 집 저 집
　　　　젖 얻어 먹이려 돌아다닐 때 나는 실컷 내 먹을 것
　　　　찾아 먹고 잠자고 싶은 것 자고…….

백성 1 : 예끼 못 된 여편네 같으니라고 뭐 심청이를 제 손으
　　　　로 키웠다고?

맹 덕 : 이것 보시오. 내가 아니면 누가 그런 망해버린 집에
들어가 살겠소. 나도 불쌍한 마음이 들 땐 눈 먼 서
방 동행하여 이 집 저 집 젖동냥하러 다닌 것이 한두
번이 아니라오.

백성 2 : (장단에 맞추어 창하듯) 입은 삐뚤어져도 말은 바로
하라구 했다. 곽 부인 내력은 내가 잘 알고 있소. 내
가 윗찬자리 사람으로 곽 부인과는 동향이오. 심학사
가 비록 눈멀고 가난한 선비라도 남편 모시기를 하늘
처럼 받든 이야기는 우리 위, 아래 찬자리 사람만 아
니고 인근에 소문이 난 일화가 허다하오. 일년 365일
잠시도 놀지 않고 품을 팔아 모을 적에 푼돈 모아 돈
만들고 돈을 모아 양 만들어 양을 지어 목돈 되어 일
수놀이 장지 변을 착실한 곳에 빚을 주어 춘추시향
봉재사, 앞 못 보는 가장 공경이 시중 여일 하니 상
하 인민 노소 간에 꼭 부인 어질단 말 뉘 아니 칭찬
하리. 하늘이 무심하지. 늦게 잉태하여 딸을 낳았더니
난산 끝에 다시 일어나지 못하고 누운 자리에서 죽고
말았것다.

(죽은 듯 턱 누워 버린다.
심 봉사가 무대 한쪽에서 걸어나온다. 심 봉사의 동작에 따라서
창하는 자가 옆에서 창을 부른다.)

창(唱) : 심 봉사는 눈 어두운 사람이라 곽 부인 운명한 줄 알
수 있나. 산 줄로만 똑 알고서 얼굴을 한데 대고 여

보 마누라, 마누라 정신을 차리시오. 천 번 만 번 불러 보건만 죽은 사람 대답할까 코밑에 손 대보니 찬 바람 나는구나. 심 봉사 그 때서야 죽은 줄 알고
— 여보 마누라, 여보 마누라 그대 살고 나 죽으면 저 자식을 잘 기를 텐데 그대 죽고 내가 사니 저 자식을 어찌 할꼬. 구차히 살자하니 무얼 먹고 길러 내며 달은 지고 불 없을 제 침침한 빈방에 우는 소리, 뉘 젖으로 살려낼꼬! 마오, 마오, 죽지 마오! 평생에 정한 뜻이 사생동거 하자더니 황천이 어디라고 날 버리고 돌아갈까! 애고 애고 설운지고, 날 데려가소. 곽 부인 날 데려가소.

(백성 2, 옆에 털썩 눕는다.)

(암전.)

제6장   심청의 전력 · 2

(5장과 같은 무대)

대신 4 : 여봐라 봉은사 화주승을 불러들여라.

사　령 : 봉은사 화주승을 불러 들이라 합신다.

(포졸들 갓을 눌러쓴 묵중을 앞세워 등장한다.)

포　졸 : 봉은사 화주승 대령했사옵니다.

대신 4 : 네가 분명 중이냐 땡중이냐, 어찌 대사 행색이 그러하냐?

사　령 : 묵중이라고도 하고 묵대사라고도 하는데 떠돌이 놀이패의 두목 격이라 하옵니다.

대신 4 : 여봐라, 봉은사 화주승을 불러들이라 했더니 떠돌이 놀이패가 어찌된 셈이냐?

사　령 : 대감 마님, 어느 것이 맞는지 염불을 하던지 놀이를 시켜보는 게 어떨는지요?

대신 4 : 어느 것을 먼저 하려느냐? 네 좋을 대로 본색을 보이거라.

(묵중 갓을 벗고 탈을 꺼내 쓰자 놀이패가 뒤에서 나와 한바탕 춤을 춘다.)

묵대사 : 어험 — 어 — 험

산발이 : 아니 웬 스님이여? 누구여?

묵대사 : 내가 웬 사람이 아니라 묵대사란 사람이다.

산발이 : 묵대사님이라. 무엇 하러 나왔소? 그리고 왜 눈을 감고 나왔소?

묵대사 : 왜 내가 눈을 딱 감고 나왔냐고?

산발이 : 그렇지요.

묵대사 : 내가 눈을 딱 감고 나온 것은 다름이 아니라 내가 눈을 뜨고 다니면 온 세상사람 모두가 도둑놈으로 보이기 때문에 내가 세속에 내려오면 이렇게 눈을 딱 감고 온다.

백성 1 : 대사님, 이곳은 신선하고 여기는 좋은 신분의 사람들만 모인 곳이니 내 말을 믿고 눈을 한 번 뜨시오.

묵대사 : 눈을 뜨란 말이지?

산발이 : 예! 한 번 떠보시오.

(안에서 심 봉사 허우적거리며 물에 빠진 시늉으로 등장.)

심 봉사 : 사람 살리시오. 사람 살려

묵대사 : (눈을 뜨고 두리번거리며) 이게 무슨 소리냐? 사람 살리라지 않느냐? 누가 죽기라도 하느냐?

백성 2 : 찬 자리에 사는 심 봉사로 매일 물에 빠져 죽겠다고 허우적거리는 소리요.

(묵대사, 산발이의 머리를 땅 때리며,)

묵대사 : 죽겠다는 소리가 아니고 살겠다는 소리가 아니냐? 자,
　　　　　이걸 잡으시오. (지팡이를 내밀자 심 봉사가 잡는다)
　　　　　물도 깊지 않은데 이렇게 빠져 죽지 않으려 허둥대는
　　　　　걸 보아하니 진짜 봉사로고…….

심 봉사 : (엉금엉금 기어 나오며) 내 목숨 살려 주신 이가 뉘
　　　　　시오?

산발이 : 참 잘 만났소. 우리 묵대사께서 세상에 나와 눈뜨자마
　　　　　자 만난 인연이 눈먼 봉사니 당신 인제 눈뜰 날이 멀
　　　　　지 않았소.

심 봉사 : 이런 고마울 데가…… 나 같은 죄인도 눈 뜰 날이
　　　　　있겠소?

묵대사 : 모르는 소리. 앞을 못 봐서 죄 짓는 게 아니고 (관객
　　　　　을 향해) 제 그림자 앞에 두고도 좌우를 분별 못하는
　　　　　이것들이 다 죄인이지.

백성 1 : 그럼 부처님은 사람이 아니시오?

묵대사 : 정반 왕의 태자시지.

심 봉사 : 지금 살아 계십니까?

묵대사 : 불생불별, 그 공부가 살도 죽도 안 하시지.

백성 2 : 하는 일이 무엇이오?

묵대사 : 자비심이 불심이라. 보리중생이 일이시지.

백성 1 : 재물을 안 드리면 보리중생이 아니 되오?

묵대사 : 무물이면 불성이라. 정성을 드리자면 재물 없이 할 수
　　　　　있소.

심 봉사 : 제물 얼마 드리오면 정성이 될 터이오?

산발이 : (넌지시 심 봉사 뒤로 돌아가 속삭인다.) 공양미 삼백
석.

백성 1, 2 : 삼백 석.(뒤로 자빠진다)

묵대사 : 어-험.(모른 척 돌아선다)

심 봉사 : (엎드려 생각 끝에 벌떡 일어서며) 공양미 삼백 석
이면 쇠푼이 얼마나 들어가나?

산발이 : 왜 과하게 들리시오? (심 봉사 한참 계산한다)

묵대사 : 쯧, 쯧. 일 끝났다. 자, 가자!

(묵대사 떠나려 하자 산발이는 중간에서 이쪽 저쪽 눈치보랴 정
신 없고 심 봉사는 드디어 한참을 떼굴떼굴 구르다가 벌떡 일어
선다.)

심 봉사 : 공양미 삼백 석!

백성 1, 2 : 삼백 석.(벌떡 일어나 앉으며)

산발이 : 천 오백 냥!

백성들 : (놀란 듯 일제히) 천 오백 냥!(다시 뒤로 자빠진다)

심 봉사 : 공양미 삼백 석을 받치리라!

묵대사 : (놀라며) 정말 할 수 있겠나?

심 봉사 : 공양미 삼백 석을 받치겠다고 했소이다. 사람 나고
돈 났지. 까짓 천 오백 냥이 생사람을 죽이기야 하겠
소.

묵대사 : (심 봉사 앞에 합장하며) 나무아미타불 관세음보살.

산발이 : (춤추며) 어허 심 봉사! 드디어 눈을 떴네.

사람 나고 돈 났지.
돈 나고 사람 났나
어허 좋은 명당에 절하나 짓겠구나
무엇으로 절을 짓나
불심으로 절을 짓지
깨달으면 극락이요
눈 못 뜨면 지옥 세간
절을 짓세 절을 짓세
눈을 뜨세 눈을 뜨세

(암전)

(심청이의 집
북소리와 함께 천둥번개 우르릉 꽝 각기 다른 방향에서 심 봉사
와 뺑덕어멈 엉금엉금 기어 나와 헤맨다.)

창(唱) : 사나운 먹구름 번개가 여기에서 번쩍 저기에서 번쩍
가르고 우릉 꽝 쫘악 따땅 우르르르 귀가 먹먹 눈과
밭이 잠기고 전답은 떠내려가는구나 심 봉사 떠는 모
습 보소.

(사방에서 벗은 몸에 울긋불긋 칠을 한 도깨비들이 칼과 몽둥이
를 들고 나와 두 남녀를 위협하며 춤을 춘다. 심 봉사와 뺑덕어
멈 한가운데서 정면으로 마주치자 화들짝 놀라 벌렁 자빠진다.)

뺑 덕 : 어쿠쿠, 눈만 먼 줄 알았더니 뱃속까지 검은 양반아!
삼백 석 내다 받칠 천 오백 냥은 어디다 숨겨뒀소?
이리 주오. 내 주오. 내가 대신 받아서 당신 평생 수
발하겠소. 눈 먼 돈 나도 좀 보여주소. 그 돈 있으면
내가 대신 눈감고도 평생 웃고 살리다.

(도깨비가 뺑덕어멈을 내려치자 심 봉사 뒤에 숨는다. 심 봉사
엎드려 빈다. 뺑덕어멈도 함께 빈다.)

심 봉사 : 아구구 철없는 이놈이 죽을죄를 지었나이다.
아구구 용서하여 주오.
공양미 삼백 석을 어디서 구한단 말인가.
천 오백 냥이 하늘에서 떨어진단 말인가.
아구구 내가 부처님께 큰 죄를 지었구나.
죽겠다 안 죽겠다 이러지도 저리지도 못하니
이거 정말 큰일났구나.
이 벌을 어떻게 받노. 아이구 무시라. 아이구 떨려라.
여보게 뺑덕어멈 내 딸 청이를 찾아주소.
청아! 청아! 어디를 가서 아직 오질 않느냐.
이 애비 죽는 꼴 보고싶으냐?

(계속되는 빗소리, 천둥소리 속에 점점 어두워지며 목탁소리와
함께 밝아지면 염불하는 묵대사. 염불이 고조되면 승들이 일렬로
나와 차례로 큰북을 두드린다.
일체중생의 번민을 제거하듯 장엄한 목소리.)

【 제3막 】

제7장   뱃노래

(뱃노래와 함께 노를 저으며 뱃사람들 등장.)

선인들 : 어기야 어허야 어허야 어이 기야
　　　　　여기야 어허야 어허야 어이 기야

선　주 : 동해바다 용왕님은 서해수를 당겨주고
　　　　　서해바다 용왕님은 남해수를 당겨주고
　　　　　남해바다 용왕님은 북해수를 당겨주소

선인들 : 어기야 어허야 어허야 어이디야
　　　　　어기야 어허야 어허야 어이디야

선　주 : 저 바다는 목숨바다 우리 목숨 다 걸었네.
　　　　　어디인들 못 건느리. 무역배 떠나세
　　　　　한 번 가면 한 재산 목숨인들 못 걸겠나

선　주 : 처녀총각 뜻 있으면 이 배에 몸 실어라

일　동 : 탕탕한 항해에 탕탕한 물결 이룰세
　　　　　어기야 어허야 어허야 어이 못 가리

(모두 퇴장하고
파도 소리 점점 커지다가 잦아들면)

선　주 : 우리는 남경 장사 뱃사람으로 인당수에 인제수를 드
리려 15세나 16세나 어린 처녀를 사려 하니 몸 팔 일
이 있습나? 있으면 대답하소. 아 — 15세나 16세 남
경 가는 배에 같이 갈 처녀 있습나?

(심청 행주치마로 눈물을 닦으며 달려나온다.)

심　청 : 절 좀 보세요. 선주님.
선　주 : 여보 낭자 울고 있지 않소?
심　청 : 군 불 때다 정신 없이 뛰어나왔습니다. (주저하며) 처
녀를 돈주고 산다는 게 정말이옵니까?
선　주 : 소문도 못 들었소? 이 마을을 돌며 공신할 처녀 구한
다 하지 않았소?
심　청 : 하면 — 어, 얼마를 주시는데요?
선　주 : (자세히 살펴보며) 대체 얼마를 원해? (심청 돌아서며
치마끈으로 눈물을 닦는다.) 왜, 처녀가 갈려구? (더
자세히 살핀 후) 처녀가 간다면 부르는 게 값이오.
심　봉사 : (안에서 부르는 소리) 심청아! 애 청아! 왜 이렇게
구들이 차가우냐? 연기는 나는데 냉기는 얼음장이구
나.

(심청 도망치듯 안으로 뛰어들어간다.)

선 주 : 여보시오 낭자! 다시 찾아올 터이니 기다려 주겠소?

(암전.)

(심 봉사 집 마루. 밥상을 앞에 두고 앉은 부녀, 심청이 심 봉사
입에 밥술을 넣어 먹여준다.)

심 청 : 아버지, 이젠 걱정 마시오, 공양미 삼백 석에 부친 눈
        이 뜬다면 몸을 판들 못 하리까?
심 봉사 : (수저를 물리치며) 무슨 소리! 몸을 판다니 이 무슨
        소리!
심 청 : 시주미를 주선하여 보냈으니 걱정을 마옵시고 눈뜨기
        를 기다리셔요.
심 봉사 : (벌떡 일어나며) 어디서 나서, 어디서 나서?
심 청 : (주저주저 하다) 장승상댁 부인께서 딸들 성혼하여 다
        보낸 후에 매양 나를 사랑하여 양녀 되라 하시기로,
        남의 무남독녀로서 못하겠다 하였더니 이제는 할 수
        없어 수양녀로 간다하니 시주미를 보내었소.
심 봉사 : (회색이 만연하여) 이런 고마울 데가……. 애, 그러하
        면 아주 그 댁에 가 있겠느냐?
심 청 : 아버지께 말씀드리고 아무 때나 갈 수 있다, 답하였
        소.
심 봉사 : 애, 그리하다 눈도 못 뜨고 딸도 잃으면 둘 다 잃는
        것 아니냐. (허겁지겁 딸을 찾아 허둥대며) 아니 된다.

아니 될 말이로다. 널 정승댁에 아주 보내면 넌 효
녀 소리 듣고 칭송 받겠거니와 삼학규는 딸 팔아서
호강한다 소리 아니 듣겠느냐! 안 될 말이로다. 안
될 말이로다. 눈뜨기 내 다 싫다. 어서 그 공양미 삼
백 석 물리어라.

심　　청 : (엎드러지며) 그럼 아버지, 난 어떡하오. 이러지도 저
러지도 못하면 난 어떡하오.

심 봉사 : 듣기 싫다. 너 없이 나 혼자 살아 무엇하리.

심　　청 : 아버지…….

심 봉사 : 청아…….

(빵덕어멈이 선주를 안내해 와서 문 밖에 선다.)

선　　주 : (낮은 목소리로) 낭자, 심청 낭자!

심 봉사 : 널 부르는 소리가 아니냐?

빵　　덕 : 쉬 —

심　　청 : 정승댁에서 나를 찾아온 모양이에요.

(빵덕 서둘러 들어와서 심 봉사를 안심시키는 척 하며 안으로 데
리고 들어간다.)

선　　주 : 알고 보니 처녀는 인근에 소문이 자자한 효녀더군. 걸
음마 때부터 눈먼 아버지를 극진히 봉양하였다니. 정
말 드문 마음씨의 처녀일세 그려.

심　　청 : 제발 저에게 효녀, 효녀 하지 마셔요.

선　　주 : 효녀라면 효녀답게 굴어야지. 우리는 처녀의 희생이
　　　　　 필요하고 효녀도 또한 우리의 희생이 필요한 게 아니
　　　　　 겠소? 우리도 가난한 뱃사람이오. 처녀가 지금 늙은
　　　　　 할머니라면 우리들이 그 큰돈을 내놓겠소?

심　　청 : 내가 감히 희생이라니요? 내 떠나면 홀로 남게된 아
　　　　　 버지를 누가 돌봐 드린답니까?

선　　주 : 뺑덕어멈이 있질 않소? 공양미말고도 아버지가 평생
　　　　　 먹고 살 전답을 마련해 드리기로 약속했소.

심　　청 : (놀라며) 뺑덕어멈에게요?

선　　주 : 처녀 아버지를 영감님처럼 돌봐주겠다니 그 아니 고
　　　　　 맙지 않소? (크게 한숨쉬며) 우린 부모도 처자식도
　　　　　 돌보지 못하는 무지한 뱃사람들이지만 효도가 부모를
　　　　　 살리고 나라도 살리는 이치인 걸 모르지 않소.

심　　청 : (호소하듯) 배 떠날 날짜가 내일이니 아버지를 모시
　　　　　 고 지내는 날도 오늘밤이 마지막이옵니다.

선　　주 : 심청 낭자. 마음을 굳게 먹어야 하네. 내일 날 밝는
　　　　　 대로 일찍 배가 뜨는데 만약 일이 그르치게 되면…….

심　　청 : 그런 일일랑 없을 것이니 선주께선 안심하시고 가보
　　　　　 시어요.

(선주, 믿지 못하겠다는 듯이 뒤돌아보며 퇴장.)

심　　청 : 아비가 눈을 뜰 수 있다면, 아비의 소원을 이룰 수 있
　　　　　 으시다면 아비의 눈을 떠 내가 보는 이 세상이 또한
　　　　　 아비의 것이 될 수만 있다면…… 나 깊은 물에 빠져

영영 다시 못 온다 할지라도 서럽지 않을 꺼예요. (회
한에 사로잡힌 듯 구원을 청하듯 사방을 둘러본다.)
'그러하다' 생각하면서도 왜 눈앞이 이리도 캄캄한가
요. 깊이를 알 수 없는 이 어둠. 저 파도 소리 저 험
한 물결. 뱃전에 부서지는 놀란 파도. 저것이 내 운명
을 부르는 소리인가요? 저 험한 물결에 실려 왔다가
그 깊은 물 한가운데 사라지는 것이 내 운명인가요?

곽 부인의 목소리 : 청아! 내 딸 청아! (청이 뒤돌아본다) 청
아!

(청이 간절히 두리번거리며 소리의 주인을 찾는 듯.)

심　청 : 아니에요. 날 부르는 소리는 어미가 아닐 거예요. 보
지도 듣지도 못했던 어미, 복중에서 이미 운명이 결
정되었다면 저 소리는 내 운명이 부르는 소리.

심 봉사의 소리 : 청아! 청아! 뭣하고 있느냐? 들어오지 않고?

심　청 : (혼자말로) 절 부르셔도 저는 이제 아비가 따라 오실
수 없는 곳으로 가요.

(심 봉사의 방을 향해 합장한 뒤 사방을 향해 절하기 시작한다.)

곽 부인의 목소리 : 청아! 내 딸 청아!

심　청 : (다시 두리번거린다) 저를 내 딸이라 부르시는 이가
누구세요?

곽 부인의 목소리 : 네 어미 부르는 목소리도 못 듣는 네가 불

쌍쿠나. 젖 먹여 너를 키우지는 못 했지만 넌 내 복중에
서 열 달을 크고 세상에 나온 내 딸이니라. 어찌 내가
널 잊겠으며 어찌 네가 날 모른다 할 수 있느냐?

심　청 : 저는 무슨 소리인지 모르겠어요. 내가 알고 있는 어미
라곤 나를 자식처럼 사랑해 주신 정승댁 마나님과
눈에 가시인 듯 나를 피하는 뺑덕어멈뿐……. 그런
데 누가 나의 어미인가요?

곽 부인의 목소리 : 살아서 모른다면 네가 죽어서야 알아보겠
느냐? 탯줄을 끊었지만 아직도 너는 내 뱃속에 있다.
내가 너를 내 뱃속에 키우고 있다. 넌 다시 한번 태
어나야 날 알아보겠느냐?

(심청, 아무것도 몰라 답답한 듯 사방을 둘러보며 또다시 합장한
다.)

선주의 소리 : 심청 낭자. 날이 밝았소. 떠날 시간이오. 심청 낭
자.

(환상처럼 배에 오르는 널쪽이 위에서부터 서서히 내려와 청이
앞에 멈춘다.
청이 도망치듯 갈팡질팡 할 때 사방에서 탈 쓴 괴물들이 청이를
둘러싸고 춤추며 널쪽 위에 오르게 한다. 꼭대기까지 오르자 한
참을 뒤돌아본 후 치맛자락을 머리까지 덮어쓴다.)

뱃소리 : (자진모리)
어야 디어차 어야 디어차 에헤헤헤

어기야디여 어어어어 어기야 엉허기야
엉허기야 어허엉 어기야 에
뱃소리 1 : 여기가 어디냐
뱃소리 2 : 수문 바우다
뱃소리 3 : 수문 바우면 배 다칠라
뱃소리 1 : 배 다치면 큰일난다
선주사 : 어따 야들아 염려 마라.
　　　　　인당수 인제수를 드리오면
　　　　　서해 신, 북해 신, 남해 신이 하감하여 보옵신다.
　　　　　어허 허허 에
　　　　　어기야디야 어기야디야.

【 제4막 】

제8장   세자와 왕자

(세자와 왕자가 칼로 무술 경합을 한다. 쫓고 쫓기우며 몇 차례
칼을 주고받은 뒤 왕자가 세자에게 밀려 항복하듯 칼을 던진다.)

세　자 : 네 검법이 참 놀랍다. 이만한 검술이면 조만간 네가
　　　　나를 이기리라.
왕　자 : 형님이야말로 대단하십니다. 내 딴에는 상대가 없다고
　　　　자만했는데 과연 형님은 왕통을 이을 훌륭한 왕태자
　　　　이십니다.
세　자 : (정답게 어깨를 안으며) 아우야말로 백성들이 사랑하
　　　　고 우러러보는 왕자라고 칭찬하는 소리를 들었다.
왕　자 : (교활하게) 형님은 이미 내가 어렸을 적부터 명나라에
　　　　볼모로 가 계셨는데 그들이 이렇게 탁월한 무예를 가
　　　　르쳐 주더이까?
세　자 : 웬걸! 아바마마가 그립고 앞날이 암담할 때마다 울분
　　　　을 견디지 못해 혼자 연습한 것에 불과하느니라.

(몇 번 혼자서 격검연습을 한다.)

왕　자 : 이제 후금의 새 임금이 명나라와 싸워 이긴다면 우리
　　　　는 명나라 대신에 후금과 화친해야 한다고 생각하십
　　　　니까?

세　자 : 왜 네가 그런 것을 내게 묻느냐?

왕　자 : 형님은 오랫동안 볼모로 갇혀 지내셨으니 명나라를
　　　　적국이라 생각하고 후금이 우리를 도울 형제국이라
　　　　생각하시지 않습니까?

세　자 : 썩은 생각이다. 명나라를 따를 것이냐 여진족 오랑캐
　　　　와 화친할 것이냐 하는 생각들이 모두 썩은 생각이니
　　　　라. 그 따위 생각이 제 나라를 남에게 주어버리는 생
　　　　각이니라.

왕　자 : 그럼 명이나 후금 없이도 우리가 살 수 있단 말씀이
　　　　시오?

세　자 : 쯧쯧, 나라가 아무리 힘이 없기로서니……. 넌 이럴
　　　　때일수록 상감이신 아바마마를 잘 모셔야 할 것이니
　　　　라.

왕　자 : (방백) 흥! 임금이 될 사람은 세자이신 형님이시지 않
　　　　소!

세　자 : (말없이 아우를 바라보다가) 너 임금이 되고 싶은가
　　　　보구나. 정녕 그러하냐?

왕　자 : 무슨 말씀이시오. 세자는 오직 형님이 아니오니까?

세　자 : 임금 되고 싶은 것도 썩은 생각이니라. 너도 나 같은
　　　　신세가 되고 싶어서 그러느냐?

왕　자 : 그러하오면 형님은 어째서 임금이 되려고 하오?

세　자 : 내 뜻이 아니니라. 아바마마의 뜻이니라.

왕　자 : 흥! 왕이 되고 싶지 않으면 그만 두면 되지 않겠소.

세　자 : 몇 번이나 말해야 알아듣겠느냐? 너나 나의 뜻이 아
　　　　니라 임금이신 아바마마의 뜻이라 하지 않았느냐?

왕　자 : 그만 두시오. 왕도 하고 싶지 않으면 그만두면 되는
　　　　것! 형님, 다시 한번 겨루어 봅시다.

세　자 : (칼을 뺀다) 하고 싶지 않으면 그만둔다? 그럼 네가
　　　　되고 싶은 것은 무엇이냐?

왕　자 : (칼을 마주 부딪히며) 제가 먼저 형님에게 물었소이
　　　　다. 자 ―.

(거칠게 공격해오자 세자, 피하는 척하면서 칼을 버린다.)

왕　자 : 칼을 버리다니? 싸우고 싶지 않은 거요?

세　자 : (돌아서며) 물러가라! 오늘 싸움은 네가 이겼느니라.
　　　　혼자 있고 싶으니 물러서 있거라.

(왕자, 의아해 하며 퇴장.)

세　자 : (독백) 청이, 그대가 보고싶소, 왜 나를 피하려고만 하
　　　　오. 자나깨나 내 가슴에 부는 찬바람을 오직 청이만
　　　　이 녹여줄 수 있음을 왜 몰라주는 거요. 청이, 세자빈
　　　　이 되어주오.

(무대 상단에 합장하고 하늘에 절하고 있는 심청.)

세　자 : (가까이 가며) 청이 말해 주시오. 내가 아비의 뜻을
　　　　따라 임금이 되는 것과 그대가 아비를 찾아 눈뜨는
　　　　것을 보는 것이 어찌 같지 않고 다르다 하는 것이
　　　　요?

심　청 : (하늘을 우러르며) 세자마마가 떠오른 해라면 저는 지
　　　　는 달에조차 비교할 수 없는 비천한 소녀, 어찌 구
　　　　하는 뜻이 같다고 하십니까?

세　자 : 모를 소리요! 임금이라 떠오르는 해면 그 빛을 받아
　　　　햇빛을 누리는 백성이 어찌하여 함께 있지 못하고 떨
　　　　어져 있어야 한다는 거요?

심　청 : 아니어요! 해의 운행과 달의 운행이 다르듯이 백성과
　　　　임금은 길이 다르옵니다.

세　자 : 내가 임금이 되지 않는다면, 그 대신 내가 청이를 해
　　　　처럼 내 가슴에 품을 수 있다면 그래도 다르다 하시
　　　　겠소?

심　청 : 그래도 아니 되옵니다.

세　자 : (안타까이) 어찌하여 그렇소? 어찌하여 나와 함께 뜨
　　　　고 지는 한 몸이 될 수 없다는 거요?

심　청 : 소녀가 살아 있는 것은 오직 아비가 눈을 떠서 소녀
　　　　가 보는 해를 아비도 함께 보기 위해서입니다. 하오
　　　　나 세자께서는 임금이 되시어서 이 백성을 다스리시
　　　　고 온 나라가 해처럼 그 기운을 뻗칠 때를 기다리소
　　　　서.

세 자 : 오! 오! 그것이 참말이라면. 그대로 하여 세상은 더
        빛이 나고, 나는 이 땅에 어둠이 없는 나라를 다스릴
        수만 있다면.
심 청 : 소녀도 그때가 오기를 이렇게 빌고 있사옵니다.
세 자 : (연꽃을 꺼내며) 이 연꽃에 두고 맹세하시오.
심 청 : 세자마마!
세 자 : 청이, 당신은 아비를 만날 때까지라고 하지만 내가 또
        한 그대를 기다리고 있음을 잊지 마시오. 내가 왕위
        에 오를 때까지, 그 때까지 내 옆을 떠나지 마시오.
심 청 : 세자께서는 곧 왕위에 오르시겠지만 전 어느 때나 아
        비를 만날 수 있을까요?
세 자 : 청이!

제9장 왕국의 위기

(어전에 중신들이 읍하여 서 있고 옥좌에 늙은 왕이 세자와 왕자
를 거느리고 앉아 있다.)

임 금 : 경들은 들으시오. 오늘 짐이 경들을 부른 것은 명의
        사신이 오늘 입궐한다기에 중신들과 함께 명 황제의
        친서를 들으려 함이오.

(취주악이 울리고 명나라 사신이 입장한다. 왕이 일어나 정중히
 맞이한다.)

임 금 : 먼길에 오시느라 중한 병까지 얻으셨다 하니 얼마나
        고생이 자심하셨소?

명의 사신 : (읍한 후) 황공하옵나이다. (친서를 꺼내어 읽기
        시작한다) 대 명제국 황제는 조선 국왕에게 고하노라.
        우리는 전에 조선이 왜란을 당할 때에 구원병을 보내
        어 왜국의 오랑캐를 퇴치하였노라. 그 보답으로 조
        선의 세자를 명에 보내어 신을 받들도록 하여 신을
        기쁘게 하다가 환국하도록 은혜를 베풀었으니 조선왕
        은 이제 명나라를 돕도록 청하노라. 우리가 북방 오
        랑캐 국인 후금의 도전을 받아 고초가 심히 크노라.
        원하노니 조선왕은 상국(上國)에 보답하는 뜻에서 속

히 구원병과 군량미와 군마를 보내어 주기 청하노라.

(경악하는 왕과 중신들.)

임　금 : 명나라 사신은 물러가서 답례를 기다리도록 하시오.

(사신 퇴장.)

임　금 : 이를 어찌하면 좋단 말이오! 볼모로 갔던 세자를 돌
려 보낸 것은 고마우나 그 대가가 너무 크다고 생각
되오. 어서 중신들의 의견을 말해 보시오.
대신 1 : 김정승 아뢰오. 신이 보건대 황제의 요구를 또다시 들
어주면 후금의 임금이 가만히 있지 않을 것이 너무나
자명하나이다.
임　금 : 그러니 어찌하면 좋겠소. 계책이 있어야 하지 않겠소?
대신 2 : 박 판서 아뢰오. 이미 후금의 사신이 다녀갔는데 후금
의 요구대로 먼저 후금과 화친하여 후환을 대비하여
야 할 줄 아뢰오.
대신 3 : 무슨 소리요? 이미 조정은 여진족인 오랑캐 후금과는
절교하기로 국론을 정한 바 있소이다. 하늘에는 두
해가 없고 땅위에 두 주인이 없거늘 천조(天朝)는 우
리 나라의 어버이요, 후금은 명을 대적하는 원수가
아니 오니까?
대신 2 : 대감께서야말로 어찌 그리 어두우시오? 대세가 이미
기울어지지 않았소이까? 명의 요구를 미루고 먼저 후

금을 달래야 할 줄로 아뢰오.

대신 4 : 명 사신이 지금 보여드린 친서 이외에 다른 친서도
또한 가져왔단 말이 있는데 먼저 그 내용이 어떤 것
인지도 알아봐야 될 것으로 아뢰오.

대신 2 : 들어보나마나 뻔한 것이외다. 왕세자를 다시 볼모로
데려간다는 최후통첩이 분명하옵니다.

임　금 : 듣고 있자니 짐의 마음 심난하여 견딜 수 없소. 경들
은 이 백성들과 조정을 위하여 경이 취할 바를 말해
보시오.

대신 1 : 진언하기 황송하오나 박 판서의 말대로 후금과의 화
친을 도모하소서.

임　금 : 하면…….

대신 4 : 사신과 함께 왕세자를 명에 보내어 황제의 요청을 물
리도록 간하는 것이 시급한 줄로 아뢰오. 통촉하시옵
소서.

임　금 : (떨리는 목소리로) 듣기 싫소! 무슨 해괴한 계책이란
말이오? 볼모에서 돌아온 세자를 다시 명으로 보내야
한단 말이오?

대신 2 : 전하! 이미 패망하기 직전인 명나라에 군사와 병마와
무거운 조공을 보낼 수 없습니다.

환　관 : 도 원수 홍 장군이 입궐하여 급히 드릴 말씀이 있다
고 하옵니다.

임　금 : 어서 들라 하라!

(군장을 한 장군이 큰 걸음으로 들어온다.)

장　군 : 아뢰오. 지금 변방을 지키는 군사들 사기가 저하하고
　　　　방비가 허술한 것을 후금국 사신이 살펴보고 돌아간
　　　　줄 아옵니다. 명나라의 구원요청을 들어준다면 이것
　　　　은 후금국이 군사를 일으켜 쳐들어올 빌미를 줄 것이
　　　　옵니다. 통촉하옵소서.
대신 3 : 홍 장군은 말하시오. 후금과 화친하자는 것이오? 아니
　　　　면 일전을 불사하겠다는 것이오?
장　군 : (품에서 서신을 꺼낸다) 후금의 대장 지루치지가 보
　　　　내온 서신이오. (읽기 시작한다) 조선은 무엇 때문에
　　　　이웃나라인 후금과 사신을 교환하지 않고 국교를 단
　　　　절하려 하는가? 너희는 사방 십 리도 못되는 작은
　　　　성에서 무슨 수로 천하무적 후금군과 대적하겠다는
　　　　건가?
임　금 : (탄식하며) 사태가 이 지경이 되도록 대신들은 무엇을
　　　　하고 있었단 말이오?
모두들 : 황공하옵나이다.
세　자 : 아바마마! 저를 다시 명나라로 보내시옵소서. 소자가
　　　　가서 명나라의 요구를 물리칠 수 있다면 일백 번이라
　　　　도 마다하지 않겠나이다.
임　금 : 안 될 말이로다. 안 될 말이로다. 세자를 다시 내 곁
　　　　에서 떠나게 할 수는 없노라.
왕　자 : 하오면 저를 보내주옵소서. 왕자 진이 있지 않사옵나
　　　　이까?
임　금 : (놀라며) 너까지도, 너까지도 나서야겠느냐?
대신 3 : 전하! 세자는 전하 한 분의 세자가 아니라 백관이 받

드는 세자요, 만백성이 받드는 세자이십니다. 어찌 가
신다 하십니까?

세　자 : (한발 나서며) 아바마마! 내 대신에 왕자를 보낼 순
없사옵니다. 명의 황제께서 요구하는 것은 왕자가 아
니라 세자인 저를 볼모로 잡으려 하는 줄 아옵니다.
저를 보내주시옵소서.

임　금 : 안 될 말이로다. 내가 비록 늙고 병들어 무력하기로서
내가 살겠다고 세자를 다시 볼모로 보낼 수는 없느니
라.

모두들 : 통촉하소서, 통촉하소서

세　자 : (무릎 꿇으며) 아바마마! 과히 염려하지 마소서. 하해
같은 부왕의 은혜를 입은 세자가 종묘 사직을 위해
사자의 굴속에 들어가게 될지라도 이 한 몸 받치기를
두려워하오리까?

임　금 : (비통하여 옥좌를 치며) 오호! 이를 어찌하면 좋단 말
인가? 어찌하면 좋단 말인가? (힘없이 쓰러진다).

대신들 : 상감마마! 상감마마!

제10장   좌절

(대궐 안.
대궐 밖에서 들리는 아우성.)

— 상감마마 통촉하소서. 왕세자를 다시 명나라로 보낼 수
없사옵니다.
— 상감마마 세자를 바꿀 수는 없습니다.
— 국사를 그르치고 종사를 위태케 하는 판서와 정승을 벌하
옵소서.

(두 대신 1, 2가 서둘러 등장한다.)

대신 2 : 큰일이 날 듯하오. 세자를 명나라에 보내고 세자를
다시 재책봉하려 한다고 유생들이 광화문 안으로 몰
려들어 저 법석입니다.

(통곡하는 소리가 높아진다.)

(밖에서 "쳐라" "때려라" "죽여라" 다투는 소리.)

대신 1 : 이것은 천고에 없는 변이오. 군사를 풀어서 몰아내라
고 하시오. 수두 몇 놈을 잡아서 배후를 조사하오.

대신 2 : 조정이 이토록 위급할 때 상소나 하고 있다니! 우선
대왕의 마음을 돌리도록 해야 합니다. 세자가 매일
밤 별궁에 출입하여 요사한 계집에게 마음을 빼앗기
고 있는 사실을 낱낱이 알려드려야 합니다.
대신 1 : 옳소이다. 세자 폐위는 세자를 명나라에 보낸 후에 걱
정하더라도 늦지 않소.
대신 4 : 세자를 명나라에 보내고 나면 왕자 진을 세자로 재책
봉하는 일을 서두르도록 합시다.
대신 1 : 심청이를 어찌 하셨소? 아직도 그 계집의 전력을 밝
혀내지 못하셨소?
대신 2 : 옥에 가두고 심히 문초하였으나 입을 열지 않소이다.
대신 1 : 내가 직접 국문할 터이니 그 계집을 불러들이시오.
대신 4 : (안을 향하여) 여봐라! 심청이를 끌어내도록 하여라.

(안에서 "네에잇" 하는 군졸의 소리. 곧 머리를 풀고 옷이 심히
흐트러진 심청이가 군졸들에 의해 끌려나온다.)

대신 1 : (자리에 가 앉으며) 네가 심청이가 분명한가?
심 청 : 그러하옵니다.
대신 1 : 네가 이 자리에 끌려 나온 이유를 분명히 알고 있으
렷다!

(심청, 고개를 수그린 채 대답이 없다.)

대신 1 : 왜 대답을 못하는고?

대신 4 : 네가 비천한 몸으로 무엄하게도 세자마마를 모신다
하며 온갖 요괴를 부려 세자마마를 미혹한 죄를 모
른다 할까?

대신 1 : 어찌 그뿐이겠는가? 어리석은 맹인들을 꾀어 눈을 뜨
게 해준다 하여 백성들에게 사술과 미신을 믿게 한다
니 그것이 사실인가?

심　청 : 소녀는 무슨 말씀이시온지 전혀 알 수 없는 일이 옵
니다.

대신 1 : 참으로 대담하고 앙큼하구나.

대신 4 : 언제까지 네 과거를 숨길 수 있겠느냐? 남경 선인들
에게 몸을 팔았다는 것이 사실이 아니란 말이냐?

심　청 : 눈 먼 아비가 불쌍하여 공양미 삼백 석을 마련하려
하였을 뿐입니다.

대신 1 : 허면 네가 어찌 살아서 돌아 올 수 있었더란 말이냐?
대해에 몸을 던져 제물로 시주하였다더니 지금껏 살
아 있음은 네가 사람이 아니라 귀신이란 말이냐?

심　청 : 소녀의 뜻이 아니옵니다. 한번 목숨을 버리고자 한 몸
이 어찌 다시 살아나기를 바랄 수 있었겠삽나이까?

대신 1 : 참으로 요사스럽구나! 그 말을 믿으라고 하는 소리인
가? 여기 사절단 일행이 조정에 보내온 보고가 있느
니라.

(서신을 꺼내어 펼친다.)

(암전 되며 파도와 노 젓는 소리.)

목소리 : 그 해괴한 일이 생긴 것은 우리를 태운 배가 조선 앞
　　　　　바다에 이르러 심한 태풍을 만나 침몰하기 직전이었
　　　　　습니다. 배가 파선하게 될 뻔한 즈음에 세자마마께서
　　　　　명나라에서 데려온 심청이라는 조선 노비가 스스로
　　　　　용궁의 재물로 제 몸을 노한 바다에 던지고자 간하거
　　　　　늘 하늘이 무심치 않았던지 바다가 잔잔하여지자 그
　　　　　자리에서 용왕께 감사하는 큰제사를 드렸사옵나이다.
　　　　　중국에 무역하는 뱃사람들의 말로는 이 소녀는 대국
　　　　　에 노비에 팔려 갔던 계집으로 요행히 왕세자를 모시
　　　　　게 되어 함께 배를 탔던 여자라 들었습니다.
대신 1 : 이래도 네가 참말을 하고 있다고 주장하려느냐? (청
　　　　　이 말없이 고개를 숙인다.) 효녀 심청이라 사칭하여
　　　　　중국 땅에 팔려간 노비의 몸이었으면서 나라가 어지
　　　　　러운 틈을 이용하여 혹세 무민하는 자는 죽어 마땅한
　　　　　벌을 받아야 하느니라.
심　청 : (잠시 침묵한다.)
대신 4 : 왜 대답을 못하느냐?
대신 1 : 앞 못 보는 불쌍하고 어리석은 백성들을 속였을 뿐더
　　　　　러 세자마마의 눈을 속이고 장차 지존하신 대왕의 환
　　　　　심을 사려했던 죄를 깨닫겠느냐?
심　청 : 한 가지 드릴 말씀이 있사옵니다.
대신 2 : 아직도 할 말이 있느냐?
심　청 : 왕세자께옵서는 이 나라의 어버이신 임금님을 모실
　　　　　분이오나 저는 눈 먼 아비를 봉양해야 할 나이 어린
　　　　　여식일 뿐이옵니다. 부모를 속일 수 없는 자식의 도

리를 알면서 어찌 백성의 어버이가 될 왕세자를 속일 수 있사옵니까?

대신 1 : 허허. 저 뻔뻔한 계집의 말을 들어보게. 참으로 앙큼하구나.

심　청 : 한번 죽기로 내 놓은 목숨이니 살아서 다시 아비를 봉양하지 못 할 것이오면 몇 번이라도 이 몸을 바다에 던지소서.

대신 4 : 네가 정녕 효녀 소리를 듣는 것이 소원인가 보구나. 좋다. 여봐라! 이 계집을 끌어 내가도록 하여라!

대신 1 : 이 계집의 소원대로 다시 인당수에 데려가 수장시키도록 하라!

(군졸들이 심청을 에워싸고 좌측으로 나갈 때 서서히 배에서 널판이 내려오면 우측에서 세자가 등장.)

세　자 : 잠시만 기다려 주오. (청이 뒤돌아본다) 청이, 그대가 가는 길이 내가 가는 길이오. 내 어찌 그대 혼자 보낼 수 있겠소. 세상이 그대의 진실을 믿지 않는다 해도 나만은 그대를 믿으오.

【 제5막 】

제11장　다시 폭풍의 바다로

(취주악과 함께 깃대를 앞세운 명나라 사신 일행과 뒤이어 세자
와 대신들이 들어온다.)

선　주 : 명나라 사신 승선하랍시오.
선　주 : 왕세자 승선하랍시오.

(세자, 승선하려 할 때 사방에서 백성들이 떼지어 나와 엎드린다.)

백성들 : (일제히 울부짖으며) 아니 되옵니다. 떠나시면 아니
　　　　되옵니다.
대신 1 : 물렀거라! 어명이시다. 물러서지 않으면 화를 피하지
　　　　못하리라!
백성들 : 백성을 돌보실 왕세자께옵서 떠나시오면 이 백성들은
　　　　누구를 믿고 살라 하십니까? 못 보내 드립니다. 가시
　　　　면 아니 되옵니다.

(군졸들이 군중과 왕세자를 떼어놓는다. 군졸들에게 에워싸여 오
랏줄에 묶인 심청이가 좌측에서 등장. 군중들 웅성거린다.)

백성들 : 명나라에 몸을 판 화냥년이다! 백성들을 속인 요녀
　　　　　심청이를 죽여라!
세　자 : (심청 앞으로 다가가며) 심청 낭자!
대신 1 : 세자마마! 어서 배에 오르소서.

　　　　　(군졸들이 세자를 에워싸고 오르기를 독촉한다.)

대신 4 : 여봐라! 물이 나갈 시각이다. 서두르지 않고 뭣들 하
　　　　　느냐?

　　　　　(선주가 성급히 세자를 따라 배에 오른다.)

대신 4 : 죄수 심청이를 끌어 올려라!

　　　　　(배 위에서 죄수호송의 그물집에 내려와 심청이 앞에 멈추면 군
　　　　　졸들이 밀어 넣는다.
　　　　　그물이 서서히 오른다.)

백성들 : 심청이를 인당수에 수장시켜라! 용왕님께 제수를 드
　　　　　려서 왕세자의 바닷길을 평안케 하라!

　　　　　(취악이 울리고 출발 깃발이 오르자 대신들과 군중들 모두 땅에
　　　　　엎드려 통곡한다.)

백성들 : 이제 가면 언제 오시려오. 이 나라 어진 임금될 날 언
　　　　　제 볼 수 있으리오. 부디 부디 망경창파 무사히 건너
　　　　　옥체보존 하시옵소서.

제12장　연꽃 개화

(안개 속에 노 젓는 소리와 노래.)

어야 디어차 어야 디어자 에헤헤헤
어기야디여 어어어어 어기야 엉히기야
엉히기야 어허어어 어기야 헤 ―

(안개 사이를 노 젓는 뱃사람들의 모습.
뱃머리의 그물집에 갇혀 앞을 보고 서 있는 심청이.)

창(唱)·1 : 불쌍구나 저 심청이
　　　　무슨 죄를 지었기에
　　　　탕탕바다가 널 삼키려느냐
　　　　아비 눈도 못 뜨고
　　　　정든 님도 못 뵙고
　　　　깊은 물에 빠지려느냐

창(唱)·2 : 갸륵할 손 왕세자
　　　　임금 위해 귀한 몸 던져
　　　　원수나라 찾아간다
　　　　아바마마 임금 계신 곳

인제 가면 언제 오시려나

합 창 : 바다가 끝나는 곳
　　　　　모래바람 부는 땅
　　　　　한 번 가면 돌아 못 오네
　　　　　큰 물결 깊은 가운데
　　　　　수중궁궐 잠겼으니
　　　　　한 번 가면 살아 못 오네

（갑자기 철썩 철썩 쏴 파도가 높아지는 소리.）

선 주 : 인당수다! 물결이 높아지니 전 속력으로 노를 저어라.

세 자 : 심청이 한 번만 얼굴을 돌려 나를 보아주오. (심청은 흔들리지 않는 모습 그대로다.) 어서 나에게 마지막 작별 인사라도 해주지 않겠소?

심 청 : 제가 뛰어 내리는 것을 보시면 절대로 아니 되옵니다. 세자마마, 이 자리를 어서 피하시옵소서.

세 자 : 그럴 수 없소. 그럴 순 없소. 한 번만 그 얼굴을 보게 해주오.

심 청 : 저는 이미 살아 있는 몸이 아니옵니다. 그때 세자마마를 뵙기 전에 저는 이미 죽었던 몸. 세자께서 저를 살려내셨다고 생각하시지만 저는 다시 살아 있어서는 안 될 몸이란 걸 어찌 모르신단 말입니까?

세 자 : 그대를 이렇게 보낼 수 없소. 내가 낭자에게 한 약속을 어찌 잊을 리 있소. 이 험한 바다에서 그대를 만

난 것은 사람의 일이 아니라 하늘이 맺어주신 인연이
오. 낭자가 나에게 준 그 연꽃으로 어두운 이 세상을
밝혀보라는 뜻이 아니겠소?

심　　청 : 하늘이 저를 버리신 것을 왜 모르시옵니까?

세　　자 : 하늘이 우리를 버렸다 해도 나는 그대 청이를 버릴
　　　　　수 없소.

심　　청 : (참지 못해 돌아서며 마주본다) 그렇지 않사옵니다.
　　　　　저는 비록 아비 눈뜨는 것을 보지 못했고 개명천지
　　　　　된 세상 못 보았어도 세자마마는 하실 일이 남아 있
　　　　　지 않사옵니까? 이 몸은 저 바다 속에서 사라지면 그
　　　　　만이오나 마마는 이 바다를 건너시어요.

세　　자 : 청이, 심청이!

심　　청 : (다시 돌아서서 바다를 향한다) 다행히 저를 잊지 않
　　　　　고 기억해 주신다면…….

세　　자 : (달려 갈 듯 나서며) 잊다니, 내가 심청이를 잊다니?

　　　　　(심청, 다시 돌아서서 세자를 바라본다. 두 사람 간절한 마음으로
　　　　　잠시 마주본다.)

심　　청 : 하늘이 우리를 버리시지 않으신다면 다시 뵈올 날 있
　　　　　으리이다.

세　　자 : 어떻게, 어떻게, 언제?

심　　청 : 처음 만났을 때처럼 연꽃으로 다시 되어 세자마마에
　　　　　게, 세자마마를 위해…….

세　　자 : 언제? 언제? 언제까지 그 날을 기다린단 말이오. (격

정에 떨며) 아니오. 내가 다시 그대를 구해 내리이다.
(둘러보며) 여봐라, 배를 멈추어라! 당장에 배를……!

(선주와 군졸들이 세자를 막고 에워싼다.)

명나라 사신 : 아니 되옵니다. 임금의 명을 어찌 거역하려 하
시오? 세자는 고정하시고 이제 이 자리를 떠나시옵소
서. 여봐라! 뭣들 하고 있는가? 세자를 모시고 안으로
들어가도록 하라!

선 주 : 저 수인을 당장 수장하지 않고 뭣들 주저하고 있느
냐?

(갑자기 번쩍 번개가 하늘을 가르고 큰소리와 함께 비바람이 몰
아친다.)

세 자 : (뿌리치며) 아니 된다. 무죄한 백성의 목숨을 잃도록
내버려 둘 수 없느니라! 심청이, 내가 가서 그대를 구
하리라. (몸부림치며) 비켜서지들 못하는가?

(또 한 번 천지가 진동하는 소리와 함께 모두 혼절하듯 쓰러진다.
선주가 세자를 가로막는다.)

선 주 : 차라리 저를 죽이소서. 가까이 하지 마소서. 어서 저
죄수를 물에 던져 넣지 못하겠느냐?

(뱃사람들 심청이를 그물집에서 꺼내고 치마를 벗겨 머리에 씌워
  뱃머리에 오르게 한다.)

세 자 : 너희가 나를 칼로 치던지 나를 심청이와 함께 던져
         넣어라!

(군졸들이 세자를 돛대에 단단히 묶는다.)

세 자 : 하늘이시어! 사해 용왕님이시어! 천지신령이시어! 바
         다를 뒤집으소서. 배를 엎으소서 온 땅의 산들이 무
         너져 바다를 메우소서. 내 눈이 멀고 귀가 듣지 못하
         도록 머리 위에 번개를 내리치소서.
곽 부인의 목소리 : 청아! 내 딸 청아! (심청이 고개를 좌우로
         흔든다) 청아! 들리느냐? 네 어미다!
심 청 : 어미요? 어미요? 정녕 어미의 목소리입니까?
곽 부인의 목소리 : 무서워 할 것 없다. 너는 내 딸이니라. 어
         서 내게로 오지 않고 무엇을 주저하느냐?
심 청 : 어머니 ―.

(동시에 뱃사람들 심청이를 바다에 밀어 던진다. 번개가 번쩍 배
  위를 스쳐가며, 돛대가 부러진다. 세자, 몸부림친다. 배가 한 쪽
  으로 기운다.)

선 주 : 배가 기운다! 한쪽으로 몰려 서 있지 말고 노를 저어
         라. 북을 쳐라!

(뒤엉켜 우왕좌왕할 때 이 세상의 것 같지 않은 노랫소리가 들려
오기 시작.
햇빛 한줄기가 뱃머리를 내려 비춘다.)

뱃사람들 : 연꽃이다. 연꽃이 떠오른다.

(수평선 위에 해가 떠오르듯 이 세상의 것이라고 볼 수 없을 큰
연꽃이 두둥실 떠오르기 시작한다.
모두들 넋을 일고 연꽃을 향해 합장한다.)

연꽃의 노래

하늘 얻어 땅을 얻어 연꽃을 얻어
금은 금끼리 은은 은끼리
부서지는 물결 위에 연꽃이 피네
(어화둥둥 어화둥둥 꽃이로구나)

불로 살라도 다 사를 수 없고
물로 씻어도 다 씻을 수 없고
바람 불어도 흐트러지지 않으리
(어화둥둥 어화둥둥 내 사랑이로구나)

동해에 해 솟아라.
서해에 연꽃 뜬다.
뜨고 지고 피고 지고
(어화둥둥 어화둥둥 만날 날 언제 인고?)

얼씨구 절씨구 만날 날이 오늘이다
지화자 좋구나 만나러 가세.

사슴아, 사슴아

— 목종 비곡(穆宗 悲曲)

전 9 장

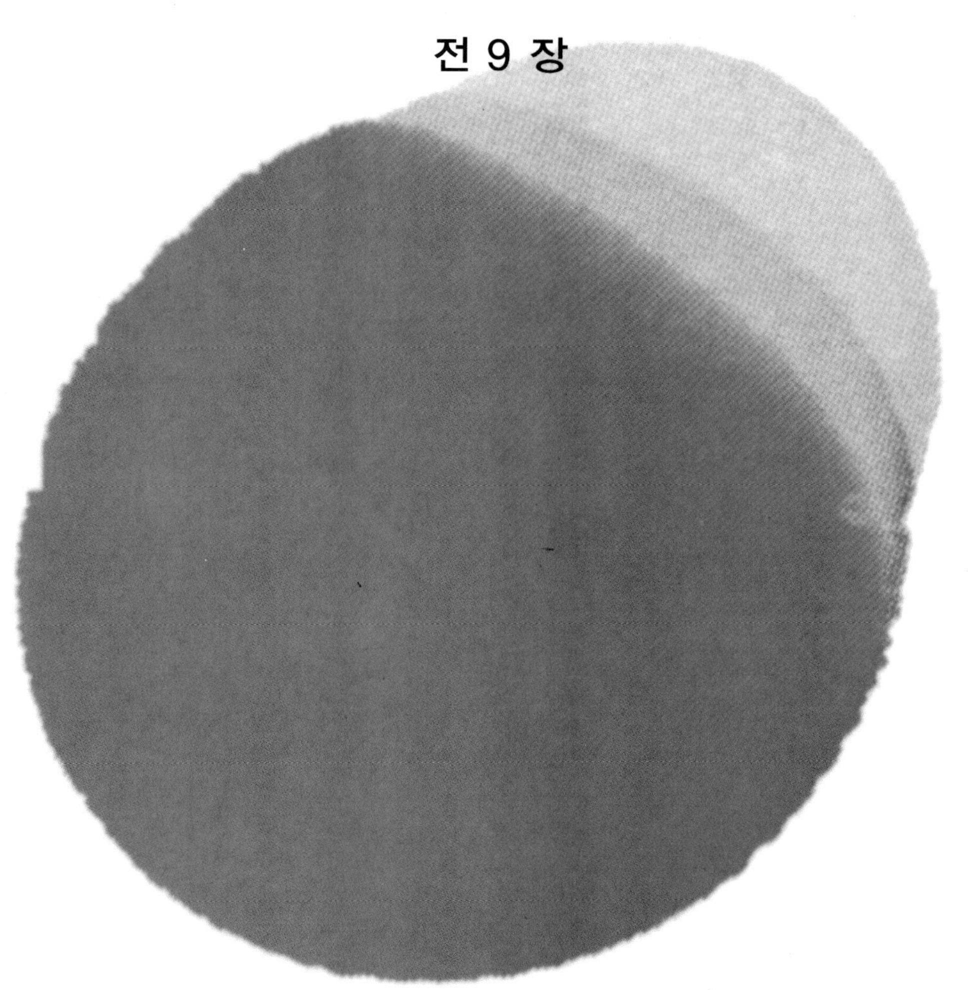

목종 : 고려 제7대 왕, 제5대 경종의 아들.
헌애왕후 : 목종의 모후, 경종의 왕비.
김치양 : 가짜 승, 헌애왕후의 정부.
강조강군 : 서경 도순검사.
유충정 : 발해의 유민.
유충간 : 노비의 후예.
왕순 : 목종의 이종 아우. 경종의 비. 헌정왕후와 왕욱의
　　　　소생. 대량원군으로 후에 8대 현종.
선정왕후 유씨 : 목종의 비.
사관.
서희.
한린경 : 문하시중.
김략 : 시랑.
신을소 : 대신.
국사, 주지, 장수와 병졸, 농부들, 놀이패.

때

제7대 고려왕 목종의 재위 기간(997~1009).

무대

개경궁(내전, 무술경기장, 천추전, 상전전).
신혈사, 강조의 군막, 농가.

제1장 내전

소리 1 : 국조 태조 왕건이 고려국을 창건하신 지 78년이 되는
해 정유 16년 10월 무오 일에 제6대 임금 성종의 병
이 위독하여졌음으로 조카인 개령군 <송>을 불러 친
히 맹세하는 말을 내리고 임금의 자리를 양위하였다.
성종의 향수는 38세요. 제위연수는 16년이었다. 성종
은 늙기도 전에 자기 후계자를 세웠으며 왕위를 전함
에 있어 자세히 국사를 부탁하였으니 성종과 같은 임
금은 이른바 바른 정치에 뜻을 둔 어진 임금이었다.

(관이 내려오면 장례식이 진행되고, 이어서 목종의 즉위식이 바
로 진행된다.)

소리 2 : (목종이 천천히 옥좌에 오른다.) 새 임금은 제7대 목
종. 이름은 <송>이요, 제5대 경종의 맏아들이시다. 성
종은 후손이 없어 일찍이 조카인 그를 개령군으로 책
봉하였으며 성종이 죽자 나이 열여덟에 임금의 자리

에 올랐다.

소리 3 : (헌애왕후 옥좌보다 더 위에 올라선다.) 신왕 목종은
즉위하자 어머니 헌애 황보씨를 높여서 왕태후로 삼
았으니, 헌애황후는 그 아우 헌정왕후와 더불어 경종
의 비로서 아들 목종이 즉위할 때 나이 사십세요, 경
종이 돌아가고 16년째 되는 해였다.

헌 애 : 들으시오. 왕은 아직 나이가 어리고 경륜이 부족하여
선왕의 유지를 받들기가 어렵다 판단되오. 이에 황태
후인 내가 신왕을 도와 섭정토록 할 것이오.(발이 내
려온다.)

제2장 내전

서　희 : 폐하. 황후마마의 뜻은 지당하오나 고려 개국 이후 황후께서 수렴청정을 한 적은 한번도 없었사옵니다. 선왕께서도 폐하의 나이 어리심을 걱정하여 저희 대신들에게 폐하를 잘 보필하도록 특별히 당부하셨습니다.

한인경 : 평창사 한인경 아뢰오. 폐하께서 아직 어리다 하시오나 섭정은 당치 않은 줄 아뢰오.

대신 1 : 태조께서는 나라를 창건하시면서 피를 너무 많이 흘리셨소. 삼국을 통일하였지만 나라의 기틀이 아직 완전히 서지 못했소. 종실들과 왕족은 화목치 못하고 백성들은 강력한 통치를 원합니다. 이에 황후마마의 섭정은 지당한 줄로 아뢰오.

김　략 : 시랑 김략 아뢰오. 국조 왕건께서 나라를 창건하신 이후 그 대를 이어 오늘에 이른 것은 훈요십조와 같은 왕이 지켜야 할 도리를 다 해왔기 때문이라 사료되옵니다. 폐하께서도 이 유지를 받들면 능히 바른 정치를 행하실 줄로 아옵니다.

대신 2 : 황태후의 섭정은 신왕을 도와 국사를 편안케 하고자 함이니 이를 따르는 것도 무방하리라 사료됩니다.

서　희 : 국사를 편안케 하고자 섭정을 반대하는 것이오. 폐하께서 국사를 돌보지 못한다는 말은 당치 않소.

대신 3 : 폐하 나이 아직 어리고 경륜이 부족합니다. 지금과 같
은 시기에 황후마마의 섭정이 나라와 백성을 편안케
하고자 함을 왜 모르시오.

김　략 : 어찌 폐하를 그리 모독하시오. 신하된 자가 자신의 도
리를 다하여 폐하를 섬기면 되는 일이오. 대감께서는
무슨 수작을 벌이려는 거요.

대신 2 : 수작이라니! 대감 말 다 하셨소이까?

한인경 : 그래, 말 다했소. 왜, 치시기라도 하겠소!

대신 3 : 에잇, 저런 자가 어찌 이 자리에 있단 말이오. 그러니
황후마마의 섭정이 필요한 것이외다.

(대신들 서로 대립하여 싸운다.)

목　종 : 그만, 그만들 하시오.

강　조 : 도병마사 강조 아뢰오. 선인들이 말하기를 '좋은 미끼
끝에는 반드시 좋은 물고기가 물리고, 큰상이 있는
곳에는 훌륭한 장수가 따르니 어진 정치를 하면 반드
시 어진 백성이 있다' 하셨습니다. 폐하께서는 부디
어진 정치를 베푸시기를 바라옵니다.

헌　애 : (발 뒤에 조명에 들어오면) 강조 장군, 나 황태후가
섭정을 하면 임금이 어진 정치를 펼 수 없다, 이 말
이시오?

강　조 : 마마, 그런 말씀이 아니옵고…….

헌　애 : 듣기 싫소. 김치양 대감을 부르시오. 새 임금을 모실
충신이 이렇게도 없다니. 서희 재상께서도 그리 생각

하시오?

서　희 : 신 서희는 평생 세 분을 임금으로 모셔왔으나 이제
　　　　나이 들고 병들었습니다. 향리로 돌아가 쉴 수 있도
　　　　록 윤허하여 주시옵소서.

목　종 : 아니 되오. 서희 같은 공신이 나를 도와주셔야 합니
　　　　다. 나라의 기둥인 그대가 물러나신다면 아니 되오,
　　　　아니 되오.

헌　애 : 새 임금을 모실 충신이 없다 한 말은 그대를 두고 한
　　　　말이 아니니 곡해하진 마세요. 김치양 대감, 거기 서
　　　　있지 말고 어서 임금 앞에 나와 헌신하시오. (사이)
　　　　김치양 대감은 나로 인해 선왕의 미움을 사 여러 해
　　　　동안 귀양살이 하셨소. 이제부터 신왕과 나를 도와
　　　　국가에 충성해 주길 바라오.

김치양 : 몸과 마음을 바쳐 충성하겠습니다.

서　희 : 폐하, 태조께서는 훈요십조를 만들어 왕이 지켜야 할
　　　　도리를 정하셨습니다. 훈요십조에 이르기를 친인척이
　　　　라 하여 공록이 없는 사람에게 헛되이 녹봉을 내리게
　　　　되면 백성들이 원망하고 비방할 것이니 마땅히 경계
　　　　할지니라 하셨습니다. 폐하께서도 이를 유념하시고
　　　　지켜 행하시옵소서.

헌　애 : 그것은 나도 잘 알고 있소. 허나 지금은 나라의 앞날
　　　　이 심히 걱정되는 바이오. 그래서 김치양과 같은 인
　　　　재가 나와 주상을 도와 국사를 보살펴 줄 것이오. 대
　　　　감들은 더 이상 거론하지 말고 따라주길 바라오.

한인경 : 폐하, 선왕으로부터 쫓겨난 자가 다시 궁궐에 출입한

다는 것은 선왕에 대한 모독이옵니다. 통촉하여 주시
옵소서.

김 략 : 충신과 의사가 없다는 말은 부당한 말씀이옵니다. 고
려의 왕손과 공신들은 폐하를 받들고 있습니다. 김치
양과 같은 요승을 물리치옵소서.

대신 1 : 폐하. 이미 황태후께서 섭정을 선포하셨습니다. 황후
마마의 명을 어기지 마옵소서.

목 종 : (괴로운 듯) 황후마마, 김치양은 아직 벼슬이 없지 않
사옵니까. 적당한 관직을 내릴 때까지는…….

헌 애 : 내가 이미 생각해 두었소. 우복야 겸 삼사사로 임명하
는 것이 어떻겠소.

목 종 : 우복야 겸 삼사사라면 나라의 재산을 관리하는 직책
이 아닙니까.

헌 애 : 김치양과 같은 충신에게는 더 높은 벼슬을 주어도 모
자랄 것이오. 왕은 그리 아시고 임명토록 하시오.

대신 1, 2 : 감축 드리옵니다. 대감.

(대신들 웅성거린다.)

(무대 암전.)

제3장   내전

왕　순 : 폐하, 떠나기 싫사옵니다. 이제 떠나면 다시는 돌아
　　　　올 수 없을 것으로 아옵니다. 폐하의 성은이 제게 미
　　　　치지 못하면 부모 없는 고아가 어찌 목숨을 부지할
　　　　수 있겠사옵니까. 통촉하여 주시옵소서.

목　종 : 어쩔 수 없다, 왕순아. 네가 나의 이종동생이라 하나
　　　　지금은 내가 너를 도울 수가 없구나. 다시 천추황후
　　　　의 은혜를 입을 때까지 기다리거라.

주지승 : 어서 떠나셔야 합니다. 숭교사는 왕궁과도 그리 멀지
　　　　않은 곳이니 자주 찾아볼 기회가 있을 것이옵니다.

왕　순 : 이 나라의 임금은 형님이시옵니다. 제 모후이신 헌정
　　　　황후가 궁에서 쫓겨나 귀양살이하던 중 저를 해산하
　　　　시다가 세상을 뜨셨습니다. 어렸을 때부터 삼촌이신
　　　　성종 임금께서는 형님이 이 나라 임금이 되실 분이라
　　　　하시고 우러러 모시라 가르치셨습니다. 이제 옥좌에
　　　　오르신 형님을 가까이 모시지 못하고 절에 들어가 중
　　　　이 되라 하시오니 눈물이 앞을 가립니다. 다시 한번
　　　　통촉하여 주시옵소서.

목　종 : 내 말을 못 알아듣는구나. 왕손은 제 뜻대로 사는 것
　　　　이 아니니라. 나도 두 살 때 아버지를 잃고 열두 살
　　　　이 될 때까지 오직 삼촌이신 성종의 은혜로 생명을

부지했느니라. 가서 불도를 배우며 때를 기다리거라.

헌　애 : 뭣들 하고 있느냐. 아직도 떠나지 않았더냐?

(왕순 퇴장.)

헌　애 : 왕자라 하나 버릇없이 자라서 참으로 무엄하구나. 절
에 들어가 불법을 배워 사람 노릇을 하라는 데 그것
이 그렇게도 싫더란 말이냐?

목　종 : 알아듣도록 타일러 보냈사옵니다. 너무 노여워 마옵소
서, 어마마마.

헌　애 : 그래 주상은 요즘 어찌 지내시오? 아, 말 비린내. 임
금은 지금껏 말을 타셨소? 말 비린내가 아직도 진동
하는구려.

목　종 : 그러하옵니다. 송나라에서 말을 보내왔다 하기에 아침
부터 말우리에 있었습니다.

헌　애 : 주상은 말타기를 너무 좋아하시는 것 같소.

목　종 : 내일 사냥을 갈까 해서 말을 조련하는데 가 보았을
뿐입니다, 어마마마.

헌　애 : 말을 다루는 것은 왕이 할 일이 아니오. 그래, 내일
사냥은 누구와 함께 가는 것이오?

목　종 : 도병마사 강조 장군이옵니다.

헌　애 : 강조라? 사냥 가는 것말고 또 무엇을 의논하셨소?

목　종 : 여진족의 노략질이 심하다 하여 국경의 수비를 살피
고 강동 6주의 군사들을 위로할 왕의 의무가 있기에
함께 서경으로 떠날 일을 의논하였사옵니다.

헌 애 : 임금이 궁을 떠나 오래 서경에 머무는 일은 좋지 않
        소. 주상이 서경에 가는 대신 강조 장군을 서경 도순
        검사로 임명하여 서경에 머물라 하시오.

목 종 : 어마마마. 강조 장군은 충직한 무신이옵니다. 가까이
        두어 저를 보필토록 해주옵소서.

헌 애 : 이 어미 말대로 하세요. 주상은 어려서부터 심약하나
        착한 아들이었소. 그러나 주상이 보위에 오르기까지
        이 어미가 얼마나 오랫동안 힘든 싸움을 겪었는지 잊
        어서는 아니 될 것이오. 아무튼 주상은 몸이 허약하
        오니 국사에는 신경 쓰지 말고 제발 건강에 힘쓰도록
        하시오. 혹 적적하시면 궁인을 새로 늘릴 생각이오.

목 종 : 아니옵니다. 어마마마께서 늘 가까이 계신데 제가 적
        적할 일이 무엇이 있겠사옵니까. 전 어마마마만 믿겠
        사옵니다.

        (헌애 퇴장하면 한인경과 김략 등장.)

한인경 : 평창사 한인경 아뢰오. 왕순 왕자를 머리 깎아 중이
        되도록 숭교사로 보냈다 하니 이는 죄 없이 귀양을
        보내는 것이나 다름없사옵니다. 명을 거두어 주옵소
        서.

김 략 : 시랑 김략 아뢰오. 김치양이가 아직 귀양에서 풀리지
        않았는데 천추궁에 무시로 출입한다 하오니 폐하께서
        이를 금하시어 대궐의 권위를 세우시옵소서.

목 종 : 경들의 간언을 들었으니 물러들 가시오. 이 나라 정사

는 모후이신 천추황후께서 맡아서 하시는 일이오. 짐
은 다만 거란이 다시 국경을 침범치 않도록 국방을
튼튼히 하는 일에 전념할까 하오.

김 략 : 폐하께서 국사를 돌보지 않아 죄 없는 자가 죄인으로
몰리면 백성들은 이 나라에 충신과 의사가 없다 할
것이옵니다. 폐하께선 이를 통촉하여 주시옵소서.

목 종 : 충신과 의사가 없다니 당치않은 말이오. 그대들이 이
렇게 내게 간언하고 있지 않소?

한인경, 김략 : 황공하옵니다.

목 종 : 짐을 도와 천추황후께서 국사를 이끄는 것을 신료들
과 백성들은 다행으로 생각해야 될 줄 아오. 그리 알
고 물러들 가시오.

(한인경, 김략 읍하고 퇴장.)

목 종 : 충정이 충간이 게 있느냐. 내게 사초를 읽어 듣게하
라.

(임금 뒤에 숨어 있던 두 젊은이 재빠르게 앞으로 나와 재롱을
떨며 노래하듯 춤추며 읊어 올린다. 두 사람의 동작과 음성은 대
조적으로 마치 짜 맞춘 요술 같다.)

충 정 : 태조대왕 고려 왕건은 왕비가 스물 아홉이었다네.

충 간 : 황해도, 경기도, 강원도, 충청도, 전라도, 경상도에서
데려오고 신라를 통합하기 위해 신라왕 김부에게 자
기 딸 낙랑공주를 건네주고 신성왕후 김씨를 부인으

로 맞았다네. 여기에다 후백제 견훤의 사위인 영규의
딸을 부인으로 삼았으니 이로써 그가 바라던 삼국통
일을 달성했지.

목 종 : 다음.

충 정 : 두번째 왕 혜종은 이름은 무요, 자는 승건, 제위 기
간 이년 삼 개월. 이복동생들이 목숨을 노려 잠시도
마음을 놓지 못했네. 결국 후계자도 없이 병들어 죽
었지.

목 중 : 다음.

충 간 : 고려 3대 정종은 태조 후계자 세번째 아들.

충 정 : 혜종은 왕요를 후계자로 지목하지 않았다구.

충 간 : 이건 엄연한 왕위 찬탈이었어.

충 정 : 개경의 문무대신들이 반발하자 역도로 몰아 삼백 명
이나 처형했다네.

충 간 : 그래서 즉위하자마자 서경으로 왕성을 옮기려 했지.

충 정 : 그러나 서경으로 옮기지도 못하고 사 년도 못 돼서
죽었다네.

목 종 : 다음.

충 정 : 네번째 왕 광종은 왕권을 위협하는 세력을 가리지
않고 숙청했지.

충 간 : 개혁, 개혁, 쉴새 없이 몰아친 개혁. 감옥마다 죄인은
넘쳐났고 수많은 사람들이 역모라는 죄명으로 목숨을
잃었다네.

충 정 : 개혁과 폭정을 쉬지 않고 하다가 결국 오십에 생을
마치셨네.

목　종 : 다섯번째 임금 경종은 누가 말해주지 않아도 내가
　　　　잘 안다. 열한 살에 이미 왕세자로 책봉되셨으나 부
　　　　왕에게조차 역모의 의심을 받으셨던 임금님. 즉위하
　　　　자마자 대 사면령을 내리고 감옥을 헐었지. 억울하게
　　　　참소당한 자들을 복직시키고 피해를 입은 신하들에
　　　　게는 복수할 권한을 주었으며, 피바람을 잠재우고 화
　　　　합정치를 표방한 인자하신 임금님. 그러나 또다시 시
　　　　작된 정권다툼에 실망하여 병이 깊어지더니 스물 일
　　　　곱의 한창 나이에 세상을 뜨셨구나. 고려 7대왕인 나
　　　　에 대해 역사는 무엇이라 쓸 것인가…….

제4장　헌애황후의 침실

(풀벌레 소리 들리고, 보름달 떠 있는 가을밤.
헌애 초조하게 누군가를 기다리고 있다. 궁궐 어디서인가 궁녀의
애달픈 노래가락.)

노　래 : 이 외로움을 하소연할 곳 없어라
　　　　황혼이 다 가도록 홀로 섰으니
　　　　헛되도다 구슬픈 생각
　　　　억지로 마음잡아
　　　　이부자리 펴놓고 창문 닫았으나
　　　　홀로 누운 베겟머리 누구를 기다리느뇨
　　　　밤은 길고 왕궁의 물시계 소리만 아득히—
　　　　창에 비친 저 달
　　　　보이다 말다 꿈에서 깨어나니
　　　　매화가지에 아직도 반만 남았네.

헌　애 : 보이다 말다 꿈에서 깨어나니
　　　　매화가지에 아직도 반만 남았구나.

(달빛을 가리고 창문에 비치는 남자의 모습.)

헌　애 : 밖에 누구냐? 대답하라. 묻고 있지 않느냐?

김치양 : 쉿! 황후마마. 신 김치양입니다.

헌 애 : 오, 대감. 이제 오셨구려. (격렬하게 포용한다) 그동안
어디에 가 계셨기에 이제야 오셨소.

김치양 : 오, 마마. 뵙고 싶었사옵니다……. 궁인들의 눈길도 있
고 해서 함부로 발길하기가 어려웠사옵니다.

헌 애 : 기다릴 줄 알면서 이렇게 애를 태우다니……. (다시
격렬한 애무)

김치양 : (떨어지며) 마마 황후께서 섭정하는 것을 반대하는
세력이 있소이다. 신이 마마와 가까워지는 것을 보고
만 있지 않을 것입니다.

헌 애 : 그것이 그렇게 두렵습니까?

김치양 : 아, 아, 아니오. 하지만 폐하께서 복직에 대한 윤허가
아직 없으셨기에 벼슬도 없는 승려가 궁중을 출입한
다고 입방아를 찧을까 우려됩니다.

헌 애 : 옛날의 당당하던 대감의 모습이 아니구려. 걱정하지
마세요. 뒷일은 내가 다 알아서 처리할 터이니…….
자 어서 이리 오세요, (안긴다) 더 이상 상심하지 마
세요. 다시는 내 곁을 떠나지 못하게 하리다.

김치양 : (손을 풀며) 그 말씀 어찌 믿을 수 있겠소. 마마와 가
까이 하지 못하도록 멀리 신라 땅으로 쫓아낸 것이
고려 왕실 아니오이까?

헌 애 : 세상이 바뀌었습니다. 이제 고려를 통치하는 것은 나
천추황후입니다.

김치양 : 그러니 더욱 가까이 할 수 없는 몸. 헌정왕후의 참사
를 잊으셨습니까?

헌　애 : 내 아우 헌정의 일은 입밖에도 꺼내지 마세요.

김치양 : 그러나 들으셔야 합니다. 헌정왕후께서는 숙부 왕욱과
　　　　통간하였다 죽음을 당했습니다. 나 또한 그러지 않으
　　　　리란 보장이 없습니다. 비록 마마가 천추황후가 되셨
　　　　으나 다음 보위를 오를 왕순 왕자가 마마와 나를 가
　　　　만히 둘 것이라 생각하시오?

헌　애 : 나를 헌정과 비교하다니, 하하하…… . 왕순이가 그렇
　　　　게 두렵소? 이미 쫓아내지 않았소.

김치양 : 쫓아냈다고 해서 왕이 될 수 없다고 생각하니 참으로
　　　　어리석구려.

헌　애 : 어리석다? 정녕 이 천추황후가 어리석다고 생각하오?

김치양 : (실수한 듯) 마마…… 제 말씀은…… .

헌　애 : 대감 말씀대로 왕순이는 내 살 속에 박힌 가시와 같
　　　　소. 내가 살아 있는 한 왕순이는 절대 왕이 될 수 없
　　　　을 것이오. 이 나라의 힘은 임금이 아니라 바로 나
　　　　천추황후요. 16년 동안 이 때를 기다려왔소.

김치양 : 황후, 그대를 사랑하오. 이제 내가 무엇을 두려워하겠
　　　　소.

헌　애 : 죽어도 나를 사랑하겠노라 했던 말씀 아직도 변함이
　　　　없으신 게요?

김치양 : 이렇게 맹세하리다. 마마를 위해서라면 내 목숨 기꺼
　　　　이 버리오이다.

헌　애 : 그만 일어나시오. (단호히) 없애버리시오.

김치양 : 누, 누구를 말씀이오이까?

헌　애 : 몰라서 묻소? 그리고 때를 기다립시다. (자기의 배를

쓰다듬으며) 이 뱃속에서 태어날 아이가 다음 왕이
될 것이오.
김치양 : 마마, 마마. 사랑하오. (헌애를 안고 침대로 간다. 실
루엣, 웃음소리)

제5장 뜰

(황후의 내실이 달빛에 희미하게 보인다. 목종이 궁녀들을 거느
리고 후원을 거닐고 있다.)

충 정 : 폐하. 밤이 깊었사옵니다. 어서 침전에 드시지요.

목 종 : …….

충 간 : 폐하께서 지금 보고 계신 것이 달이 아니옵고 사람의
그림자일 것 같으면 보시지 마시옵소서.

목 종 : 눈에 보이는 것을 보지 말라 하니 그래 네 눈에는 달
만 보이느냐?

충 정 : 폐하께서는 이 나라 왕이시옵니다. 능히 눈으로 보아
도 보이지 않는 듯이 물리치실 수 있사옵니다.

목 종 : 어찌하면 그리 할 수 있겠느냐?

충 간 : 사라져라, 사라져라 명하옵소서. 폐하의 명은 곧 하늘
이옵니다.

목 종 : 네가 날 놀리고 있구나.

(김치양과 헌애, 정사를 벌이고 있다.
음탕하고 교태스런 웃음소리.)

목 종 : 눈으로 보아도 보이지 않는 듯이 물리치라 하였느냐?
내 어찌 눈앞에 보이는 참담한 모습을 보이지 않도록

물리칠 수 있으랴. 내가 칼을 들어 찌르기 전 눈앞에 보이지 않도록 가려다오. 저기 저 그림자가 정녕 나의 어미란 말인가.

충　정 : (칼을 뽑으며) 명을 내리시옵소서.

충　간 : 충정이 이놈. 어서 칼을 치우지 못할까, 어서!

목　종 : (칼을 뺏으며) 내가 본 것을 너희도 보았다면 너희 눈을 찔러 영원히 못 보게 하리라.

충　간 : 저놈은 임금님의 그림자이옵니다. 폐하가 보지 말라 하면 보고, 보라고 하면 보지 않사옵니다. 헤헤헤…….

목　종 : 내가 오늘밤 본 것을 너희는 보지 않았느니라. 만일 너희가 보지 않은 것을 내가 보았다면 나 역시 보지 않은 것이나 다름없느니라. 내 말 알아듣겠느냐?

충　간 : 그럼요. 이 충간이는 본 것을 폐하가 보시지 않았다면 제가 본 것은 본 것이 아닌 거나 같습지요.

목　종 : 다시 부를 때까지 내 앞에 보이지 말거라. 오늘밤 일은 없었던 것이니라. 알아듣겠느냐?

충　간 : 계집도 아닌 것이 사내도 아닌 것이 바로 이 충간이가 아니옵니까. 죽으라면 죽고 살리시기로 한다면 떨어진 목도 다시 올라붙는 충간이옵니다. 염려 마십시오. 가자, 이 멍청한 발해 놈아. (퇴장)

(목종, 혼자서 멍하니 바라보다 취기가 오른다.)

목　종 : 어마마마, 어찌 이러시옵니까? 소자 어마마마만 믿겠다 했거늘……. 으흐흐, 하늘이 보고 있습니다. 하하

하, 달아 너도 보았느냐……. (흥얼거린다) 서블 달
밝은 밤에 밤늦도록 노닐다가 들어와 잠자리를 보니
다리가 넷이로세. 둘은 내 해이거니와 둘은 또 뉘 것
인고. 본디 내 해였지만 빼앗긴 걸 어찌할 것인
가…….

(오른쪽에서 왕비 시녀와 함께 등장.)

왕 비 : 폐하. 이렇게 늦도록 어디 계셨사옵니까?

목 종 : 서블 달 밝은 밤에 밤늦도록 노닐다가…….

왕 비 : 폐하. 누구에게 들으라 하시는 뜻이옵니까?

목 종 : 내 노래를 듣고 있었소? 그대도 다리가 넷이요? (치
마를 들춘다.)

왕 비 : 폐하가 정녕 이 나라 임금이 맞사옵니까?

목 종 : 허허. 그대와 나 둘 중에 하나가 헛것을 본 것이 틀림
없구려. 분명 다리가 넷이었는데 어찌 그대는 둘 뿐
이오?

왕 비 : 폐하, 농이 지나치십니다.

목 종 : 농이 지나치다? 그렇게 말하는 그대는 중전 유씨가
분명하오?

왕 비 : 이제는 사람마저 못 알아보시는군요. 본래 제 것이라
하는 것이 어미 아니면 아내 둘 중의 하나인데 어찌
어미와 아내 사이를 구별 못하시고 어미의 치마끈만
붙들고 계시오?

목 종 : 참으로 현숙한 왕비시구려. 그렇게 현숙한 여인네가

왜 아직도 어미가 되어보지 못하는 게요? 그 치마끈
으로 나를 한번 묶어 볼 생각 없으시오?

왕　비 : 나는 천추황후가 아닙니다. 자기 어미가 아내 같고 제
아내가 어미인 것처럼 아직도 어리광을 부리는 상감
마마를 차마 지아비라 부르고 싶지 않습니다.

목　종 : 충정아, 어디 있느냐? 내 대신 네가 칼을 빼야 하겠구
나. (충정, 충간 뛰어 들어온다)

왕　비 : 좋으시겠구려. 미소년들을 번갈아 가며 침전에 불러들
이시니. 내게서 고려 왕실의 후손을 얻을 생각을 꿈
도 꾸지 마시오. 왕 노릇을 못하는 왕은 참을 수 있
어도 사내 구실 못하는 서방은 참을 수 없으니까. 가
자.(서둘러 퇴장.)

목　종 : 이번에도 내가 본 것을 너희도 보았느니라. 하하…….
(미친 듯이 웃는다) 자, 이리 오너라. 이제부터 말놀
이다.

(충간, 충정이와 더불어 남색을 즐긴다.

목종 웃다가 쓰러진다.)

제6장 꿈 속

(안무. 무대는 1장과 같은 장례식장. 목종, 관 위에 누워 있는 자
신을 발견하고 크게 놀란다. 김치양의 주문대로 움직이는 대신
들. 백성들의 아우성. 역대 임금들의 유령이 차례대로 줄지어 지
나간다. 헌애의 음탕함. 목종을 감싸고 있는 상황들. 가면을 이
용.)

(김치양, 누군가와 음모하듯 귓속말을 하고 있다.
헌애가 잠들어 있는 목종을 한심하다는 듯 건너다보고 있다.)

헌 애 : 어찌 주상은 저리도 할 일이 없어 낮잠으로 소일하는
가? 밤에 아이들을 불러다가 말놀이한다는 소문이 사
실이군. 쯧 쯧 …….

김치양 : 괘념치 마시옵소서. 이 나라를 통치하는 것은 마마시
지 폐하가 아니지 않습니까?

헌 애 : 내일 있을 행사에 조금도 실수가 있어선 아니 되오.

김치양 : 놀이패에게 단단히 일러두었습니다. 이번 일만 성사되
면 고려 왕조도 결국 끝이 나겠군.

헌 애 : (김치양의 손을 자기의 배에 가져다 만져보게 하며)
대감 손에 무엇이 느껴지오?

김치양 : 새로운 왕조가 이곳에 태동하고 있구려.

헌 애 : 그렇소. 쇠약해진 왕실에 새로운 후계자의 탄생이요.

(목종 꿈속의 연장으로 몹시 괴로워하다.
　헌애 다가가자 비명을 지른다.)

목　종 : 아 — 악…….

　　　　(비명소리에 놀라는 헌애.
　　　　강조 무장한 채 왼쪽에서 등장.)

강　조 : 폐하, 신 강조이옵니다.
헌　애 : 강조 장군, 서경에 있어야 할 장군이 무슨 일로 개경
　　　　출입을 하셨소?
김치양 : 무신이 무장을 한 채 왕궁에 뛰어들다니 무법하구려.
강　조 : 일개 가짜 요승이 황후를 가까이 모시는 것을 기화로
　　　　국정을 농단하다니. 김치양 대감, 그대야말로 무법한
　　　　자가 아니오?
목　종 : 강조 장군, 잘 오셨소. 어마마마, 어서 오세요. 강동 6
　　　　주의 성축 진전을 알아보려고 장군을 불렀습니다. 장
　　　　군, 어찌 되어가고 있소?
강　조 : 북방 오랑캐 거란은 강동 6주에 고려성을 쌓은 것이
　　　　국경을 침해한다는 구실로 변경을 소요케 하고 있습
　　　　니다. 폐하께옵서 하루 빨리 서경에 오셔서 백성들을
　　　　안심케 하시고 군사들을 독려하셔야 하옵니다.
헌　애 : 폐하께서 병약한 몸인데 어찌 변경을 돌본단 말씀이
　　　　오.
강　조 : 가셔야 하옵니다. 훈요십조에도 왕은 매년 춘하추동

사계절의 중간 달에 옛 고구려 도읍지인 서경에 가서 백일을 체류하여 왕업의 기지를 굳건히 다지라 전하셨습니다.

헌　애 : 지금은 태조 대왕 때와 다르오. 어찌 훈요십조를 다 따를 수 있겠소?

김치양 : 그 뿐이 아닙니다. 폐하께서 잠시라도 서경으로 떠나가 계시면 왕도를 서경으로 옮기자는 무신들과 호족들로 국론이 분열될까 우려되옵니다.

목　종 : 어마마마. 보위에 오른 지 몇 년이 지났는데도 아직 한번도 서경에 가보지 못했습니다. 이번엔 꼭 강조 장군과 함께 갈까 하옵니다. 허락해 주시옵소서.

헌　애 : 그 무슨 당치않은 말씀이오. 강조 장군! 거란이 지금 거병하여 서경을 침공할 조짐이라도 보인다는 게요?

강　조 : 제가 서경도순검사로 있는 동안은 그런 일은 없을 것입니다.

헌　애 : 그것 보시오. 서경의 일은 강조 장군께 맡기고 지금은 내치에 힘쓸 때라 생각되오. 장군은 어서 서경으로 돌아가시오.

강　조 : 하오나……

목　종 : 어마마마.

헌　애 : 내가 한 말 못 들으셨소? 지체 없이 돌아가시오.

김치양 : 힘써주길 바라오.

강　조 : 음……. (퇴장)

헌　애 : 주상, 요즈음 악몽을 자주 꾸신다면서요? 무슨 걱정이라도 있으신 게요?

목 종 : 아…… 아니옵니다.

헌 애 : 말씀하세요. 이 에미가 걱정이 됩니다. 참, 대감, 궁중
       행사를 계획하고 있다구요?

김치양 : 네, 마마. 폐하께서 마상 무예를 좋아하시기에 내일
       무예가 뛰어난 자들과 광대들을 불러모아 폐하의 불
       편한 심기를 덜어드리고자 합니다.

헌 애 : 그 말씀이셨소? 폐하를 즐겁게 해 드리려는 마음이
       가상하오. 주상, 내일 함께 가보십시다.

제7장   무술대회

(오색기가 펄럭이며 춤과 노래가 한창이다. 대신들과 왕족들 한
쪽에 왕순이가 참가해 있다.
왕순, 목종이 등장하여 앉자 그 앞으로 가서 꿇어 인사한다.)

목 종 : 네가 어인 일로 대궐 행사에 참여했느냐?
왕 순 : 폐하를 오랜만에 뵙사옵니다. 그간 평안하셨는지요?
　　　　행사에 초청해 주셔서 성은이 망극하옵니다.
목 종 : 초청을? 그래, 어찌 지냈느냐?
왕 순 : 폐하의 성은으로 불도에 전념하고 있사옵니다.
김치양 : 자, 그럼 다음 순서를 진행하시오.

(석출이와 놀이패 2명 무술시범을 보이다가 갑자기 왕순에게 달
려든다.
왕순, 비명을 지르며 목종 뒤로 숨는다.)

왕 순 : 형님, 저를 살려주옵소서. 나를 죽이려 하옵니다.
충 정 : 제가 지켜드리겠습니다. 이놈들……. (석출과 대결한
　　　　다.)
목 종 : 저 자가 노리는 것은 나의 목숨이다. 반역이로다, 반
　　　　역! 어서 저 놈을 잡아라.
석 출 : 썩어빠진 고려 왕실을 개혁하려면 이 방법밖에 없지

않느냐?

(충정이 석출과 대결하여 결국 제압한다.)

김치양 : 뭣들 하느냐? 저 놈의 목을 어서 베라.
서 희 : 죽이지 말라. 이것은 분명 왕을 시해하려는 음모다.
　　　　어서 주범을 찾아라.
김 략 : 너희 역도들의 괴수가 누구냐?
석 출 : 내가 두목이요. 이자들은 아무 죄가 없소. 나를 따라
　　　　놀이에 참가했을 뿐이요.
한인경 : 하늘이 노할 일이로다. 화척의 신분으로 어찌 신성한
　　　　놀이에 참가했으며, 누가 너희를 시켜 역모를 꾀하려
　　　　했느냐?
김치양 : 물어볼 것도 없소이다. 이 놈들은 여진족에 섞여 사는
　　　　무법자들이 분명하오. 폐하를 시해하려 했으니 당장
　　　　목을 치시오.
한인경 : 하면 너희들은 고려국 백성이 아닌 게 사실이더냐?
석 출 : 아니오. 우린 이 나라의 백성, 고려사람이요.
한인경 : 그런데 어찌하여 무엄하게도 왕 앞에서 칼을 빼어들
　　　　었느냐?
김치양 : 고려 왕실에 원한을 품고 있는 불만세력들이 분명하
　　　　다. 어서 저 자들의 목을 베라!
석 출 : 버러지처럼 짓밟혀 살아도 우린 고려 백성들이오. 나
　　　　라가 백성을 돌보지 않으니 우리가 어찌 폐하를 임금
　　　　이라 받들겠소. 김치양 대감, 이 모두가 당신이 꾸며

시킨 일이잖소?

김치양 : 이 놈이 죽게 되니 못하는 말이 없구나. 내가 네 목을
치리라.

목　종 : 잠깐. 비록 화척이라 해도 짐을 일컬어 하는 말에는
진심이 엿보이오. 허나 짐과 왕실을 해하려 했으니
내버려 둘 수는 없다. 저자들을 참수하라.

서　희 : 아니 되옵니다, 폐하. 주모자가 확실하게 드러나기 전
에 죄인을 죽이게 되면 배후를 밝히기가 더욱 어렵사
옵니다. 좀 더 심문을 한 후 처형하는 것이 마땅한
줄로 사료되옵니다.

헌　애 : 뭣들 하고 있느냐? 저 놈을 끌고 나가 폐하의 명을
따르라. 김치양 대감, 직접 시행토록 하시오.

(김치양, 석출의 패를 끌고 나간다.)

석　출 : 분하고 분하도다. 네 놈에게 속아서 죽게 되다니 왕순
왕자를 죽이기만 하면 천민신분을 면하고, 평생 먹고
살 땅을 내린다기에……. 그 말을 믿은 내가 참으로
어리석었구나.

한인경 : 폐하, 저들은 왕순 왕자뿐 아니라 폐하를 시해하려고
했사옵니다.

김　략 : 주모자는 김치양이 틀림없사옵니다. 김치양을 잡아 가
두시옵소서.

대신 2 : 무슨 소릴 하는 것이오? 그대들의 음모를 우리에게
덮어씌우겠다는 수작이오?

김　략 : 무어라? 음모라니? 그 무슨 망발이오?

김치양 : 한인경과 김략이 강조 장군을 사주하여 폐하를 몰아
내고 왕순 왕자를 옹립하려는 음모이옵니다. 황후마
마, 여기 그 증거가 있습니다.

한인경 : 뭣이! 증거?

대신 1 : 김치양 대감의 고변이 사실이옵니다. 강조 장군의 지
시에 따라 한인경과 김략을 위시한 대신들이 역모를
일으켰습니다. 폐하를 폐위시키고 왕순 태자에게 양
위하려는 음모가 드러난 것이옵니다.

왕　순 : 폐하! 전 아무것도 모르는 일이옵니다

(대신들, 서로 상대방을 음해한다.)

헌　애 : 어찌된 일인지 자세히 고하라. 만일 거짓이면 주살을
면치 못하리라.

김치양 : 임금을 폐위시키고 왕순 태자를 옹립하려는 음모가
틀림없습니다. 폐하께서는 믿으시옵소서.

대신 1 : 폐하, 이 시는 절에 들어간 왕순 태자가 백성들에게
유포시킨 것이옵니다

소　리 : 백운봉에 흘러내리는 한 줄기의 물
만경창파 멀고 먼 바다로 향하느니
바위 밑을 스며 흐르는 물 적다고 하지 말라
용궁에 도달할 날 그리 멀지 않으리……

김치양 : 이래도 믿지 못하겠습니까? 자세한 것은 강조 장군을
불러 국문하시옵소서. 한인경과 그 일당을 잡아들이
고 왕순 태자를 배소에 안치하여 위리하소서.

(한인경과 대신들 소요.)

헌 애 : 어서 어명을 내리시오.
한인경 : 김치양의 음해이옵니다. 고려 왕실을 뒤엎고 국권을
탈취하려 함입니다.
김 략 : 역모가 실패하자 왕순 태자에게 누명을 씌우는 것이
옵니다. 통촉하여 주시옵소서.
목 종 : 왕순 태자, 진상을 말해 보거라.
왕 순 : 이 어린 아우의 목숨은 이제 형님이신 폐하의 손에
달려 있습니다. 두 살 때 천애 고아가 된 저를 선왕
이신 성종께서 거두어 왕궁에서 기르셨습니다. 철없
는 아우는 성종 대왕이 저의 친부인 줄만 알고 임금
님을 부르며 자랐사옵니다. 그러던 어느 날 저의 친
부가 헌정황후와 간통하여 저를 낳은 후 그 죄로 귀
양살이 간 것을 알게 되었고, 눈물로 부친을 만나 뵙
기를 간청하여 찾아가 뵈었을 때 병석의 부친은 제게
금 한 줌을 주시며 장사지내주기를 부탁하고 눈을 감
으셨습니다. 설상가상으로 성종대왕께옵서 승하하신
이후부터 저는 대궐에서 쫓겨나 절간에 갇혀 미움을
받고 살아왔습니다. 이제는 역모라는 누명까지 씌워
저를 죽이려는 세력이 있으니 이는 필시 왕손으로 태

어난 인과응보라 생각됩니다. 하오나 제 마지막 소원
이 있다면 돌아가신 부모님 무덤 곁에서 못 다한 효
를 다 해드리고 싶은 생각뿐이옵니다. 부디 저의 미
천한 생명을 거두어 주시옵소서.

목 종 : 한인경과 김략을 옥에 가두어 자초지종을 문초하고
왕순 태자는 양주 땅 신혈사로 보내 어명을 기다리게
하라.

일제히 : 폐하…….

(장중한 음악과 함께 무대 한쪽에 강조 장군의 군막.
강조를 필두로 참모와 병사들.)

강 조 : 뭣이? 왕순 태자가 양주 땅 신혈사에 갇혔다고?

참 모 : 이 모든 게 고려 왕실을 붕괴시키고 신라 왕실을 다
시 일으켜 세우려는 김치양의 음모라 사료됩니다.

강 조 : 어찌 김치양과 같은 요승이 감히 고려 왕실을 넘보려
한단 말이냐? 폐하는 또 어찌하고 계신단 말이냐? 자,
서두르자.

(강조, 출병하면 무대 한쪽에 천추전.)

헌 애 : 대감, 이제 어찌하려는 게요? 대사를 그르쳤으니 사후
대책이 있어야 할 게 아니오?

김치양 : 고정하시지요, 마마. 내게 왜 생각이 없겠소. 조금만
기다리시오. 한인경 일당이 백성을 선동하여 난을 일

으키려 하니 강조 장군은 급히 개경으로 오라는 전갈
을 보냈소.

헌　애 : 정신이 있는 게요? 이 판국에 호랑이를 불러들여 화
를 자초할 생각이오?

김치양 : 허허, 모르는 소리시오. 강조를 끌어들여 미리 화근을
없앨 계책을 세웠소.

(이어 무대 가운데에 상전전.)

충　정 : 폐하, 태조 대왕이 이루지 못한 꿈을 이루시옵소서.

목　종 : 내가 그런 대업을 이룰 수 있다고 생각하느냐?

충　정 : 왕순 태자를 버리지 마시옵소서. 왕순 태자를 제거하
려는 세력을 경계하시옵소서.

목　종 : 그만두자. 네가 어찌 왕실의 세력다툼을 알겠느냐? 충
간아, 충정아. 이젠 너희들밖엔 믿을 사람이 없구나.
내 곁을 떠나선 안 되느니라.

(이번엔 신혈사.)

주지승 : 태자님. 왕순 태자님. 이상한 자들이 절을 둘러싸고
있습니다. 김치양이 보낸 자객들이 분명하옵니다. 어
서 피하소서.

자객 1 : 왕순 태자를 내놓으시오. 그렇지 않으면 불을 지를 것
이오.

주지승 : 여긴 왕실의 불공을 드리는 신성한 곳이니라. 불을 지

르면 목이 열 개라도 온전치 못함을 모르느냐?
자객 2 : 왕보다 높은 분의 명령이다. 절 안을 샅샅이 뒤져 왕
순이를 잡아라.

(쫓고 쫓기는 긴박한 순간.
돌연 충정이 출현하여 왕순이를 구한다.)

충　정 : 순 왕자님, 이곳은 위험하오니 서둘러 피하셔야 합니
다.
왕　순 : 그대는 누구인가?
충　정 : 순 왕자를 보호하라는 폐하의 명이 있었습니다. 어서
이곳을 떠나셔야 합니다.

(춘추전.
헌애, 김치양.)

헌　애 : 강조를 사로잡겠다는 게요?
김치양 : 군사를 매복시켰다가 올가미를 씌우고 왕실을 전복시
키려 한다는 죄명을 내릴 것이오.
헌　애 : 서두르셔야 합니다. 생사가 걸린 문제이니 빈틈이 없
어야 하오. 이 뱃속의 아이가 태어나기 전에…….

(상전전.)

목　종 : 사슴아, 사슴아, 게 섰거라. 내가 너를 잡으러 간다.
충　간 : 더 빨리 달리옵소서. 더 빨리.

목 종 : 어디로 가려느냐. 산이냐, 들이냐, 숲이더냐?

충 간 : 극락을 구경하고 싶지 않으십니까? 폐하.

목 종 : 과연 극락이 이 세상에 있겠느냐?

충 간 : 폐하, 속지 마시옵소서. 극락이 아니라 고려의 앞날을
바라보시옵소서.

목 종 : 이렇게 앞이 캄캄한데 어찌 앞날을 보라 하느냐.

충 간 : 고려 왕조가 왕씨에서 신라의 김씨로 바뀌려 하는데
보고만 계시겠습니까?

목 종 : 멈춰라.

(강조의 군막.)

사신 1 : 어명이십니다. 빨리 환궁하시어 반란의 무리들을 제압
하라시는 황후마마의 명이시옵니다.

강 조 : (서찰을 읽으며) 마마의 명이 분명하다. 하지만 한인
경 같은 충신이 반란을 한다니 믿을 수 없다. 어찌
해야 좋단 말인가.

참 모 : 아뢰옵니다. 김치양 일파가 궁궐을 장악하고 장군을
유인, 도중에 체포하려는 계략을 세운 듯하니 지금
떠나지 마시고 사태를 관망함이 좋을 듯하옵니다.

강 조 : 뭐라! 날 체포하려는 계략을? 군사들을 정비하라. 곧
출병할 것이니라.

(춘추전.)

헌　애 : 잘 들으시오, 중전. 양위가 있어서는 절대로 아니 되
　　　　오. 주상이 심약하여 왕순에게 양위한다는 전교를 보
　　　　낼지 모르니 잘 감시해야 할 것이오.
김치양 : 중전마마. 폐하께서 양위한다는 소문이 들리면 민심이
　　　　소요하고 궁궐이 안전치 못할 것입니다. 폐하께서 흔
　　　　들리지 않도록 지켜 드려야 합니다.
왕　비 : 대체 어찌되어 가는 겁니까? 저에게도 사실을 알려
　　　　주세요. 답답하옵니다.
헌　애 : 중전, 급합니다. 어서 빨리 주상에게 가시오.

(불길이 일어난다.)

김치양 : 놀라지 마십시오. 왕의 거처인 상전전에 불을 지르라
　　　　지시했습니다. 폐하가 국사를 돌보지 못할 정도로 크
　　　　게 놀랄 것이오.

(상전전.)

충　간 : 정말 제가 왕이 되는 것이옵니까? 왕이 되는 것이 이
　　　　렇게 쉬운 걸 가지고 왜들 싸우는 거지? 자, 이제부
　　　　터는 내가 왕이다. 그럼 폐하는 뭐할 거지?
목　종 : 이제부턴 내가 말이다. 네가 임금이니 내 등에 올라타
　　　　거라.

(충간, 거드름을 피우는데 충정이 뛰어들어온다.)

충　정 : 폐하, 큰일이 벌어지고 있습니다. 김치양 일파가 반란
　　　　을 일으켜 천추궁에 불을 지르고 이곳으로 군사를 보
　　　　냈다 하옵니다.

(군사들은 횃불을 들고 왕을 찾아다닌다.)

충　간 : 나 왕 안 할래. 난 왕이 아니야.
목　종 : 충정아. 이제부터 왕으로서 내가 행할 바를 하려고 하
　　　　니 잘 들어라. 강조 장군에게 궁궐 입성을 명하고 왕
　　　　순 태자에게 양위의 뜻을 전하라.
충　정 : 폐하께서는 어디로 가실지 결정하였사옵니까?
목　종 : 내 걱정은 하지 말라. 귀법사로 향할 것이니라.
충　간 : 폐하, 폐하. 나를 버리지 마시고 데려가 주옵소서.
목　종 : 너는 여기 내 대신 남아 있으라. 나 없는 동안엔 네가
　　　　왕이니라.
충　간 : 정말?
헌　애 : (뛰어 들어오며) 주상, 주상, 주상! 아니 네 이놈! 참
　　　　으로 무엄하구나. 네가 감히 임금의 옥좌에 앉을 수
　　　　있단 말이냐? 썩 물러나지 못할까! 주상, 왕순에게 왕
　　　　위 교서를 보냈다는 것이 사실이오? 사실이오?
목　종 : 그러하옵니다, 어마마마.
헌　애 : 어찌하여 주상은 내게 의논 한 마디 없이 왕위를 내
　　　　놓으셨소? 임금을 해하려는 자가 궁에 불을 지르고
　　　　난동을 부리고 있소.

목　종 : 김치양의 짓입니다. 김치양은 내 목숨뿐만 아니라 왕
　　　　족 모두를 도륙하려 할 것입니다. 어마마마, 소자는
　　　　어릴 적부터 어마마마의 뜻에 따라 효를 다하고자했
　　　　습니다. 어마마마가 하시는 일이 곧 저와 백성을 위
　　　　하는 길이라 여기고 그 뜻을 따르고자 노력했습니다.
　　　　그런데 어찌하여 저와 백성들을 버리고 신라의 후손
　　　　인 김치양의 손에 고려왕조의 운명을 맡기려 하셨사
　　　　옵니까?

헌　애 : 주상. 주상은 이해하기 어렵겠지만 역사는 힘있는 자
　　　　들의 몫이오. 그 힘을 나는 비로소 얻었소. 영원한 왕
　　　　조를 이룰 수 있는 힘 말이오. 주상은 어려서부터 심
　　　　약하여 영원한 왕조를 세우는 데에는 역부족이라 생
　　　　각했소. 나의 뜻을 이해하고 함께 할 동반자가 필요
　　　　한 시점에 김치양이 나타난 것이오. 주상, 주상의 뒤
　　　　를 이을 태자가 이 뱃속에 있습니다. 이젠 선택의 여
　　　　지도 없어진 것이지요. 주상, 이 에미를 이해해 주세
　　　　요. 다 되었어요. 조금만 눈감고 계시면 역사는 반드
　　　　시 우리의 손을 들어 줄 것입니다.

목　종 : 어마마마, 역사는 하늘의 것이고 백성들에 의해 만들
　　　　어집니다. 민심을 얻지 못한 힘은 결국 거품이 된다
　　　　는 사실을 모르시옵니까? 고려 왕조가 신라의 후손으
　　　　로 서게 되면 죽어서라도 돌아가신 선왕들을 어찌 뵐
　　　　수가 있겠습니까? 어마마마, 버리시옵소서. 소자 이미
　　　　버렸사옵니다.

헌　애 : 주상, 어디로 가려는 게요. 이곳에 남아 왕위를 지키

시오.

목　종 : 새 왕이 들어설 때까지 저기 저 충간이가 보위를 지
　　　　킬 것이옵니다.

헌　애 : 주상, 주상.

(왕궁 밖에 대치해 있는 군사들.)

강　조 : 입궁하라. 역적 김치양을 잡아라.

(양측의 군사들 좌충우돌한다.)

강　조 : 김치양 대감, 황후마마를 미끼로 고려왕조를 바꿀 수
　　　　있다 생각하시오?

김치양 : 하하하! 그대는 역시 훌륭한 무신이오. 썩어빠진 고려
　　　　에 그대와 같은 충신이 있다니…… 허나 이미 늦었소
　　　　이다. 여봐라 어서 길을 뚫어라.

(군사 충돌한다.)

강　조 : 대감, 진실을 밝히시오. 역모를 꾸미고 나를 잡기 위
　　　　해 서찰을 보낸 것이 모두 대감의 농단이 아니요?

김치양 : 어찌 일개 중이 역모를 꾀한단 말이오. 난 다만 한 여
　　　　인을 사랑했을 뿐이오. 그 사랑에 눈먼 여인에게 물
　　　　어 보시오. 이미 신라의 씨가 잉태되어 있을 테니까.
　　　　하하하. 자, 어서 길을 뚫어라.

(군사 충돌한다.)

강 조 : 이럴 수가! 왕순 왕자가 위험하다. 왕순 왕자를 보호
하라.

(춘추전.
쫓기듯 김치양이 서둘러 들어온다.)

김치양 : 마마, 이곳을 피하시옵소서. 저와 함께 갑시다. 폐하는
어디 계신가요? 폐하를 찾아야 합니다.
헌 애 : 대체 어디로 떠난단 말이오. 이 궁을 떠나면 모든 일
이 허사가 됩니다. 대감, 이 모든 책임은 대감에게 있
소. 대감이 저지른 일 대감이 수습하시오. 난 이곳을
떠나지 않을 것이오.
김치양 : 이젠 모든 걸 나에게 뒤집어씌우는군. 마마가 허수아
비 같은 왕 하나 제대로 다루지 못해 일이 수포로 돌
아가게 되었소. 하지만 아직 늦지 않았소이다. 지금이
라도 폐하를 제거하고 우리의 왕조를 세웁시다. 폐하
는 지금 어디 계시오?
헌 애 : 아니 되오, 주상은 내 아들이오. 주상의 옥체에 무슨
일이라도 생기면 나 역시 그대를 가만두지 않을 것이
오.
김치양 : 허수아비 왕도 자기 핏줄이라고 감싸고도시는구려.(칼
을 빼든다.) 그럼, 그 아이는, 뱃속에 있는 아이는 어
떡 할 셈이오? 선택하시오. 나와 함께 하시겠소, 아니

면 뱃속의 아이와 함께 이 칼을 받으시겠소!

헌　애 : 대감, 죽어도 나를 사랑하겠다던 말은 잊으셨습니까? 어찌 감히 내게 칼을 뺀단 말이오?

김치양 : 사랑? 내가 정녕 그대를 사랑했다 생각하시오? 난 고려왕족에 의해 몰락한 신라왕족입니다. 우리 신라가 비록 고려의 무력에 무너졌지만 얼마나 많은 사람들이 피눈물을 흘려가며 복수의 날을 기다려 왔는지 아시오? 이제 그 복수의 칼자루를 잡았다 했는데……. 사랑에 눈이 먼 그대를 볼모로 신라의 씨를 생산하고 다음 보위에서는 뼈에 사무친 원한을 갚으리라 계획했거늘……. 사랑? 하하하하…….

헌　애 : 결국 나를 이용해서 복수를 한다? 네 이놈, 김치양.

김치양 : 정신차리시오. 그래도 미력하나마 뱃속에 내 아이가 있기에 당신만은 살려 두겠소 여봐라, 왕을 찾아라.

헌　애 : 안 된다, 안 돼. 주상은 안 돼…….

(상전전. 충간이 객석에 등을 돌리고 옥좌에 홀로 앉아 있다.
  김치양이 칼을 빼들고 들어온다.)

김치양 : 여기에 있었군. 폐하, 혼자 남아 지킨다고 왕실이 보존됩니까? 소승 김치양이옵니다. 어서 자리에서 일어나 이 칼을 받으시지요. (아무런 대답이 없다.) 내 비록 왕위를 뺏진 못할지라도 절반의 성공은 이룰 것이오. (등 뒤로 다가서자 충간이 돌아본다) 아니 넌? 넌, 충간이?

충　간 : (칼을 빼어 김치양을 찌른다) 넌 죽어야 돼. (재차 찌
르다 뒤쫓아 들어온 김치양의 부하들에게 죽임 당한
다.) 폐하, 고려 왕실을 보존하소서, 폐하…….

제8장　내전

(양위교서를 낭독한다.)

목　종 : (소리) 내가 듣건대 임금은 하늘을 아버지로 삼고 땅
　　　　을 어머니로 삼으며, 해와 달을 형제로 삼아 백성과
　　　　신하를 다스리라 하였거늘 나는 변변치 못한 사람으
　　　　로서 왕위를 계승한 이후 힘써 이를 행하지 못하였으
　　　　니 이제 왕위를 태조의 손자요, 고려왕실의 적통인
　　　　대량원군에게 양위하노라.

강　조 : 서경 도순검사 강조 아뢰오. 역모를 일으킨 무리들을
　　　　장악했으니 안심하시옵소서.

왕　순 : 참으로 수고하시었소. 지금 폐하께선 어디 계십니까?

강　조 : …….

한인경 : 모후와 함께 귀법사로 가셨다 하옵니다.

김　략 : 귀법사에 오래 있지 않으시고 떠났다 하옵니다.

왕　순 : 허면 어디로 가시겠단 하명도 없었단 말이오?

대신 1 : 시종들을 모두 물리치시고 조용한 곳을 찾아가시겠다
　　　　고 하옵니다.

왕　순 : 조용한 곳이라? 조용한 곳이 어디란 말입니까? 폐하
　　　　께서는 내게 전위교서를 당부하시고 모후와 함께 귀
　　　　법사로 떠나셨다는 데 그 이후 어찌 되셨는지 알 수
　　　　가 없습니다. 이를 어찌하면 좋겠소?

서　희 : 선왕께서 전위교서를 내리셨으니 폐하께선 척신과 백
　　　　성들에게 어서 양위를 알리시옵소서.

왕　순 : 선왕의 안부를 모르는 지금 내 어찌 보위에 오를 수
　　　　있단 말이요.

강　조 : 아뢰옵기 황송하옵게도 선왕께서는 이미 이 세상에
　　　　계시지 않사옵니다.

왕　순 : 그것이 무슨 말씀이오?

대신들 : 선왕께서 승하하셨단 말씀이오?

강　조 : 그러하옵니다. 자결하시었소.

왕　순 : 자결이라니, 어찌된 변고요?

강　조 : 귀법사로 말을 보내라는 전교를 받고 병사를 보낸 후
　　　　신이 뒤쫓아갔으나 이미 자결하신 뒤였습니다.

제9장   피접

(병사들이 지키고 있는 한 농가의 방.
헌애가 누워서 진통으로 몸부림을 치고 있고 목종이 넋 나간 듯
마주보고 앉아 있다.)

헌 애 : 김치양, 김치양! 네 이놈!

목 종 : 어마마마. 고정하소서. 악몽을 꾸고 계십니다. 꿈을 깨
옵소서.

헌 애 : 주상, 여기가 어디요? 왜 우리가 여기에 있는 것이오?

목 종 : 어마마마. 날이 밝으면 강조 장군이 올 것이니 염려치
마소서.

헌 애 : 그럼 강조 장군이 궁궐에 진입했단 말이오?

목 종 : 그렇사옵니다. 난을 일으킨 역도들을 물리치고 왕궁을
장악했을 것입니다.

헌 애 : (긴 한숨) 이제 우리는 어찌 되는 것이오. 이 뱃속에
아이는? 아니 되오. 죽든지 살든지 궁으로 돌아가야
되오. (점점 미쳐간다) 아…… 악…….

목 종 : (밖을 향해) 왕후께서 산고를 겪으신다. 어서 문을 열
라. 어서 문을 열지 못하겠느냐.

헌 애 : 내 아기. 내 아기…… 아악……. (유산된다. 암전)

(조명이 밝아지면 멍석을 깔고 목종 꿇어앉아 있다.)

강　조 : 서경 도순검사 강조 아뢰오. 선왕은 들으시오. 태후가
섭정을 빙자하여 무고를 일삼고 역적모의를 하더니
마침내 고려 왕조를 신라의 척신인 김치양에게 넘기
는 반란을 일으켰소. 선왕은 이를 알고 있으면서도
방비를 하지 않아 마침내 이같은 국란을 불러 들였소.
이제 왕께서는 폐위되었고 대량원군을 새 임금으로
모시였습니다. 선왕은 백성을 기만하고 국란을 대비
치 않은 죄 값으로 이 사약을 받으시오.

(병사, 사약을 바친다.)

목　종 : 이 몸 죽어 한 줌의 흙이 되어도 서럽지 않으나 나로
말미암아 백성은 도탄에 빠지고 어머니와의 정은 끊
어져 아직도 광야를 헤매고 있으니, 내 죽은들 어찌
잊을 수 있단 말입니까? 춘추에도 자식이 어미를 원
수로 대하는 의리가 없다 했으며, 자식과 어미의 천
륜을 끊을 도리가 없다 했습니다. 어머니를 두고 먼
저 가는 이 자식의 불효를 용서하여 주시옵소서. 선
왕이시어, 하늘이 주신 왕위를 지키지 못하고 이제
선왕의 곁으로 가고자 합니다. 어여삐 여기시어 이
몸을 받아주시옵소서.

(목종 사약을 마신다. 하늘에서 흰 꽃가루 수없이 떨어진다.
지나간 일들이 순간적으로 회상, 안무, 조명 서서히 아웃.)

목 종 : (소리) 어려서는 어버이를 일찍 잃고 어른 없이 자라
병약하더니 자라서는 선생의 교훈이 없어 간신과 충
신도 구분치 못하였도다. 지금 돌이켜보면 위로는 정
승으로부터 아래로는 관료에 이르기까지 누구 하나
충직한 말은 없었고 다만 아첨하는 말만 있었음을 이
제야 깨닫게 되었느니라.
나는 내 모후인 천추황후를 어려서는 사랑했었고,
왕이 된 후로는 증오했었느니라. 그러나 사약을 받아
든 지금은 황후를 진실로 용서하노라.
이제 위기에 선 고려 왕조의 명운은 새 주상의 손에
달렸노라. 그대들은 부디 충신이 되어 나라를 안정시
키고 태조 왕건께서 꿈꿔 오신 북벌을 이루도록 하라.
자, 이제 때가 되었구나. 하염없이 흐르는 눈물을 맘
껏 울 수도 없는 것이 임금이 아니더냐. 그래, 모든
것을 뒤로하고 이제는 사약을 마셔야지. 그 많던 신
하들은 모두 어디로 갔더냐. 향후 고려 천년을 도모
하기 위해서는 나같이 슬프고 외로운 왕이 다시없기
를 진실로 간구하노라.

성냥공장 아가씨

(주제곡)

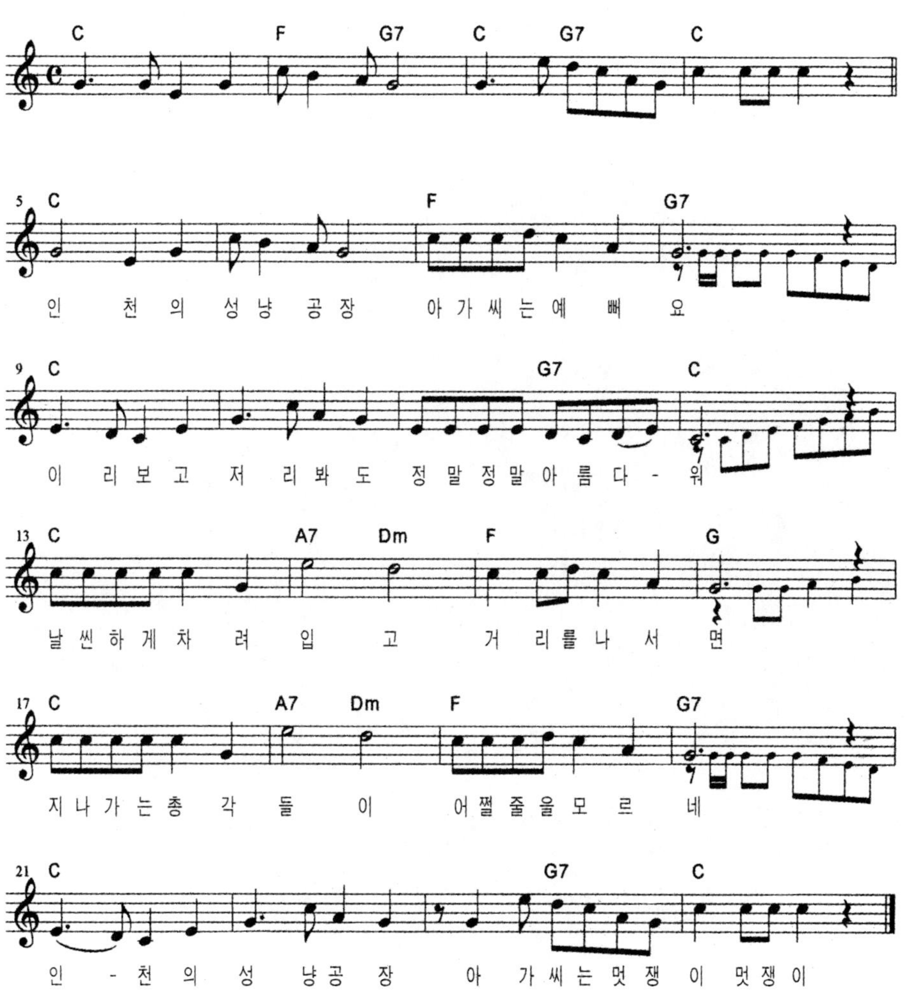

인 천의 성냥공장 아가씨는예뻐요
이 리보고 저 리봐도 정말정말아름다 - 워
날씬하게차 려 입 고 거 리를나 서 면
지 나가는총 각 들 이 어쩔줄을모 르 네
인 - 천의 성 냥공 장 아 가 씨는멋쟁 이 멋쟁이

성냥공장 아가씨

전 13 장

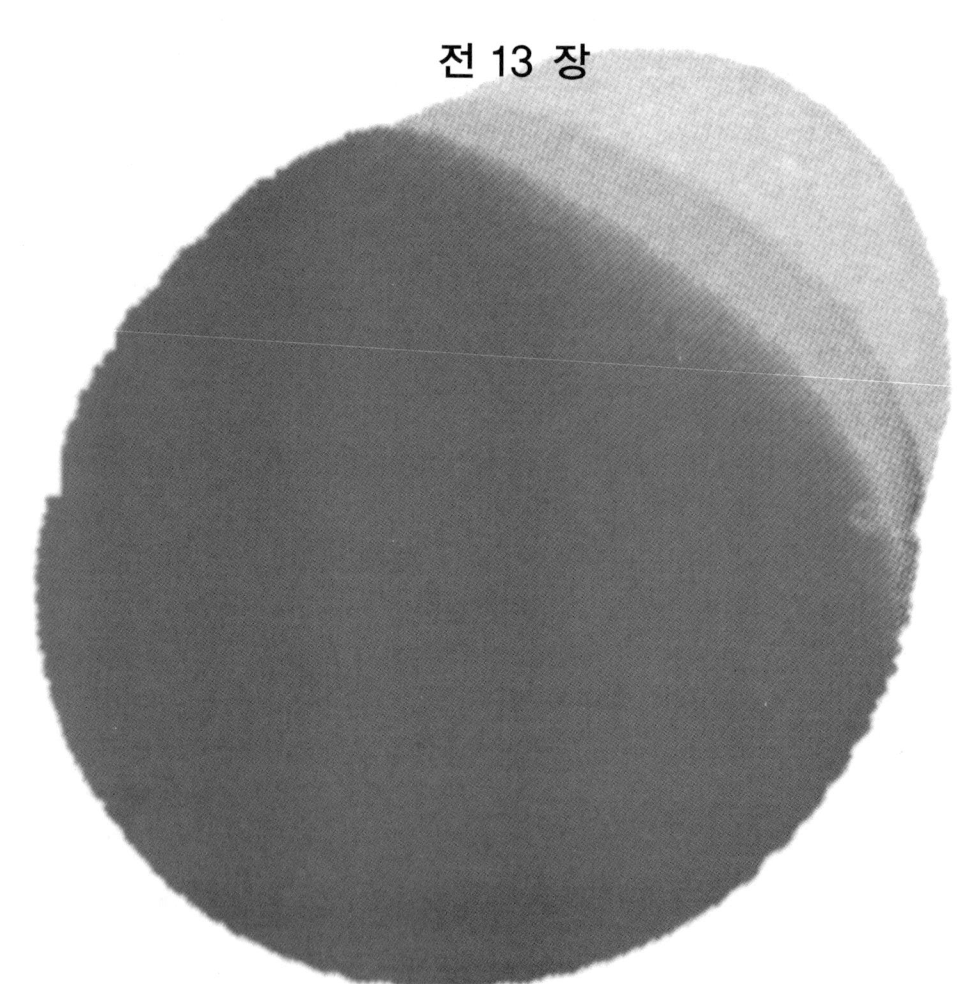

등장 인물

강순이(18세) 성냥공장 여공.

정길녀(19세) 성냥공장 여공.

김익환(40세) 성냥공장 사장.

김전무(33세) 성냥공장 전무, 사장의 동생.

박 철(26세) 반공포로.

박감독(50세) 성냥공장 작업감독.

황 주사(57세) 동네 선술집 주인.

영종댁(51세) 길녀의 모, 소금장사.

아코디언(50세) 거리의 악사.

취객(40세) 1, 2 회사원.

철수(20세) 무명 권투선수.

강형사(35세).

여공(40세) 1, 2(성냥공장의).

남공 1 김씨(57세).

    2 권씨(55세).

    3.

옥마담(30세).

불량배 1, 2, 3.

조폭들 1, 2.

흑인병사 .

양공주 포주.

성냥팔이 소년.

거지 아이 1, 2.

행인들.

때

1959년.

곳

인천 성냥공장 부근.

제1장

(부두에서 들려오는 묵직한 쌍고동 소리. 이어지는 파도소리와 갈매기 울음소리. 무대 서서히 밝아오면 여인이 넋 나간 표정으로 기적소리 나는 곳을 바라보다가 뒤돌아 거리로 나온다.
거리에는 색안경을 낀 아코디언 사나이가 동냥 깡통을 앞에 놓고 "이별의 인천 항구"를 연주하고 있다.
행인들 무관심하게 지나간다.)

여　인 : 넓고 넓은 바닷가에…….

(쌍고동이 한 차례 크게 들려온다.
여인 일어나 소리내어 노래를 부르며 다시 부둣가를 향해 걸어간다.
여행 가방을 든 박철, 두리번거리며 다가온다.
아코디언에게 길을 묻는다.)

박　철 : 저 령감님, 실례 좀 하갔습네다? 근처 성냥공장이 어드메 있습네까?

(아코디언, 말없이 연주를 계속한다.)

박　철 : (더 크게) 고저, 길 좀 물읍세다. 고려인촌 성냥공장이 어드메 있습네까?

(아코디언, 말없이 깡통을 발로 툭툭 건드린다.

눈치 챈 박철, 주머니를 뒤져 동전 몇 닢을 깡통에 던진다.)

박　철 : (반갑게) 성냥공장이레 아십네까?

아코디언 : 고려인촌인지, 고려인삼인진 잘 몰라도 유황 냄새

　　　　　나는 성냥공장은 알지.

박　철 : (반갑게) 아, 아시는구만요. 고거이 어드메 있습네까?

(아코디언, 다시 깡통을 건드린다.)

박　철 : 아, 방금 드렸잖습네까? 내레 잔돈도 그게 다입네다!

아코디언 : (통명스럽게 이북말투로) 뭐, 큰돈도 괜찮습네다?

　　　　　우정 거슬러 드리갔습네다!

박　철 : 아, 참말, 령감님, 날래 가르쳐 주시라요. 고저 딱히

　　　　　돈이 없습네다.

아코디언 : 고럼 진작에 그렇게 말을 해야디, (가리키며) 저 쪽

　　　　　큰 길 왼쪽 막다른 데에 가 보슈, 유황냄새가 폴폴거

　　　　　릴 테니…….

박　철 : 감사합네다, 많이 버시라요.

아코디언 : 듣자허니 심팔따라지 같은데 어디서 피난왔소?

박　철 : 사리원에서 왔습네다.

아코디언 : 사리원이라?

박　철 : 고저 낳기는 사리원이지만 크기는 피양이디요.

아코디언 : (궁금한 듯) 그래요? 언제 넘어오셨소?

박　철 : 와 그라십네까? 봉사 양반께서 내레 알아볼 긴 만무

고…… 사리원을 아십네까?

아코디언 : (근엄하게) 융이오 전이요, 일사후퇴요?

박　철 : 고저 와 기딴 걸?

아코디언 : 인민군출신이요?

박　철 : (놀라며) 아, 예? 시, 실은…….

아코디언 : (웃으며) 으흠, 거제도 출신이시구만. 내 말이 틀렸
소?

박　철 : 령감님, 정말 신통력 하난 끝내줍네다, 그레.

아코디언 : (비꼬듯) 자유당 이 박사헌데 절할 사람이 또 하나
늘었군!

(이때 장바구니 든 길녀와 순이, 허둥지둥 뛰어 들어오고 뒤로 불
량배들이 온다.)

길　녀 : 아저씨, 저 사람들 좀 막아 주세요!

불량배 1 : (껌을 질경이며) 아가씨 같이 좀 놀자는 데 왜 자
꾸 도망 가?

불량배 2 : 누가 잡아먹나? (냄새를 맡으며) 어휴, 유황냄새!

순　이 : 무슨 냄새가 난다고 이래요?

길　녀 : 왜들이래요, 정말.

불량배 1 : 뭘 왜 이래. 같이 좀 놀자니까. 느이들 성냥공장 다
니는 거 다 알아. 나도 알고 보면 백가야. 같은 백가
끼리 잘해 보자고?

불량배 2 : 시식은 내가 먼저라고. 백옹녀 씨, 난 변강쇠라고
하옵니다.

불량배 3 : (끌며) 자, 가자구. 근사한 월미도로 갈까, 송도로
　　　　　갈까? 음, 그래 작약도가 어때?

순　이 : (대들며) 이거 놔요, 놔!

불량배 2 : (침을 뱉으며) 이것 봐, 좋게 말할 때 작약도 들어
　　　　　가 재미 좀 보잔 말이야……. 쌍!

길　녀 : (뿌리치며) 아이고 망칙해라. 대명천지에 뭐 이런 것
　　　　　들이 다 있어?

박　철 : (나서며) 이것들 보시라요. 왜 얌전히 지나가는 처널
　　　　　희롱하는 게요?

불량배 3 : 무시기요?

불량배 2 : 네 일 아니면 얌전히 꺼져 짜샤! 맛 좀 볼테야?

박　철 : 한판 붙어 보갔다? 좋수다, 붙어 보자우!

불량배 1 : (흉기를 꺼내며) 야 임마, 벌건 대낮에 뭘 붙겠다는
　　　　　게야. 존 만한 놈이 까불고 있어. 아이꾸찌 맛보지 않
　　　　　으려면 어서 썩 꺼져 새끼야!

아코디언 : (검은 안경 벗으며) 너 송림동 양조장 집 아들 아
　　　　　니냐?

불량배 1 : (놀라며) 아니, 아저씨?

아코디언 : 그래, 이놈아! 이제 알아보겠냐? 못 된 짓거리하지
　　　　　말고, 어서 갈 길이나 가!

불량배 1 : 그게 아니고요, 그냥 장난 좀 친 건데…….

아코디언 : 장난치고 다니지 말고 아버지 일이나 가서 도와 이
　　　　　놈아!

불량배 3 : 야, 누구야?

불량배 1 : 음, (귀엣말로) 우리 꼰대 친구!

불량배 2 : 김샜다, 김샜어. 야, 가자.

불량배 3 : 재수가 옴이로구나.

불량배 1 : 가자.

(불량배들 건들거리며 손장단을 치며 휘파람으로 성냥공장 아가
씨를 부른다.)

길　녀 : 너희들 또 까불면 정말 경찰에 신고 할 거야!

아코디언 : 이제 저놈들 귀찮게 안 할 거다.

길　녀 : 아저씨, 고맙습니다.

아코디언 : 고맙긴 뭐.

길　녀 : (박철에게) 고맙습니다.

박　철 : 저야 뭐, 봉변을 안 당하셨으니 잘 됐지요. 고저 아저
씬 맹인이 아니셨군요?

아코디언 : 왜? 내가 맹인이었으면 좋겠나? 하하, 이것도 이
풍진 세상을 살아가는 요령이라네, 하하…….

박　철 : 기거 정말 대단한 처세술입네다.

아코디언 : 왕년엔 미군 딴스홀에서 이걸 연주했었지…… 양코
백이하고 놀아나는 여편네들 폼이 하도 구역질나 그
만두고 길거리에 나앉긴 했어도, 난 이게 좋아요. 아
까, 성냥공장을 찾았지? 거긴 왜?

박　철 : 거기서 일하게 됐시요. 그래 처음 찾아가는 길이디요.

길　녀 : (궁금한 듯) 어느 성냥공장인데요?

박　철 : 고려인촌(高麗燐寸) 성냥공장입네다. 알고 있습네까?

길　녀 : (반가워하며) 어머, 제가 거기서 일 해요. 그런데 엊그

제 불이 나서 지금 정신이 없는데…….

박　철 : (놀라며) 불이 났시오? 이거 출근도 못해보구서리 실
　　　　업자 되는구만!

길　녀 : 염려하지 마세요. 아주 가벼운 화재였어요.

박　철 : 기래요. 다행입네다, 정말!

아코디언 : 자, 그럼 아가씨가 길을 알려 주고, 난 예술을 좀
　　　　더 해야 밥을 먹을 테니, 어서들 가보시게…….

길　녀 : 네, 고맙습니다. 많이 버세요.

순　이 : 아저씨, 고맙습니다!

박　철 : 령감님, 많이 버시라우요.

(둘 나가고 아코디언, "이 풍진 세상"을 연주한다.
상이군인 목발을 짚고 지나간다.
흑인 병사와 양공주 지나다 깡통에 돈을 넣는다.
그 뒤로 권투 연습을 하는 헝그리복서 철수 등장.)

(암전.)

제2장

(황 주사 가게 앞.

성냥공장으로 가는 길목 동네.

이 풍진 세상을 부르고 있는 남공 1, 2.

막걸리 주전자와 잔이 덜렁 놓여 있다.

행인들 지나간다.

흑인 병사와 양공주 팔짱을 끼고 등장, 거지 1, 2가 따라 붙는다.)

거지 1 : 헬로 기브미. 헬로우, 헬로우!

거지 2 : (손을 내밀며) 기부미 쪼꼬레트. 기브미, 껌!

거지 1 : 야, 깜둥아! 내 말 안 들려?

양공주 : 저리들 가. 귀찮게 왜 이래?

거지 1, 2 : (얌전하게) 한 푼 줍쇼, 네?

흑 인 : 유어 일루 와.

거지 1 : 유어 일루 와가 뭐냐?

거지 2 : 내가 아냐?

흑 인 : 둘 일루 와!

거지 2 : 둘 일루 와? 건 또 뭐야.

(황 주사 가게에서 안주 그릇 갖고 나오다가,)

황 주사 : 이놈들아 우리나라 말도 모르냐? 너희 둘 오라는 거
      야. 가봐. 뭐 줄려는가 보다.

(흑인 병사 갖고 있던 큰 봉투에서 식빵을 꺼내 내민다.
거지 1, 2 눈치보며 다가간다.)

흑 인 : (주며) 또 깜둥이 하지 마. 네 피, 내 피, 또카테(똑같
        애). 빨개. 알러?
거지 1 : 예스. 알어.
양공주 : 고맙습니다. 안 해?
거지 1 : 고맙습니다.
거지 2 : 땡크 베르 망치!

        (좋아라 나간다.
        흑인 병사와 양공주 웃으며 퇴장.)

남공 1 : 까맣기는 까맣구먼.
남공 2 : 깜둥이니까 까맣지.
황 주사 : 왠 색깔 타령이야. 그래도 맘씨 하난 곱기만 한데?
남공 2 : 그런 척하는 거지. 미국 놈 믿지 말라도 몰라?
황 주사 : 믿지 말른? 이나마 살지도 못해. 이 박사나 하니까
        미국도 우릴 하실 못 하는 거야!
남공 1 : 허기사 이 박사 아님 누가 반공포롤 지 맘대루 다 풀
        어 줘?
황 주사 : 물론이지. 빨갱이하곤 상종을 않으실 분이지. 냅따,
        압록강까지 밀어 부쳤어야 하는 건데…….
남공 2 : 예끼 이 사람아. 늙어 전장터에 안 나가 그렇지. 그게
        쉬운 일이야? 그러잖아도 을매나 많은 장정덜이 죽었
        간디?

황 주사 : 그래도 북진통일을 했어야 했네. 두고보게. 저놈의
　　　　　삼팔선인지 휴전선 땜에 우리 평생 맘 고생 할 테니
　　　　　까!

남공 1 : 에이, 그만두고 술이나 마시세. 찬바람 드는 게, 벌
　　　　써 가을이야.

남공 2 : 허기가 져서 더 한 거라구!

황 주사 : 절구공이처럼 사지가 멀쩡한 놈들이 무슨 죽는소리
　　　　　야? 젊은 것 들이 일 쬐금 했다고 앓는 소리냐?

남공 1 : 젊은것들? 자네 도민증 내봐 봐. 생일도 어린것이?

황 주사 : 어려? 이래 뵈도 주사보로 도청서 퇴직한 어른이시
　　　　　다!

남공 2 : (술 따르려다가) 에이, 가방끈 좀 길다고 괄시허지 말
　　　　　게. 난 소학교도 제대루 못 댕겼응께. 한 주전자 더
　　　　　줘.

황 주사 : (으스대며) 벌써 다 해쳤어? 공장 놈들 아니랄까 봐
　　　　　급하긴?

남공 2 : 아냐, 아냐. 허기는 달렸으니 소주로 줘.

황 주사 : 소주? 짬뽕 하면 안 돼. 내일 못 일어나려고?

남공 1 : 내일도, 모레도 청소만 하면 돼. 상관없어.

황 주사 : 공장에 불이 났는데, 부지런 떨고 같이 일으켜 세워
　　　　　야지. 그렇게 어영부영 하다간…….

남공 2 : 왜? 성냥공장 문닫으면 느이 가게도 문닫을까 봐?

황 주사 : 우리 가겐 문 안 닫네…… 자네들 목 날아갈까 봐
　　　　　걱정이 돼서 그러는 거지.

남공 1 : 모르면 잠자코 있어. 불이 났는데 사장 놈은 코빼기도

안 보이고, 월급도 몇 달 밀렸는지 알어?

남공 2 : 성냥 만들어 긁어 들인 돈, 제 형이 몽땅 가져 가 버
리는 데도 공장 돌아가는 걸 보면 김 전무가 무던한
사람이지.

남공 1 : 부처님 가운데 토막이지. 사장인 제 형관 딴판이야.

황 주사 : 어떻게 해? 막걸리 한 되 더 줘?

남공 2 : 아, 소주로 달라니까. 말귀도 못 알아들어? 방바닥에
똥칠 할 때가 됐나?

황 주사 : 웃기지 말게. 망령은 네가 들었지, 내가 들었냐?

남공 2 : 내가 뭘?

황 주사 : 아, 허구헌 날…… 바짓가랑이 성할 날 있어?

남공 1 : 아, 소주 달라리까 웬 노가릴 까고 있어. 어서 한 병
갖구 와, 어서.

황 주사 : 알었어, 알었어. 성질 급하긴 이 놈이나 그 놈이
나…….

(가게로 들어간다.
영종댁이 행상 함지를 들고 들어온다.)

영종댁 : 일찍들 나오셨나 보네요?

남공 1 : 아이고 영종댁, 수고가 많습니다.

남공 2 : 빈 함지 들고 오는 걸 보니, 오늘 장사 잘 됐나 보네?

영종댁 : 잘 되긴요. 소금장사 하는 일이 다리품이나 파는 거
지. 우리 길녀도 퇴근했어요?

남공 1 : 그럼, 아까 퇴근했어. 장봐 오는 모양이데?

영종댁 : 그래요? 그럼들 쉬세요.

(황 주사, 가게에서 나온다.)

황 주사 : 영종댁, 지금 오나? 이리 좀 와 봐 내 긴히 할 말이
　　　　있어서 그래.

영종댁 : 할 말요? 무슨 할 말요?

황 주사 : 아, 오라면 올 것이지 무슨 잔말이 많누?

영종댁 : 이 영감이 누구한데 윽박지르고 난리야. 내가 뭐
　　　　영감 여편네라도 되우?

황 주사 : (뻔뻔스럽게) 그러믄 더 좋고!

영종댁 : 뭐야? 점점 아갈찌하군!

황 주사 : 좋은 게 좋지 뭐. 안 그래?

영종댁 : 시끄러워요. 내 원 참 망측스럽게. (나가며) 늙은
　　　　양반이 주책야.

황 주사 : 이봐 영종댁, 할말이 있다니까?

남공 2 : 닭 쫓던 개 지붕 쳐다보는구나.

황 주사 : 시끄러 임마!

남공 1 : 인천바닥에서 왕소금 장사하는 영종댁 짠 줄 인제 알
　　　　겠남? 어서 소주나 줘. 신경 쓰지 말고.

남공 2 : 하하하, 황 주사. 장마 지낸 고추, 매운 맛 날 리가 있
　　　　겠능가?

황 주사 : (받아치듯) 그래도 묵은 장이 더 구수한 거구, 마른
　　　　장작이 화력 좋은 거야. 알겠냐?

남공 1 : 하여튼 영종댁, 대단한 사람이야. 길녀 어려서 남편

잃고 여지껏 청상과부로 살면서 소금장사 해 저렇게 사는 걸 보면 말씀야?

남공 2 : 그러니까 저 영감이 침을 질질 흘리는 것이 아니겠나? 헛허허. 하이고 옛날이 그립구나. 연평서 조기잡어 파시에 돈 훌훌 날리던⋯⋯.

황 주사 : 잡소리말고 어서 술이나 마셔!

남공 2 : 자네 도청서 펜대 잡을 때 이 몸은 덕적, 용유, 연평 휘날리며 중선을 몰았지. 조금만 젊었어도 다시 배를 탈 텐데⋯⋯ (노래로) 연평 바다에 돈 바람 분다, 돈 바람불어 얼싸 좋다. 아 좋네 군밤이요. 에라 생율밤이로구나!

황 주사 : 아따, 그놈에 매화타령⋯⋯ 한 번 더 들으면 만 번은 될 꺼다.

남공 1 : 그 에미에 그 딸이라고, 길녀, 고것이 무지하게 짠순일세 그랴?

황 주사 : 그래도 고것이 아주 싹수가 있어. 지 에미 고생하는 거 누구보다 가슴 아퍼 해⋯⋯ 길년 아마 좋은 서방 만나 잘 살 거야!

남공 2 : 그럴밖에. 뱃놈 남편 둔 여자가 하루 앞을 내다볼 수 있가디? 그러니 짜질 수밖에 없어. 자식들은 오죽해? 그래 인천 사람 짜돌배기 되는 거야!

(철수, 권투 연습하며 들어온다.)

남공 2 : 애, 철수야, 또 시합 있냐?

철 수 : 아, 안녕들 하세요? 이번 토요일예요.

남공 1 : 이번엔 자신 있냐? 맨 날 지면서.

철 수 : 아이, 아저씨도. 뭐가 맨 날이에요. 한 번 졌어요, 한
번! 권투 시합은 이기는 놈 있으면, 지는 놈도 있는
거예요.

황 주사 : 그래, 병가지상사라고 한번 진 거 가지고 마음 쓸
거 없다. 전번 실패를 거울삼아서 더 열심히 하면 돼.

남공 1 : 그래도 이겨야지, 맨 날 얻어 터져서야 쓰겠냐.

철 수 : 이번에는 자신 있어요. 두고 보세요.

남공 1 : 두고 보자는 놈 무서울 거 없다고. 너무 뽐 잡지 마,
임마. 맨 날 큰 소리 치면서 맨 날 얻어터지고…….

남공 2 : 이 사람이, 지라는 거야, 이기라는 거야? 나이 살이나
먹어 가지곤 한다는 말 폼새 하곤.

남공 1 : 아, 맨 날 지는 거 권투 때려치우고 돈 벌 궁리나 하
라는 거지. 어린 동생들 배고파 징징대는데 맨날 주
먹질이나 하니 못 봐주겠다, 이거야.

철 수 : 그래서 권투하는 거예요. 챔피온 되가지고 애들 호강
시키려구요. 가난을 이기려면 그 길 밖에 없어요. 챔
피온 되면 일본도 가고 미국도 갈 수 있대요.

남공 1 : 어느 하 시절에? 감나무 밑에서 입 벌리고 있는 게
더 낫지.

남공 2 : 이 사람아 애 기죽이지 말고 어서 술이나 마셔 (황주
사에게) 아, 김치 말고 안주 뭐 없어? 며루치라도?

남공 1 : 며루치는, 째째하게. 거 눈깔 큰 놈 한 접시 내 와.

남공 2 : 이 사람 왜 이래. 돈 있어? 주머니에 땡전 한 푼 없이

먼지만 털면서?

남공 1 : 오늘 없다고 내일도 없나? 밀린 월급 받으면 머릿고
기 한 접시가 아니라 돼지 한 마리 통째로 치울 수
있어.

남공 2 : 얼씨구, 젠장, 큰소리는?

남공 1 : 두고 봐라. 우리 아들 놈, 학교만 졸업하면 판검사 하
나도 부럽지 않다!

황 주사 : 그래, 네놈이 젤로 낫다.

남공 2 : 가정교사 하는 데서 먹고 자고 한다믄서?

남공 1 : 눈칫밥 먹는 건데 오죽하겠어?

황 주사 : 청승 떨지 말어. 제 자식 가르치는 선생님한테 소홀
한 대접 하겠어? (가게로 들어간다.)

남공 2 : 그럼 그렇구 말구. (강 형사 들어오는 걸 보며) 어이
구, 강 형사님 안녕하세요.

(강 형사 들어와 두리번거린다.)

(암전.)

제3장

(사무실 안.
성냥공장 작업장에서 흘러나오는 유행가 소리.
사무실에서 김 전무와 박철이 이야기를 나누고 있다.)

김 전무 : 박철 씨는 이제부터 화재 예방 담당 주임을 맡아서
일을 하도록 하게. 사실 성냥공장에 불이 났다 하면
건조한 나무가 여기 저기 쌓여 있고 화공 약품이 폭
발할 위험이 있으니 주의를 철저하게 하도록. 특히
남자들 담배 피는 것은 공장 내에서 절대로 용납하지
않는다는 걸 명심하게.

박　철 : 네, 고저 녈심히 하갔습네다.

김 전무 : 이번 화재는 전기 스파크로 불똥이 튀어서 일어난
듯 싶은데 다행히 근처에 화공약품이 없는 창고여서
큰불이 되지 않았지만 저거 보이지? 「자나깨나 불조
심!」 성냥공장 불 안 나면 반은 성공한 거나 다름없
어!

박　철 : 명심하갔습네다.

김 전무 : 박 주임은 반공포로출신으로, 정부에서도 각별히 신
경을 써서 이곳으로 보냈을 테니 호구지책은 물론 신
분 보장에 타격을 받지 않도록 매사에 신중하도록 하
게. 지난번 미군 엠피들이 들이닥쳐 반공포로 내 놓

으라 난릴 쳤거든!

박　철 : 우리가 무신 죄를 디었다고, 내레 자유를 찾아 고향산
천 다 버리고 남쪽 이레 택한 거 입네다!

김 전무 : 자유당의 슬로건이 북진통일이었고, 지난 민의원 선
거에서 대승을 거뒀고 죽산 선생의 표가 얼만데 그를
사형시켰나 생각해보면 이 박사가 얼마나 빨갱이들을
증오하는지 알 수 있는 일이지. 안 그래?

박　철 : 맞습네다, 반공은 우리의 국시가 된 거이 확실하디 않
갔습네까?

김 전무 : 맥아더 장군도 투루만 대통령도 이승만 대통령도 단
호한 공산세력 제거엔 두 손, 두 발 다 들었지…….
하지만 문젠 도처에 거지와 깡패, 상이군인 투성이니
원…….

박　철 : 고저, 고려인촌 성냥초롬 확확 경데가 일어나야디
요!

김 전무 : 잔 사고가 없어야 그렇게 활활 일어날 수 있다는 것
명심하게나!

박　철 : 알갔습네다.

김 전무 : 거처는 마련했나?

박　철 : 네. 요 앞 구름다리 근처에 자취방을 하나 얻어 놓았
습네다.

김 전무 : 잘 됐군. 앞으로 애로사항이 있으면 언제라도 나에게
기탄 없이 의논을 하도록 해.

(박 감독이 사무실로 들어온다.)

박 감독 : 전무님, 작업 끝내고 모두 모이라고 했습니다.

김 전무 : 박 감독 잘 왔소. 인사들 하지. 이쪽은 우리 공장에
서는 최고 실력자 박정근 감독이고 이쪽은 새로 우리
들과 동고동락할 박철 씨. 제2화공품 보관창고 주임
으로 발령됐고, 반동포로 출신이야!

박 감독 : 반갑수. 함께 잘 해 봅시다.

박　철 : 잘 부탁드리갔습네다.

김 전무 : 그러고 보니 같은 박씨들 아닌가? 이쪽은 사리원 북
박, 이쪽은 서산 남박 하하…… 앞으로 박 감독을 도
와 일을 배우도록 하게.

(그들 밖으로 나간다.
웅성거리던 공원들 모인다.)

박 감독 : 자 모두들 여기 좀 보세요. 전무님께서 하실 말씀이
있으시답니다.

김 전무 : 오늘도 수고들 많았어요. 아시다시피 공장에 불상사
가 있어서 공장문을 닫을 뻔했는데, 여러분이 신속하
게 협동심을 발휘하여 잘 처리했기 때문에 그나마 내
일부터는 업무가 정상적으로 돌아 갈 수 있게 되어서
다행입니다. 사장님께서 이 소식을 듣고 노발대발 하
셨지만, 워낙이 바쁘신 분이라 당장 내려오시진 못하
셨어요. 그동안 우리가 화재 흔적을 말끔히 보수하고
청소하고, 앞으로도 분발해서 생산력을 높여서 사장

님 역정을 풀어드리자, 이 말입니다. 왜 이런 말을 하느냐 하면, 만성 고질인 적자 운영일 바에는 이 공장을 처분하시겠다는 겁니다. 제가 극구 만류를 해서 연말까지 보류하고 관망하시겠다고 했으니, 우리 모두 합심 협력해서 흑자가 되도록 해야 하지 않겠습니까? 이 사회에서 성냥을 필요로 하는 한, 고려 인촌 성냥공장은 문을 닫지 않을 겁니다, 여러분!

남공 1 : 전무님 한 말씀 드려도 될까요?

김 전무 : 권씨 무슨 할 말씀이?

길 녀 : (말을 막아서며) 밀린 봉급은 언제 줍니까? 내일 내일 한지가 언젠데요?

김 전무 : 아, 그것도 사장님께 말씀 드렸어요. 이번에 내려오시면서 일시불은 좀 곤란하지만 다소 지불하시겠답니다.

남공 1 : 언제요?

순 이 : (애원하듯) 이러다간 정말 굶어죽겠어요.

김 전무 : 내일 내려 오신답니다. 좋은 소식이 있을 겁니다.

남공 2 : (투덜거리며) 또 내일이요?

김 전무 : 이번에는 정말 믿어주세요.

순 이 : 한두 번 속아야지요. 이러다 공장사람들 다 굶어 죽으면 이 공장에 누가 와서 일한대요?

박 감독 : 그러니께 흑자 공장을 만들자, 이거 아녜요?

김 전무 : 부탁합니다. 서로 조금만 참고 열심히 해봅시다. (분위기를 바꾸며) 그리고 오늘부터 여러분들과 함께 일하게 된 박철 주임을 소개하겠어요.

박 철 : 안녕하셨습네까? 내래 박철이야요. 녀러분과 어려운
고려 인촌 성냥공장을 살리기 위해 이 목숨 다하도록
노력하갔습네다. 전 삼팔 따라집네다. 고향은 사리원
이고 이승만 대통령 각하의 은덕으로 반공포로 이만
오천 명에 끼어 자유남한의 땅을 밟게 되었습네다.
우리 서로 잘 지내고 열심히 해봅세다!

(사람들 박수로 박철을 환영한다.)

김 전무 : 아이구, 강 형사님! 안녕하세요. 어쩐 일이십니까?

(강 형사 들어와 서면

암전.)

제4장

(공원의 한구석.
길녀와 순이, 벤치에 앉아 있다.)

순　이 : …….

길　녀 : 너 오늘 참 이상하다. 하루 종일 아무 말 없다가 갑자
　　　기 무슨 소리야.

순　이 : 정말이라구. 생각 많이 해보고 하는 소리야.

길　녀 : 그렇다고 공장 그만 두면 어떡해. 어디 돈 많이 주는
　　　데서 널 오라든?

순　이 : 그런데 있다면 얼른 가야지 뭐.

길　녀 : 순이야, 지금 우리 형편에 돈 많이 주고 편한 일자리
　　　가 얻기 쉬운 줄 아니? 그리고 그만 둬도 밀린 월급
　　　받고 그만 두어야지 그냥 그만 두면 나중에 돈 받기
　　　힘들어.

순　이 : 정말 미치겠어. (품에서 편지를 꺼내며) 처음엔 오천
　　　환도 보내고 삼천 환도 보내고 했는데, 요 몇 달, 통
　　　못 보냈단 말야…… (울먹인다. 한쪽에 철수가 권투연
　　　습을 하며 들어와 두 사람을 힐끗거리며 본다) 식구
　　　들 모두 내 월급만 눈이 빠지게 기다리고 있는 걸 알
　　　면서도…… 정말 무슨 짓을 해서라도 집에 돈을 부쳐
　　　야 해.

길　녀 : (편지를 보며) 작은오빠한테 온 거구나?

순　이 : 아버지만 불쌍해. 큰오빠 6·25 때 죽고, 둘째 오빤
　　　　가출해서 소식 없고, 엄마는 실성해서 허구헌 날 말
　　　　썽이고…… 순돌인 소아마비고, 살맛이 안 나!

길　녀 : 그럼 작은오빤 뭘 해?

순　이 : 작은 오빤 더 불쌍해서 못 보겠어. 내가 어떠케라도
　　　　해서 공부를 계속하게 해야 하는데, 괜히 주눅 들어
　　　　서 먼 산만 바라보고 있고…….

길　녀 : 조금 더 참고 견뎌 봐. 내일 사장님 오신다니까, 얼
　　　　마간 돈을 주면 급한 불은 끌 수 있겠지.

순　이 : 사장님 와야 돈준다는 건 거짓말야. 입에 발린 소릴
　　　　언닌 믿어?

길　녀 : 지푸라기라도 잡어야 살 수 있잖어. 믿어보는 수밖
　　　　에…… 내 조금이라도 너한테 도와 줄게.

순　이 : 고맙지만 언니한테 돈 받을 수 없어. 언니네도 힘든
　　　　데.

길　녀 : 그래도 너네 보다는 낫지. 어머니도 벌러 다니시니까.
　　　　그리고 그냥 주겠다는 게 아냐. 빌려주는 거지. 나중
　　　　에 갚으면 되잖어?

　　　　(이때 박철이 나타난다.)

박　철 : 아직들 안 가셨군요?

길　녀 : (인사하며) 지금 퇴근하세요, 박 주임님?

박　철 : 고저, 밖에선 주임이 아닙네다. 그냥 박철이라고 불러

주시라요. 우리 구면이디요? 지난번 깡패 아새끼덜이
레…….

길　녀 : 그땐 정말 고마웠습니다, 주임님.

순　이 : 저두요.

박　철 : 고저, 밖에서리 주임소리 듣기 거북합네다. 그냥 니름
을 불러주시라요.

길　녀 : (얼굴을 붉히며) 그래도 어떻게 이름을 불러요?

박　철 : 어드렇습네까? 아니면 철이 오빠라 하시든지요. 그런
데 두 분 분위기가 심각한 것 같습네다?

순　이 : (놀라며) 예?

길　녀 : 아니에요. 그냥 바람 좀 쐬고 갈려고요.

순　이 : (일어나며) 언니, 나 먼저 갈래. 나중에 얘기 해. 말씀
들 나누세요.

(퇴장하면 철수도 연습하며 순이와 같은 방향으로 따라간다.)

길　녀 : 같이 가. 나도 가야지.

박　철 : 같이 가시디요. 길녀 씨 성냥공장이레 다닌 지 오래
됐습네까?

길　녀 : 한 2년요.

박　철 : 일이 제법 익숙해지셨갔군요

길　녀 : 뭐, 그다지 어려운 일이 아니니까요.

박　철 : 잘 부탁합니다. 충고 많이 해주시라우요.

길　녀 : 제가 뭐, 어떻게…….

박　철 : 모든 거이 내레 낯설기 때문에 길녀 씨 도움이 필요

하다 이 말이디요.

길 녀 : 도울 수 있음, 얼마든 도와드리겠어요.

박 철 : 좋습네다. 자, 가시디요.

(두 사람 퇴장하면 강 형사 나와 두 사람 쪽을 보며 담배를 꺼내
문다.)

(암전.)

제5장

(다방 안.
이별의 인천항구가 흐른다.
김 사장 앞에 고개를 숙이고 있는 조폭 1, 2, 3.)

김 사장 : 뭣들 한 거야, 이 새끼들아! 일들을 확실히 해야 할
거 아냐. 일 처리를 그따위로 하면 쇠푼 한 푼 못
건지고 공연히 긁어 부스럼 내서 뒷덜미 잡힌단 말
야. 학교 몇 년 더 다녀 올 거야?

조폭들 : 죄송합니다, 형님.

김 사장 : 죄송이고 뭐고 씨끄러워!

조폭 1 : 이번엔 확실히 다시 하겠습니다.

조폭 2 : 가르쳐 주신 장소가 분명치 않아서…….

김 사장 : 이 새끼들아 이젠 사정이 달라졌어. 입들 다물고 쥐
죽은 듯이 있어. (담배 입에 물고) 너, 내 찌프라이타
가져갔지? 이리 내놔!

조폭 1 : (조폭 3에게) 네가 챙겼지?

조폭 3 : 거기다 던져 넣었잖어?

김 사장 : 이 새끼들 이거 산통 다 깨트리겠네. 나가들 봐 낯짝
도 보기 싫어! 입들 꼭 다물고 있어? 비밀 새는 날이
니들 제삿날이다, 알았어?

조폭들 : 네, 형님!(1, 2, 3 주섬주섬 나간다)

김 사장 : 마담, 위스키 가져 와!

마   담 : (김 사장에게 오며) 김 양아, 여기 도라지위스키 두
          잔. 아니 니꺼까지 세 잔! (앉으며) 근데 사장님, 심
          기가 무척 불편하신 것 같네? 성냥공장 불나서 이
          넓은 가슴 불나시나 봐?

김 사장 : 아니, 옥 마담. 날 졸로 보는 거야 뭐야? 그깟 성냥
          공장이 깡그리 타버린다고 눈 깜짝할 나야?

마   담 : (옆구리를 찌르며 애교 있게) 알지. 그럼 내가 알지.
          머잖아 국회의원이 되실 텐데?

김 사장 : 아니, 옥 마담이 그걸 어떻게 알어?

마   담 : 왜 이러실까? 내가 누구예요? 화류계 생활 이십 년에
          눈치만 남았다우. 호호호. 내 발이 부르트게 뛸 테니
          금뺏지 달면 모른 척이나 마세요?

김 사장 : (입을 막으며) 하여튼 소문내지 마. 이번에 우리의
          국부이신 이승만 박사께서 한 번 더 되시면 그땐 따
          논 당상이야!

마   담 : 그렇게되면 밀가루 공장이며, 탄광이며, 하시는 사업
          에 날개 다는 거죠?

김 사장 : 역시 옥 마담 쎈스 하난 역시야. 위스키 가져오라
          니까 뭐해?

마   담 : 아이, 성질도 급하셔. 김 양아? 여기 위스키 따블로
          석 잔. 참 위스키 하기 전에 쌍화탕으로 속을 데워야
          지. 김 양아? 쌍화탕에 계란 노른자 동동 띄워 두 잔,
          아니 니꺼까지 석 잔, 추가다!

(이때, 김 전무 들어온다.)

김 전무 : 아니 인천에 내려 오셨으면 공장에 먼저 오실 것이
         지 여기서 불러낼 건 뭐예요, 형?

김 사장 : 앉아라.

마 담 : (주방을 향해 가며) 김 양아? 합이 넷이다!

김 사장 : 화재가 났으면 당장 서울에 보고하고 대책을 이야기
         했어야 할 것 아니냐?

김 전무 : 전화하면 번번이 강원도 현장에 나가 있다고 하던데,
         연락 받지 못하셨우?

김 사장 : 몇 번씩 말해야 알아듣겠니? 지금 내가 사무실에 편
         안히 앉아서 걸려오는 전화만 받고 있을 형편이냐!
         도대체 정상가동을 하려면 시간이 얼마나 걸리겠어?

김 전무 : 모두들 열심히 수습해서 잘 돌아가고 있어요. 그 정
         도로 진화됐으니 다행으로 생각하세요. 예전만큼 생
         산량이 어렵긴 하지만서도.

김 사장 : (갑자기) 김 전무! 동생아, 홍콩 수출이다, 홍콩 수
         출! 홍콩을 중간 거점으로 동남아로 나가는 거야. 이
         번 수주를 얻어내려고 얼마나 로빌했는 줄 알아?

김 전무 : 형님, 너무 욕심부리지 말고 국내 수요만 지장 없이
         공급할 수 있도록 시설 투자만이라도 더 해주세요.
         그리고 형님이 얼른 내려와 수습을 해주셨어야지, 지
         금 공장 분위기가 말이 아닙니다. 공원들 월급 몇 달
         치씩 밀렸잖아요.

김 사장 : 내가 그걸 왜 모르겠니? 그걸 말이라고 하는 거야?

이럴 때 공장에 불을 내다니……. 다 잡은 기회를 우물쭈물하다 놓칠 거야? 그리고 영등포 밀가루 공장 새로 짓는데 돈이 얼마나 들어가는 줄 알어? 또 강원도 탄광도 나오는 건 없고 지금은 들어가는 것뿐야.

김 전무 : 그러니까 욕심 작작 부리고 한 가지만이라도 착실히 했어야지요?

김 사장 : 임마, 이게 나 혼자 배 부르자고 이러는 거냐? 다 너, 나, 우리 가문 잘 되자고 하는 것이지?

김 전무 : 그럴 테죠. 성냥공장이야 다른 사업 확장하는데 돈 대는 돈줄이니까요. 이러다가 공원들 다 일손 놓으면 어쩌려고 이러십니까? 제발 공장문 만은 닫지 않도록 해 달라 이겁니다.

김 사장 : 걱정할 것 없어. 나도 복안이 있으니까. 내 사업 잘 풀려야 성냥공장도 일어나는 거야, 여기 위스키 안 가져오는 거야?

마 담 : 곧 가져가요. 김 양아? 김 사장님 테블 도라지 위스키 병째로 갖다 올려라.

김 사장 : 네 마음을 내가 왜 모르겠냐. 내가 다 안다. 네가 얼마큼 이 공장에 정성을 쏟고 있는지…… 또 이건 아버님의 유업 아니냐. 조금만 견뎌보자. 내가 곧바로 공장으로 안 가고 널 부른 것은 공원들에게 줄 단돈 얼마라도 들고 가야 할 거 아니냐. 여기 저기 말해 놓았으니 곧 될 거야. 그때까지만 어떻게 끌어 보자고…….

김 전무 : 도대체 주문량이 얼마나 됩니까?

김 사장 : (서류를 보여주며) 놀래지 마라. 무려 십만 오천 박
스다.

김 전무 : (놀라며) 십만 오천 상자? 그렇게 많이? (서류를 들
치며) 언제까지입니까? 선적 날짜가?

김 사장 : 이번 수출길만 열려 봐라. 해외 판로는 우리가 독식
하는 거다.

김 전무 : 선적 날짜가 언제냐니까요?

김 사장 : 거기 서류에 있지? 금년 말까지다. 앞으로 석 달 남
았다.

김 전무 : 십만 오천 상자를 석 달 안에 만들어 내라구요?

김 사장 : 왜, 시간이 촉박하다는 거냐?

김 전무 : 시간도 시간이지만 그 많은 물량을 만들어낼 원료를
다 어디서 구해오죠? 유황은 일본에서, 염소산가리는
필리핀에서…… 원목가공을 하는 데만 한 달 걸리는
것 알고나 계세요? (흥분하며) 그밖에 골분, 아교, 적
린…… 돈 있어요? 원료값 외상으로 할 수 있어요?
원자재값만 해도 이 공장 다 팔아도 못 들여와요.

김 사장 : 이 자식이 왜 소리치고 난리야. (더 큰 소리로) 만들
라고 하면 만드는 거야! 까라면 가는 거지 무슨 이유
가 그렇게 많아?

김 전무 : (더 큰소리로) 소리만 지르면 답니까! 실정 뻔히 알
면서 멋대로 하면 난들 어떡하란 말입니까? 형님 맘
대로 하세요, 난 몰라요!

김 사장 : 그깟 성냥공장 하나도 운영 못하겠음, 나가. 나가란
말이다!

김 전무 : 알았어요. 나갑니다. 나가! 아버님 유산 형 혼자 물
　　　　　말아먹겠단 생각인가 본데, 그렇게는 안 될 겁니다.
김 사장 : (일어나며 때릴 듯) 뭐야, 이 자식아?
김 전무 : 아니면 아니라고 대답해 보세요. 능력도 없으며, 정
　　　　　치 헌금을 왜 해요? 자유당이 우리 회사 키워준답디
　　　　　까? 누울 자릴 보고 다릴 뻗읍시다. 정치가 똘만이
　　　　　몇 명 데리고 개 폼 잡는 건 줄 아세요?

　　　　　(서류를 집어던지고 나간다.)

김 사장 : 뭐야! 임마 너 말 다했어? 에이 쌍!

　　　　　(김 전무 나간 쪽을 향하여 컵을 집어던진다.
　　　　　이때 들어오던 성냥팔이 소년 깜짝 놀랜다.)

마 　담 : (술과 안주를 갖고 나오다가) 어머, 사장님! 화내시니
　　　　　까 더 멋지다. 터프 하셔! (소년에게) 애, 다치지 않았
　　　　　니?
소 　년 : 괜찮아요. (사장에게 가며) 아저씨, 개피 담배나 성냥
　　　　　있어요. 라이타 돌 있어요. 껌 있어요. 아저씨 성냥
　　　　　한 통만 팔아 주세요?
김 사장 : (인촌성냥 집어들고) 이거 우리 회사 거잖아? 너 이
　　　　　거 어디서 났나? 엉?
소 　년 : (겁에 질려) 몰라요.
김 사장 : 이 성냥 어디서 났냐구?

소 년 : 몰라요. 형들이 시켜서 그냥 하는 거예요!

김 사장 : 형이 누구야? 엉? 이 도둑놈의 새끼들!

소 년 : (울며) 앙! 잘못했어요. 형들이 팔아오라고 해서……

김 사장 : 내 회사 성냥을 빼다 앵벌이 시켜? 어이구 이거 복
        장 터지겠군 정말! (소년의 멱살을 쥐며) 누구야? 어
        떤 놈이 우리 성냥 도둑질해 낸 거야?

소 년 : (더욱 세게 울며) 아저씨, 저, 전 정말 아무 것도 모른
        단 말예요!

(이때 아코디언, 연주를 하며 들어온다.)

아코디언 : 조국 통일전선! 산업전선에 다사 다망하신 사장님
        들 얼마나 노고가 많으십니까. 막간을 이용하여 이
        불초 뮤지션의 연주를 감상하여 주시고 불쌍한 성냥
        팔이 아이의 눈물을 닦아주시기 바랍니다! (이 풍진
        세상을 연주한다.)

김 사장 : 뭐야? 영감, 영감이 시킨 거 아냐?

아코디언 : (계속 연주하며) 애가 뭔 죄가 있겠소? 저리 고생
        시킬려면 낳지나 말지. 아…… 공수래 공수거…… 속
        절없는 인생아!

김 사장 : 이거 뭐 하는 짓이야?

(아코디언, 계속 애절하게 연주한다.)

(암전.)

제6장

(성냥공장, 휴식 시간.

한쪽에 젊은 여공들 모여 유행가 부르고 있다.

"나는 가슴이 두근거려요, 가르쳐 드릴까요 열일곱 살이에요.")

여공 1 : 열일곱 살만 꽃이더냐 할미꽃도 꽃이제. 나더러 가만
가만 오란 남자 어디 없나?

남공 2 : 제 나이까지 잊고 사니, 아즉 청춘인 줄 아나 보지?

여공 1 : 에그그…… 마음은 아직도 한참이라우.

남공 3 : 그럼요. 아, 생활이 날 지치게 하고 늙게 만들었으나
언제나 이 마음은 청춘이라네. 홀로 가는 외기러기
울지를 마라, 한 많은 세상사야, 팔자 소관인 것
을…….

남공 1 : 인석아 네가 뭐 이태백이라도 되냐? 맨날 씨도 안 멕
히는 시조나 읊게?

남공 3 : 아저씨, 정말 제가 이태백 같아요? 허지만 난 시조는
안 지을 거예요. 작사자가 될 거예요.

남공 1 : 작사자?

남공 3 : 유행가 가사를 지을 거라고요.

남공 2 : 그게 뭔데?

남공 1 : 아, 유행가 가사 몰라? 창가 사설 말야?

남공 2 : 젠장 되게 유식하네. 그래, 네가 지은 사설 한번 읊어

봐라.

남공 3 : 아버지, 어머니, 누나, 형, 동생아!

남공 2 : 얼씨구? 식구들은 죄다 불러들이냐?

남공 3 : (신파조의 낭송으로) 모두 어디 갔소. 왜 대답이 없소. 북풍한설 몰아치는 인적 드문 선창가, 무심한 뱃고동만 슬피우네, 기다리는 내 간장…… 아 내 간장 끊어지는구나.

(모두 숙연하다.)

남공 1 : 자, 사설은 그만하고 점심시간 다 끝났으니 일할 준비들이나 해!

남공 2 : 거 괜히 코끝이 찡허네 그랴? 너 정말 소질 있다.

남공 3 : (신파조로) 감사, 감사합니다, 여러분!

남공 1 : 자, 어서 간장 된장 끓이지 말고 기운들 내라고 오늘 고대하고 고대하던 사장님이 오셨으니 좋은 일 있을 거야. 간조 쬐끔이라도 주면 목구녕 때부텀 베껴 보자구!

남공 2 : 고거 좋지!

여공 2 : 근데 왜 박 주임하고 박 감독이 사무실에 불려간 거유?

남공 2 : 불 난 일 갖구 닦달하는 거 아냐?

남공 1 : 박 주임이 새로 왔으니 얼굴 좀 보자는 거겠지. 반공 포로는 나라에서도 특별대우 해주라고 했다 잖어.

여공 1 : 박 주임 보니까 내 죽은 서방님 생각나더라? 지가 무

슨 애국자라고 자원해서 전쟁터에 나가더니 개죽음을
당했는지 행방불명이야. 박 주임은 저렇게 살아 남았
으니 좀 좋아? 아이구…….

여공 2 : 모든 게 난리 탓이야, 난리만 없었어 봐, 누군들 과부
됐겠나?

남공 2 : 그래, 그놈의 전쟁 탓이야. 6·25가 없었으면 이 난리
들이겠어? 젠장!

남공 1 : 맨 날 니가 잘났니 내가 잘났니 싸움질하다, 이 모양,
이 꼴이 된 거지. 앞으로라도 정신 똑바로 차리고 살
아야 돼. 이런 말 못 들어 봤어? 쏘련 놈들한테 속지
마라, 미국 놈들 믿지 마라, 일본 놈들 다시 일어난
다?

남공 3 : 야, 그거 재미있는데요. 유행가 가사 되겠어요.

남공 1 : 임마, 이게 재미로 한 소리냐. 맨 날 쓸데없는 짓 하
지 말고 정신 차리라는 거지.

남공 2 : 그래 봤자 별수 있어? 젠장, 목구멍에 풀칠하기도 힘
드니.

남공 2 : (한숨처럼) 난리 탓이야. 난리만 없었어 봐. 우리 순
이나 길녀처럼 꽃다운 나이에 성냥공장에 쭈그리고
앉아 적린이나 붙이고 있겠어?

여공 1 : 부모가 벌어주는 뜨신 밥 먹고 학교에서 공부나 하고
있을 걸…….

(사무실에서 박씨와 박철이 들어온다.)

박 감독 : 자, 점심들 잘 드셨는가요? 잠시 지 말 들으세요.

남공 2 : 뭐야, 또 난리가 났능가?

여공 1 : 공장 문 닫게 됐다는 소린 아닐 테고.

여공 2 : 어서 말해보소.

박 감독 : (기쁜 듯) 우리 고려인촌 성냥이 홍콩으루다가 수출
허게 됐다는 소식입니다.

남공 1 : 홍콩? 우리가 만든 성냥이?

박 감독 : 그래서 말인디, 앞으로 철야작업을 해야겠어요. 수출
량이 너무 엄청나서 휴일 없이 연말까진 두 교대로
야간작업을 하기로 결정이 났어요! 이 일만 잘 되면
우리 공장은 물론이고 여러분들한테도 응분의 보상이
있을 겁니다! 앞으로 석 달만 이를 악물고 일해 봅시
다.

(모두 "와" 소리치며 박수를 친다.
김 사장과 전무 들어와 공원들 앞에 선다.)

김 사장 : (득의에 차서) 고맙습니다. 여러분이 불철주야 열심
히 일해 준 덕분에 우리 공장이 우리나라에선 처음으
로 해외 수주를 얻어내는데 성공했습니다. (모두 환호
한다) 비록 아주 미미한 화재로 해서 생산에 차질이
생기긴 했지만, 고려인촌 성냥공장은 바로 여러분들
의 것입니다. 그러므로 이번 화재를 이겨낼 수 있었
던 겁니다. 회사를 사랑하고 아끼는 여러분들의 애사
정신이 우리 회사를 흑자로 돌리고 말 겁니다. 우리

어떠한 어려움과 고난이 닥칠지라도 여러분의 회사, 여러분이 주인인 우리 고려인촌 성냥은 불꽃처럼 흥왕할 것입니다. 오늘, 이 고난을 참고 더욱 분발해 주신다면 반드시 여러분의 회산 반드시 성공할 것입니다.

(사람들 환호 반, 야유 반의 소요가 일어난다.)

남공 1 : (따지듯) 근데요, 사장님?

김 사장 : 말씀하세요, 김씨.

남공 1 : 공장 일을 내일처럼 일 많이 하는 건 좋은데요.

김 사장 : 그럼요, 이 회산 사장인 내 것이 아닙니다. 공장 노무자인 여러분들의 것입니다. 물론 다른 회사보다 먼저 일을 시작하고 더 늦게 마감하는 거, 여러분 일을 많이 한다는 증거겠지요. 그래야 생산량이 늘어나고, 그래야 회사가 발전하는 겁니다, 여러분!

남공 1 : (주눅이 들어) 근데요 사장님?

김 사장 : 네, 뭐 또 말씀하실 게 있습니까?

남공 1 : 저…… 나이 먹은 놈이 이런 말 하기는 뭐 합니다만, 그래도 사장님 밑에서 일을 하는 게 감지덕지입니다, 정말입니다, 사장님!

김 사장 : 걱정하지 마십시오. 김씨야 아버님이 경영하실 때부터 계셨습니다마는 전 김씨를 늙었다고 박대하지 않습니다. 아무 걱정하지 마시고 열심히 일하세요. 우리 회사 주인은 김씨 같은 분입니다!

남공 1 : (주저하며) 근데요. 사장님, 저…… 그게 아니고?

순 이 : (말을 자르듯) 월급은 언제 줍니까?

남공 1 : 네, 바로 그 말입니다, 사장님!

남공 2 : 이러다가는 식구들 전부 굶어 죽어요!

여공 1 : 이 공장에서 내 청춘 다 보냈는데 월급이라도 줘야
할 거 아닙니까? 사장님!

김 사장 : 걱정하지 마세요. 걱정 마세요. 오늘 내가 내려 온
것도 다 여러분들의 사정이 이러 하니 열일 다 제쳐
두고 온 것입니다. 오늘 날 6·25로 인해 폐허가 된
우리의 조국, 우리의 강산을 가꾸고 일으킨 장본인이
누구입니까? 바로 여러분들입니다. 헐벗고 굶주려도
내일의 희망을 안고 꿋꿋하게 군소리없이 일해서 이
만큼 만든 장본인이 누구입니까? 바로 여러분들입니
다 그걸 왜 제가 모르겠습니까? 그러나 현실을 보십
시오. 일전에 화재가 났지요? 불이 났단 말입니다. 이
거 어떡할 겁니까? 그리고 홍콩 수출 물량이 엄청나
요. 이 원자잰 어떻게 들여옵니까? 여러분들이 해결
할 수 있어요? (흥분하며) 회사 실정을 알기나 하느
냐 말야. 당신들, 조금이라도 회사 걱정해 봤어? 그리
고 시중에 우리회사 제품이 떰뺑으로 나오는 게 있어
요. 그것도 통성냥이 아니라 곽성냥으로 말야. 이건
분명히 도둑질해 내다 파는 것인데 어떻게 된 거야?
이러니 회사 망하는 건 당연하지. 회사 망하면 나 혼
자 망하는 거 아냐. 다 망하는 거라구, (다소 진정하
며) 우린 다 실업자가 된다 이 말이요! 물론 여러분들

이 책임지라는 건 아닙니다. 조금 더 인내하고 같이 회사를 일으키자는 것입니다. 내가 모르는 척할 수도 없고 해서 내일, 딸라 빚을 내서라도 밀린 월급 어떻게 해볼 데니까 그리들 알고 계세요. 그리고 이건 내 개인적인 일입니다마는…… 다음 선거에 출마하기로 했어요. 당선은 확실한 거니까. 그렇게 되면 그동안 여러분 은혜 내가 잊지 않을 것이요. 장담합니다! 손가락에 장을 지져요. 내 말 알겠지요? 할 말 더 없으면 작업들 시작하세요? 이것이 무너진 조국을 재건하는 길입니다!

(사무실로 들어간다. 서서히 암전 되면서 순이 혼자 남는다. 순이 동생의 에코가 들린다.)

소 리 : "누나 작은 형이 편지하라고 해서 쓰는 거야. 엄마가 위독해서, 아빠는 약초 캐러 가신지 며칠 됐어, 그리고 이건 비밀인데 나 학교 갔다 오다가 연필 주웠다. 아주 긴 거야. 새 거야. 지서가 멀어서 그냥 내가 숨겨놨어."

(순이 망설이다 사무실로 들어간다.)

제7장

(사무실에 사장 혼자 있고, 순이 조심스럽게 들어온다.
사장이 쳐다보기를 한참 기다린다.)

순　　이 : (이윽고) 저 ─ 사장님!

김 사장 : (서류를 뒤적거리다 보며) 누구야?

순　　이 : 포장부 강순이에요.

김 사장 : 포장부? 강순이? 근대 왜?

순　　이 : 말씀드릴 것이 있어서요.

김 사장 : 지금 작업시간인 줄 몰라? 이따 휴식시간에 박 감독
　　　　　이나 전무한테 얘기해. 여기가 어딘 줄 알고 함부로
　　　　　들어오는 거야? 어서 나가. 어서?

순　　이 : 사장님한테 말씀 드려야 돼요.

김 사장 : 그래도 그렇지……. 그래, 무슨 말이야? 거기 앉아.

순　　이 : 괜찮아요. 저…….

김 사장 : 말해 봐? 무슨 애로 사항 있어?

순　　이 : 저어…….

김 사장 : 말해 보라니까? 누가 너한테 찍접거리대?

순　　이 : 아니에요. 그런 건 없어요.

김 사장 : 어서 말을 해. 나 시간 없어!

순　　이 : 저 사장님 죄송하지만…… 가불 좀 해주세요.

김 사장 : 가불? 애가 정신이 있나 없나? 아까 내가 그렇게까

지 말했는데?

순　이 : 알아요, 사장님. 요새 회사 힘든 것 알아요. 헌데 고향 집에 엄마가 위독하셔요. 병원비 없어서 아버지는 산에 약초 캐러 가시고 학교 휴학한 오빠하고 어린 동생은 끼니를 못 챙기고…… 흐흑…….

김 사장 : (다가서며 어깨에 손을 올리고) 저런 딱하구나. 자, 여기 앉아. 그럼 진작 얘기할 것이지. 아무리 회사 사정이 나쁘더라도 사람 목숨이 더 중하지. (안주머니에서 지갑 꺼내며) 그래, 얼마나 필요하니?

순　이 : 그냥 조금만…….

김 사장 : 필요한 만큼 갖다 써. (돈을 꺼내 손에 쥐어주며) 그리고 이건 월급 가불하는 게 아냐. 내 마음의 성의 표시니까 그렇게 알고 부담 없이 받아. 세상이 돈이 젤이라고 하지만 어디 그러냐? 너하고 나하고 이제부터 서로 마음으로 통하고 서로 잘 지내보자. 응? (어느새 김 사장의 손이 순이의 몸을 더듬기 시작한다) 다 — 좋은 게, 좋은 거야. 네 형편 도와주고 난 널 반겨주고. 안 그래?

순　이 : (울음을 그치고 놀래서) 사장님 왜 이러세요? 이러지 마세요!

김 사장 : 가만 있어 봐. 누가 널 해치니? 이러구만 있을게. 이 공장에 오랫동안 있게 해줄게. 반장 진급도 시켜주고 말이야! 그러니 나 하는 대로 가만히 얌전히 있어. 잠깐이면 돼!

순　이 : (뿌리치며) 이거 놓으세요, 점잖지 못하게! (일어나며)

사장님, 아주 나쁜 어른이군요? (손에 쥐고 있던 돈
내밀며) 받으세요. 이 돈은 가치 없는 돈이에요. (돈
을 바닥에 떨어트려 놓으며) 돈으로 무엇이든 할 수
있다고 생각지 마세요. 사장님은 더러운 돈을 쓰는
대가를 꼭 받으실 거예요. (나간다.)

김 사장 : 애, 순이야 ― 너 …… 에이 쌍. 당돌한 계집애 같으
니라고 그만큼 선심 썼으면 지도 알아서 할 것이지.
세상 물정 모르는 것 같으니라고…… 하 ― 참. 맘대
로 해라. 내가 알게 뭐냐. 그나저나 소문은 나지 않겠
지? 소문내라지, 내가 뭐 지 년 옷을 벗겼나, 겁탈을
했나, 입 벌리면 제 년만 망신이지…… 하 ― 고것
쪼끄만 년한테 망신당했는데…….

(강 형사 들어온다.)

김 사장 : 어쩐 일이십니까? 한번 들르신다는 말씀은 들었습니
다마는…… (허둥대며) 뭐 조사하실 일이라도…….

강 형사 : 그냥 지나다 들렀습니다.

김 사장 : 아, 네, 앉으세요. 사무실이 워낙 누추해서…… 나가
서 코피라도 한 잔 하실까요?

강 형사 : 아닙니다. 금방 가야지요. 그래, 사업은 잘 되십니까?

김 사장 : 요새 잘되는 사업 있습니까. 설상가상으로 내 없는
동안에 화재가 나서 생산량에 막대한 지장이 있습니
다. 네.

강 형사 : 그러시겠지요. 손해 많이 보셨겠어요? 어느 놈들이

불을 질렀는지 알 수가 있나?

김 사장 : 불을 지르다니요? 김 전무 말로는 누전이라고 하던
데요. 누가 불을 지르겠어요? 난 원한 산 것도 없고,
이 동네 지역경제활성에 이 성냥공장이 한 몫을 하는
데요.

강 형사 : 그러게 말이에요. 그런데 신흥동 소방서에서는 실화
아니면 방화일 가능성도 배제할 수 없다고 하던데
요?

김 사장 : 실화요? 방화요?

강 형사 : 네, 화재 현장에서 미제 찌프라이타가 뚜껑이 열려진
채 잿더미에 있는 걸 수거했다는 거예요.

김 사장 : (약간 당황하며) 그거야 뭐, 여러 사람들이 들락거리
는 데니까, 누가 떨어뜨렸나 보지요.

강 형사 : 글쎄요. 그럴 수도 있겠지요. 아참, 그리고 여기 얼마
전에 박철이라는 반공포로가 왔지요?

김 사장 : 그, 그렇습니다만, 무슨?

강 형사 : 일 잘 합니까?

김 사장 : 네, 전 여기 늘 있지 않으니까 잘 모르겠습니다만 혹
시……

강 형사 : 아닙니다. 오해하지 마십시오. 성냥공장은 사고가 나
면 대형 화재가 될 수도 있으니까 상습 방화범이나
불순분자들이 언제나 노리고 있을 수 있는 위험 지역
입니다. 그 친구도 완전한 자유인이 아니라는 걸 염
두에 두셔야 될 겁니다. 모쪼록 하달된 위험 수칙을
잘 지켜서 안전에 만전을 다해 주기 바랍니다. 그

럼…….

김 사장 : 여부가 있겠습니까. 아니 그냥 가시게요? 코피라도
한 잔……. 안녕히 가십시오.

(강 형사 퇴장하면 안도의 한숨쉬는 김 사장.)

(암전.)

제8장

(공터, 철수 권투 연습하고 있다.
행인들 오고 가고,
잠시 후 흐트러진 순이 나와서 벤치에 앉아 흐느낀다.
철수, 조용히 다가간다.)

철　수 : 저…… 순이 씨죠?

순　이 : …….

철　수 : 안녕하세요? 전 철수예요. 오철수. 권투선수예요. 권투
　　　　선수에 흥미 없어요?

순　이 : …….

철　수 : 아버지는 시인이셨죠. 오장환. 들어보셨어요? 유명한
　　　　분이지요. 돌아가셨어요. 동생들 둘 있어요, 남동생
　　　　들……. 식구들 많아요?

순　이 : …….

철　수 : 순이 씨는 날 몰라도 난 알아요. 길녀 누나네 집 옆집
　　　　에 살아요. 길녀 누나하고 같이 다니는 거 자주 봤어
　　　　요.

순　이 : (고개 들어 철수 본다.)

철　수 : 얼굴 이상하죠? 지난 토요일에 권투 시합을 했어요.
　　　　내가 졌어요. 심판이 엉터리였어요. 내가 2회전에 레
　　　　프트 훅 라이트 훅 압파 캇 다운 시켰거든요? 근데

공이 살려줘서 판정까지 왔는데, 내가 되레 판정패
된 거예요. 할 수 없지요, 뭐. 다음엔 확실하게 다운
시키면 되지요, 뭐.

(순이, 조용히 일어나서 얼굴을 감싸고 나간다.)

철　수 : 순이 씨. 저, 순이씨……

제9장

(황 주사네 가게 앞.
평상에서 술을 마시고 있는 남공 1.
"고향이 그리워도 못 가는 신세" 흥얼거리고 있다.)

황 주사 : 이봐 김씨, 이러다가 오늘 하루 공치겠어. 어서 가
봐.

남공 1 : (딸꾹질하며) 누가 날 오라 가라 해? 봉급을 제때에
주길 했나, 수당이 나오길 하나?

황 주사 : 따지려면 김 사장한테 가서 따져 이 사람아. 아침 해
장술로 하루해 다 보내면 어떡해.

남공 1 : 따졌지. 내가 못 따질 놈 같어? 밀린 월급 언제 주냐?
밤새 일하면 얼마 더 주냐? 우리 식구들 다 굶어 죽
는다? 느이 애비 때부터 내 청춘 다 바쳐 일했는데,
대우가 이게 뭐냐? 내가 뭐 장기판의 졸인 줄 아냐?

황 주사 : 그랬어? 그랬더니 김 사장이 뭐래?

남공 1 : 그랬더니 김 사장이 끽소리 못하고 내일, 내일은 꼭
드리겠습니다, 이러는 거야? 그 새끼 맨 날 내일, 내
일이지. 김 사장 그 새끼 지 애비보다 더한 놈이라구.
그땐 쥐꼬리만한 봉급이라도 제때에 주지 않았느냐
이 말야!

황 주사 : 옛날 얘긴 하지도 말아.

남공 1 : 그래도 그땐 밥이야 굶지 않았지. 홍콩수출? 두고 보라지. 우리가 일 그만 두면 어떻게 되나 두고 보라고!

황 주사 : 까고 있네. 그럼 일 안 하고 공장 문 닫기만 기다리겠다 이거야?

남공 1 : 일 했으면 돈을 달라 이거야. 저번에도 사장이 내려와서 거들먹거리기에 밀린 월급 언제 주냐, 밤새 일하면 철야수당 얼마 더 줄꺼냐? 식구들 다 굶어 죽는다. 내 청춘 다 바쳐 충성을 했는데 맨 날 대우가 이게 뭐냐, 내가 뭐 장기판의 졸로 보이냐? 맨 날 내일, 내일 하더니 벌써 한 달이 넘었어.

황 주사 : 알았어, 알았어. 해장술에 확 취했구먼. 어이구 지겨워.

남공 1 : 두고 봐라 이놈들아. 우리 아들놈 대학 졸업하면 판검사 부럽지 않다.

황 주사 : 또 그 소리! 계집 자랑하믄 칠푼이, 자식 자랑하믄 팔푼이, 몰라?

남공 1 : 그런데 이 자식이, 이승만 독재 타도 뭐 어쩌구 하며 몰려다닌다는 거야. 이승만이 이 새끼가 결국 내 자식 망쳐 놓겠어!

황 주사 : (입을 막아서며) 쉬잇, 이 사람 왜 이래? 남 들으면 어쩌려고?

남공 1 : 들을 테면 들으라고 해. 대통령 이승만, 국회의장 이기붕? 다 짜고 해 먹는 세상이야. 내 말 틀렸냐? 아니꼽거든 밀린 월급 내놓으란 말야. 일시켜 먹고 입

싹 닦지 말고!

황 주사 : 쓸데없는 소리하지 말고 공장에나 어여 가! (남공 1,
　　　　　머리 파묻고) 어이구 한심한 녀석…… 근데 이건 무
　　　　　슨 소리야. 아들놈이 데모꾼으로 나섰다는 거야? 허
　　　　　허…… 김가네 일났군! (술잔을 치우려는데 영종댁
　　　　　등장)

영종댁 : 저 영감님은 벌써 취하셨나보네?

황 주사 : 영종댁, 웬일로 이렇게 일찍이?

영종댁 : 날씨가 많이 추워졌어요, 가을 오는가 했더니 벌써 겨
　　　　　이네요!

황 주사 : 추우면 들어가 몸 좀 녹이고 가지!

영종댁 : 망칙스럽게, 홀애비 방을 내가 왜 들어가우?

황 주사 : 홀애비라니? 그랬으면 좋겠우. 홀홀 단신, 독신이오.
　　　　　키우는 애들이라도 있으면 좋겠어. 영종댁, 내가 일전
　　　　　에 한 말 생각해 봤오?

영종댁 : 무슨 말요?

황 주사 : 시치미떼지 말고 잘 생각해 봅시다. 당신이나 나나
　　　　　처지가 같은데 마음 합치면 좀 좋겠소.

영종댁 : 내가 왜 처지가 같애? 난 길녀가 있는데. 그리고 남들
　　　　　이 다 욕해요. 늙은 것들이 주책 떤다고!

황 주사 : 남들 눈치 볼 것 있나? 우리 처지에 서로 의지하고
　　　　　위해주며 살면 되지. 길녀는 이제 다 컸으니 에미 외
　　　　　로운 처지도 알 거고, 임자 소금광주리 이고 산지사
　　　　　방 안 다녀도 이 술방이나 보고 있으면 돈이 굴러 들
　　　　　어오는데 안 그러우?

영종댁 : 모르겠수. 길녀 어려서 남편 죽고, 세상사는 게 막막
하더니만, 모진 목숨 끈질겨서 이렇게 흘러흘러 세월
은 가고, 남은 건 길녀 하나. 저것 시집 보낼 걱정 태
산인데, 내 팔자 고칠 생각 언감생심 안 해 봤우.

황 주사 : 영종댁, 다시 한번 깊이 생각해 보우. 길녀 시집 보
내는 거는 나하고 합심해서 잘 보내면 되잖우. 의부
라도 없는 것보다야 낫지 않은가? 길녀 역시 어려서
부터 나를 잘 따랐잖소? 나 또한 친딸처럼 생각한지
오래요!

영종댁 : 이 양반이 벌써 다 된 것처럼 말을 하시네. 난 아직
생각해 보지 않았다니까요.

황 주사 : 그러니까 깊이 생각해 보라는 것 아니우? 더 추워지
기 전에 구공탄 충분히 들여놓고 올 겨울은 뜨끈뜨끈
한 안방에서 오붓하게 지냅시다. 영종댁!

영종댁 : 소금 팔러 댕기느라 여태 김장도 못했는데, 올 겨울은
아닌게 아니라 대게 추울 모양이에요.

황 주사 : 그럼 영종댁 허락한 걸로 알겠소. 나 이래 뵈도 아직
은 건강해요. 재산도 이만하면 우리 두 사람 먹고사
는데 문제없고 말이우! 도청 앞에 대서소 하나 봐둔
게 있어요, 이 장사 싫으면 대서소를 차려도 괜찮을
것이고…….

영종택 : (웃으며) 아이고, 그만 허세요. 알았으니께…….

(길녀, 들어오다 이 광경을 본다.)

길　　녀 : 엄니, 일찍 왔네.

영종댁 : (무안한 듯) 길녀냐? 왜 이렇게 일찍 왔냐?

황 주사 : (더욱 다정하게) 지금 오냐?

길　　녀 : 네, 오늘부터 공장 사람들 일 안 하기로 했어요. 밀린
　　　　　월급 줄 때까진요.

영종댁 : 아니, 그럼 공장 문 받는 거야?

황 주사 : 기어코 일이 터졌군 터졌어!

영종댁 : 그럼 어떻게 되는 거냐?

황 주사 : 잘 됐어요. 김 사장 이 참에 혼 좀 나야 돼!

남공 1 : (술에 취해 비틀거리며 일어나더니) 돈 내놓으란 말
　　　　　야. 밀린 월급 다 주고 일 시키란 말야, 쌔끼야! 맨
　　　　　날 내일내일 하지 말고, 느이 애빈 그래도 너보단 났
　　　　　어! (다시 쓰러져 잔다)

길　　녀 : 어떻게 해야 될지 모르겠어요. 모두들 앞날이 걱정이
　　　　　에요.

황 주사 : 걱정할 것 없다. 잘 될 거야. 모두들 한마음이 되면
　　　　　안 될 것 없지. 영종댁, 우리도 한마음이 되면 걱정할
　　　　　것 없는 게요. 알겠소?

(영종댁과 길녀, 서로 다른 느낌으로 황 노인을 본다.)

(암전.)

제10장

(어두운 골목길.
취객, 작부, 창녀 옹기종기 있고 행인 지나다닌다.)

취객 1 : 이봐 하씨. 한번 하자. 학익동에 와서 한번 못하면 사
내도 아냐.

취객 2 : 좋아, 좋아. 헌데 오까네가 텅텅 비쓰네?

취객 1 : 니미, 큰 소리 치더니 벌써야?

취객 2 : 와다구시 오까네 벌써 빵꾸데스랑께, 하하……. 옘병,
그럼 그냥 가자. 여인숙빈 있어?

취객 1 : 야 임마! 내 돈 있는 거 따지지 말고, 넌 돈 없냐? 같
이 월급 타고 왜 이래?

취객 2 : 짜식아 난 처자식이 있잖어!

취객 1 : 그래, 기죽었다. 처자식이 무기냐? 진짜루 드럽다, 드
러워.

취객 2 : 임마, 왜이래. 나도 밸 있고 의리 있는 놈야. 이번 달
은 그렇게 됐어, 그러니 신세 좀 지자!

(이때 거리의 여인 1, 어디선가 불쑥 나타나 그들을 팔짱을 끼며
호들갑을 떤다. 통금을 알리는 사이렌이 분다. 도처에서 들려오
는 호루라기소리.)

포 주 : 아저씨, 사장님.

취객 1 : 뭐야, 이건.

포 주 : 사장님, 놀다 가세요?

취객 2 : 야, 필요 없어. 나 돈 없어. 난 갈 꺼야.

취객 1 : 야, 간다고? 통금 걸려 유치장 간다고?

취객 2 : 음? 벌써 통금야?

취객 1 : 술이나 먹으며 시간 때우고 새벽에 가자! 하진 말고
술만 먹자니깐?

포 주 : 알았어. 단속 나오기 전에 어서 들어가기나 해요. 아
다라시 소개해 줄게. 싸장님들, 호호호.

(여인, 취객의 등을 떠민다. 술방에 불이 들어온다.)

취객 1 : (술에 취해) 나 긴 밤 안 해. 술 한 잔 마시고 갈 꺼
야!

포 주 : 알았어. 그럼 기본만 차려?

취객 2 : 맘대로 해!

취객 1 : 난 조금 있다 갈 거다. 통금 해제되면!

포 주 : 그럼 안 놀 거야?

취객 2 : 니미, 맘대로 해. 빨리 술이나 가져 와!

포 주 : 얘, 아라야! 상 올려와? 짜장!

(순이, 한복을 입고 술상을 들고 들어와 앉는다.)

포 주 : 어이구 어이구, 예쁘기도 하지. 내 수양딸인데, 오늘

처음 나왔어!

취객 1 : 처음 좋아하네?

포　주 : 정말야. 애, 싸장님들한테 인사드려야지?

순　이 : (엉거주춤 일어선다) 아, 안녕하셔요…….

취객 2 : 어디 이리 앉아 봐. 제대로 신골해야지. 열중 섯! 차렷!

(치마 속으로 머리를 집어넣는다. 놀랜 순이 비틀거리고 취객 1
은 순이를 껴안는다. 당황한 순이 뿌리치며 도망하다 엎치락뒤치
락 상이 엎어지고 난리다. 순이 얻어맞고 한 쪽에 쭈그리고 운다.)

취객 1 : 재수 없게 어디서 이런 게 굴러 왔어.

취객 2 : 네 껀 금테 둘렀냐? 건방진 년. 야, 딴 데 가자 도깝
　　　　　다리 갈까?

취객 1 : 자리 옮겨 재수 옴 붙었다. 장사해 처먹으려면 제대
　　　　　로 해.

(취객들 퇴장한다.)

포　주 : (붙잡으며) 아이, 애가 워낙 처음이라 몰라서 그런 걸
　　　　　가지고 뭘 그래요. 살살 달래야지?

취객 2 : 야, 딴 데로 가자니까?

포　주 : 통금 걸리잖아. 술만 먹고 새벽까지 그냥 재워 줄게
　　　　　앉아!

취객 2 : 걸리긴 니미, 왜 걸려? 다 짜고 해먹는 세상인데?

(두 사람 비틀거리며 퇴장한다.)

포　주 : 꼴 좋다, 이년아! 돈 벌겠다고 제 발로 기어들어 오더
　　　　니 연말 보너스 노다지 손님을 제 발로 걷어 차?
순　이 : 전 술만 팔면 되는 줄 알고…….
포　주 : 이런 꽁 맥힌 년이 어딨어? 술 팔려면 이러기도 하고,
　　　　저러기도 하는 거지. 술 주전자 갖다 놓고 멀거니 구
　　　　경만 할려고 했냐? 더 말 할 것 없어. 쑥맥을 들여온
　　　　내가 잘못이지. (내쫓듯이) 너, 당장 딴 데 알아봐. 어
　　　　서 꺼져! 쑥맥 같은 지지배야!

(술방 조명 어두워지고 순이 밖으로 나와 흐느껴 운다.
하수에 탑 라이트가 들어온다.)

순　돌 : (소리) 누나 나야. 순돌이. 내가 다리만 성하다면 한달
　　　　음에 달려가 보고 싶어. 누나 정말 잘 지내는 거지?
　　　　난 비서가 그렇게 좋은 자린지 몰랐어. 동네 사람들
　　　　이 누나가 사장님 비서라니까 죄다 부러워하는 거
　　　　있지? 나는 누나가 정말 자랑스러워. 그런데 누나, 엄
　　　　마 말인데, 점점 더 심해지셨어. 나도 잘 못 알아봐.
　　　　큰 병원에 입원해야 된다는데, 돈이 많이 드나 봐! 아
　　　　버지는 말씀도 안 하시고 한숨만 쉬셔. 그 한숨이 전
　　　　염되나 봐. 형도 한숨만 쉬어. 하지만 난 아직 아냐.
순　이 : 순돌아! (순이, 흐느낀다.)

(암전.)

제11장

(몇 개월 후 성냥공장 사무실.
김 사장 몹시 화가 나 있다.)

김 사장 : (회중시계를 보며) 이봐요. 박 감독, 김 전무, 도대체
이게 어떻게 된 거야? (서류를 내던지며) 갈 데까지
가자는 거야 뭐야!

박 감독 : (서류를 주우며) 그게 아니고 사장님, 공원들 말로
는…… 사장님이 약속을 번번이…….

김 사장 : 공원들 말이 무슨 소용이 있어. 꿩 잡는 게 매라고,
무슨 수를 써서라도 나와서 일들을 하게 해야 할 것
아냐?

김 전무 : 어떻게, 무슨 수를 쓰라는 게요? 밀린 임금이 자그만
치 여섯 달이나 됐어요.

김 사장 : 그 애긴 벌써 끝낸 얘기잖어. 선적만 끝내주면 밀린
임금을 연말 보너스와 함께 지불하겠다고 약속했잖
어!

김 전무 : 그 말을 공원들이 믿어요? 형 말은 콩으로 메줄 쑨
다 해도 안 믿어요. 신용이 말이 아녜요. 그러니 난들
어떻게 해!

김 사장 : 에이 쌍, 그렇다고 이렇게 죽치고 앉아서 한숨만 쉴
거야? (시계를 보며 방백조로) 시간은 다 되 가고, 이

제 어쩔 수 없게 됐군!

김 전무 : 그러게 돈을 마련해 와야죠. 단 이삼 개월치라도 지
불을 하고 양해를 구해야지. 무댓보로 일을 시키려니
이런 꼴이 됐지요.

김 사장 : 야 임마, 내가 무댓보로 한 게 뭐 있냐? 내가 돈을
마련 못했냐? 여태들 참았으니 조금만 더 참고 우선
바닥난 원료를 먼저 보충하자고 한 거 아냐?

김 전무 : 공원들 목구멍에 풀칠이라도 해야 일할 힘이 있지
냉수만 먹고 어떻게 일합니까. 엊그제 점심시간에 봤
죠? 거의 다 벤또 못 싸왔어요.

김 사장 : 양식이 없어 못 싸온 거냐? 청승 떠느라고 안 싸온
거냐? 나도 다 안다. 척하면 삼천리라고 그 새끼들
다 계획적이야!

김 전무 : 하여튼 참 답답하오. 저렇게 꼭 막혔으니 무슨 정치
를 해, 정치를.

김 사장 : 씨끄러 임마! (시계를 보며) 넌 입 다물고 가만 있어.
박 주임은 어디 갔어? 이 자식 공장 문닫게 생겼는데
휘파람 불고 다니는 거 아냐?

박 감독 : 일찍 출근했다가 공원들 잘 설득해서 일 나오도록
독려하겠다고 나갔습니다.

김 전무 : 독려한다고 될 일이요, 그게? 근본적으로 해결을 해
야지.

김 사장 : 근본적인 해결? (음흉한 미소를 지으며) 안 되면 근
본적인 문제를 해결할 수밖에……. (시계를 본다)

김 전무 : 무슨 소리요?

김 사장 : 근본적으로 해결하자며? 박 주임, 그 자식 공원들하
고 짝짜꿍돼서 공장 말아먹으려고 하는 거 아냐? 강
형사가 여기 자주 들리는 것도 다 그 놈 감시하려고
오는 거야.

김 전무 : 뭐요? 형이 강 형살 불러들였우?

김 사장 : 표면적으론 반공포로라지만 불순분자인지 어떻게 알
어? 죽산 조봉암이 빨갱인 줄 누군들 알았나?

김 전무 : 형도 자유당 물 좀 마시더니 아주 맛이 갔구려. 죽산
이 빨갱이 짓을 했는지 안 했는진 훗날 역사가들이
심판할 겁니다.

김 사장 : 넌 왜 그리 항상 삐딱하냐? 법원에서 5년 언도 때리
자 반공청년들이 머리띠 매고 데모한 걸 몰라? (시계
를 본다.)

김 전무 : 그건 정칩니다. 일국의 대통령 후보로 출마해 수 백
만 표를 얻은 조봉암이 간첩질을 했다고? 난 믿을 수
없어요!

김 사장 : 관두자. 하여튼 박 주임 항상 관리 잘 해야 돼. 포로
수용소에서도 쌈깨나 했던 인물이라더라. 인화물질
많은 성냥공장에 큰불이 나 봐. 우리 망하는 건 물론
이고, 당장에 사회 혼란이 야기될 것이고, 체불임금
못 받게 된 순진한 공원들 충동질해서, 내년 선거에
악영향을 끼치게 될 거란 말이지.

김 전무 : 말도 안 되는 소리 말아요. 불은 박 주임 오기 전에
난 거구, 되레 공원들한테 사정하고, 설득시키려 땀을
빼고 다니는 게 누군데?

김 사장 : 이 자식은 누구 편이야? 어디서 굴러온 개뼈다귀
　　　　　인지도 모르고 덮어놓고 역성이야?

김 전무 : 지금 네 편, 내 편이 어디 있어요? 어떻게 하든 이
　　　　　공장 살려보자고 뛰어다니는 거지. 박 주임은 형이
　　　　　데려온 사람 아니우?

김 사장 : 데려오긴? 자유당에서 강제로 보낸 거지. 그리고 걔
　　　　　가 왜 뛰어, 임마? 뛸 놈은 너잖아? 아무튼 그 자식
　　　　　수상해. 안심할 수 없어. 박 감독, 잘 감시해!

박 감독 : 예, 사장님!

김 사장 : 그리고 김 전무는 당장 내일부터 전국을 다 뒤져서
　　　　　타사 제품을 모아오라구 방법은 그것 뿐이야. 영등
　　　　　포 밀가루공장 빈 창고에 비밀리에 쌓아놓고 상표만
　　　　　바꿔 붙이도록 해! (시계를 본다.)

김 전무 : 뭐야? 상표를 바꿔치기 하자구?

김 사장 : 선적 날짜 맞추려면 그 수밖에 더 있냐? 돈이 얼만
　　　　　줄 알아? 돈이 필요해. 정칠 하려면 말이다! 어서들
　　　　　나가 일들 봐.

김 전무 : (대들며) 형, 정말 이래도 되는 거요? 정치자금 때문
　　　　　에 이래도 되는 거냐구!

김 사장 : 시끄러워 임마. (시계를 본 후 급하게 몰아내듯) 어
　　　　　서 나가. 너한테 들을 말 없어. 너 같은 놈이 무슨 사
　　　　　업을 하겠다고⋯⋯융통성 없이 곧이곧대로 살면 그만
　　　　　큼 고생만 하다가 깡통 차는 거야 임마. 어서 나갓!

(박 감독과 김 전무 퇴장한다.)
(김 사장 전화를 급히 건다.)

김 사장 : 옥 마담? 나야. 거기 쌍칼 왔어? 아냐, 거기들 있으
라고 해. 내 지금 갈 테니까.

(암전.)

제12장

(황 주사 집 앞. 공원들 옹기종기 모여 있다.)

여공 1 : 이러다 정말 밀린 월급도 못 받고 일자리도 잃게 되
는 게 아냐?

여공 2 : 그런 일 없을 거야. 홍콩수출을 할려면 저희들이 어떻
게 해서든 우리를 꼬셔야 되니까 돈을 마련해 올 꺼
유.

남공 1 : 밀린 월급 줄 때까지 절대 일 못해. 그놈들 맨날 내일
내일하면서 우릴 부려먹었는데 이제 더 이상은 안 돼.

여공 1 : 맞아요. 이번에 본때를 보여줘야 해요.

남공 3 : 여기 주저앉아서 월급 줄 때까지 기다리자구요.

여공 3 : 들리는 말로는 공장 팔려고 내 놓은 지 꽤 됐다는 데
요.

남공 1 : 그렇게는 안 될 거야. 김 전무가 절대 안 팔려고 할
테니까. 아버지 유업이니까 끝까지 붙잡고 늘어질 거
야.

여공 1 : 그래도 김 사장이 어떤 사람인데. 제 실속 차리느라고
동생 맘을 헤아릴 줄 알아? 무슨 일을 내도 낼 놈이
라고……

(철수, 술이 취해서 등장.)

철 수 : 김 사장 이 새끼 나오라고 해.

여공 1 : 아니 너 철수 아니냐?

철 수 : 김 사장 그 새끼 나쁜 놈이라구요.

남공 1 : 너 술 마셨구나.

남공 2 : 어린놈이 술 마시구 어른들 틈에 끼어 들어.

철 수 : 순이 씨가 행방불명 됐어요.

길 녀 : 뭐야? 언제?

철 수 : 어젯밤예요. 김 사장 이 새끼가 …… 내쫓은 게 분명
        해요. 순이 씰 찾아내. 찾아내란 말야.

여공 2 : 이게 웬 일이야. 성냥 빼돌린다고 몸수색 당했나?

여공 3 : 누군, 그 짓 못해? 나도 성냥 빼내 그나마 목구멍에
        풀칠했다, 왜?

여공 1 : 월급 안 주는데 별도리 있어? 성냥공장 아가씬 폼으
        로 생겼는 줄 알어?

철 수 : 순이 씰 찾아내, 순이 씨 찾아 내!

        (헐떡거리며 박철 등장.)

박 철 : 여기들 계셨군요. 잘들 모이셨습니다.

남공 2 : 여긴 왜 왔나? 사장이 돈 마련을 했다던?

박 철 : 아닙네다. 사장님은 못 만났습네다. 제 의견을 좀 들
        어 보시라우요.

남공 1 : 자네 의견 들어봤자 쓸데없어. 맨 날 참고 견뎌보자는
        것일 텐데.

박　철 : 여러분들이 사장님을 못 믿는 것을 잘 압니다.

철　수 : 순이 씨 찾아내. 우리 순이 찾아내란 말야.

박　철 : 여러분 김 전무님을 못 믿겠습니까? 김 전무님은 여
　　　　러분들 편입니다. 회사 일으키시려고 노력하고 있어
　　　　요. 사장님도 맘대로 못하실 겁니다. 김 전무님이 약
　　　　속하셨어요. 숭의동에 있는 집 내놓으셨어요. 집 팔아
　　　　서 여러분들의 밀린 월급 얼마간 드린다고요.

남공 2 : 말로만?

여공 1 : 그걸 어떻게 믿어요?

남공 1 : 그럼. 맨 날 내일 준다, 내일 준다 하고선 맨 날 거짓
　　　　말만 늘어 놓았잖어.

박　철 : 뎡말입네다, 뎡말이에요. 전무님 말씀을 믿어 주시라
　　　　우요. 우리 성냥공장을 살려야 합네다. 여러분의 생활
　　　　터전 아닙네까?

철　수 : 순이 씨, 돌아와요. 이 새끼들아 우리 순이 씨 찾아내.

남공 2 : 누가 저놈 입 좀 틀어막아. 씨끄러 죽겠군. 맨 날 주
　　　　먹질하며 힘쓰더니 그 힘 어쩌려구 징징 울고 있어.
　　　　(남공 3 다가가서 철수를 달랜다.)

길　녀 : 사장이 순이 몸수색한 거 정말인가요?

남공 1 : 긴 말 할거 없어. 뻔한 일이야. 홍콩수출이다 뭐다 해
　　　　서 우리들 쎄빠지게 부려먹고 그리고…… 그리고 거
　　　　뭐냐…… 거시키…….

길　녀 : 잠깐만요. 우리가 여기서 이러구 있을 게 아니라고 봐
　　　　요. 모두 공장으로 몰려가서 사장님과 담판을 짓고
　　　　확답을 들어봐야겠어요. 밀린 월급 언제 지급할 건지,

잔업수당, 야근수당은 어떻게 할건지. 우리 모두를 도
둑으로 몰고 몸수색하는 것 정식으로 항의해야겠어요.

모두들 : 그래요. 갑시다. 사장하고 담판을 합시다. 밀린 월급
지급하라. 잔업수당 지급하라. 야간수당 지급하라. 몸
수색 해명하라.

(격렬한 몸짓들 일순간 정지, 한쪽에 사장이 소리친다.)

김 사장 : 이 새끼들아! 뭣들 하고 있는 거야? 멀건이들 보고
만 있을 거야?

(정지동작 풀어지면 다시 반복되는 격렬한 몸짓들. 그곳에 조폭
들 몽둥이 들고 들어와 폭행한다. 그러다 다시 정지.)

김 사장 : 이 새끼들아 거기서 병정놀이만 하고 있을 거야. 빨
리 스위치 올려!

(또다시 동작 풀어지면서 조폭들 빠져나가고 화염에 휩싸이는 성
냥공장.
계속되는 폭음, 불자동차 소리, 사람들의 소요…….)

제13장

(황 주사 가게 앞.
공장 쪽에서 왁자지껄한 소리와 함께 김 사장과 조폭들 강 형사
에 의해 수갑을 찬 채 연행되고 있다. 공원들 김 사장 일행을 묵
묵히 바라보고 있다.)

김 사장 : (항의하며) 난 아니요. 내가 왜 우리 성냥공장에 불
을 질러?

강 형사 : 고의로 부도내려는 걸 다 알고 있었소! 화재 내고,
재건기금 챙겨 달아나려는 것도 이미 정볼 가지고 내
사했던 거요. 지난번 방화범도 역시 당신이었더군.

김 사장 : 사람잡지 말어. 증거를 대봐, 증거를!

강 형사 : 애들이 다 불었소. 자, 갑시다!

김 사장 : 뭐야, 이 새끼들.

(기적 소리 들려온다.
범인들 뒤를 돌아보며 끌려간다.)

황 주사 : 결국 지 애비 재산 저렇게 거덜내고 마는군!

공원 2 : (대열에서 나오며) 에잇 참, 여기 막걸리나 한 잔 줘!

박　철 : (말리듯) 권씨 아저씨, 들어가 일해야디요?

공원 2 : 일은 뭔 일?

길　녀 : 김 전무님이 이제 새 사장이 되셨어요. 그리니 우리가
　　　　고려인촌 성냥공장을 다시 일으켜 세워야지요!

황 주사 : 길녀 말이 맞다. 하루 바삐 공장을 재건해야지!

박　철 : 자, 아저씨 그럼 딱 한 잔만 하시구서리 들어갑세다!

영종댁 : (기분이 좋아서) 제가 한 잔 따라 올릴까요?

공원 2 : 내 조금만 젊었어도 중선 몰고 연평 파시에 갈 수 있
　　　　을 텐데…….

영종댁 : (웃으며) 파시보단 뜨끈뜨끈한 성냥공장이 낫지요.

황 주사 : 암, 낫고 말고!

공원 1 : 아, 나도 딱 한 잔만 할게. 속이 허해서 일 못하겠어!

영종댁 : 그렇죠? 한 잔 허세요! (술을 따르며) 아들 소식은
　　　　요?

공원 1 : 엊그제 공주 마곡우편국 도장 콱 찍힌 편지가 왔어
　　　　요! 그 놈이 이제 맘 잡고 충청도 마곡사에 들어가
　　　　고시공부를 한대요.

황 주사 : 아이구, 듣던 중 반가운 소식이야. 에이 나도 한 잔
　　　　해야겠다.

영종댁 : (술을 따르며) 왠지 만세를 부르고 싶네요!

박　철 : 고저, 성냥공장은 디금부터 우리 공원들 것입네다. 녀
　　　　러분 모두 고려인촌 성냥공장의 사장이란 말입네다.
　　　　성냥불같이 다시 일어나야디요. 고럼!

황 주사 : (일어나 분위기를 잡으며) 영종댁 광주리 소금이 왜
　　　　짠 줄 아시우? 길녀 저렇게 키워 내느라 소금에 땀이
　　　　배어 갑절로 짜진 거라오.

(사람들 고개를 끄덕인다.)

영종댁 : 저 성냥공장, 우리 길녀가 있고 박 주임이 있는 한
　　　　　망하지 않아요!
박　　철 : (인사하며) 녀하튼 고맙습네다. 내레 널심히 하갔시
　　　　　오! 어서 들어가 불탄 성냥공장 재건합세다!

(순이, 한쪽에서 등장. 길녀 반긴다.)

길　녀 : 순이야!
순　이 : 언니!
길　녀 : 잘 왔다, 잘 왔어.

(사람들 공장으로 들어간다.
길녀, 순이를 얼싸안고 들어간다.
철수 들어와 "야호" 외치고 권투 연습하며 뒤를 따른다.)

황 주사 : 정말 장하다 장해. 우리 길녀 장하다!
영종댁 : (정신을 차리며) 예?
황 주사 : 당신 몸으로 난 길녀 좀 봐요. 저 많은 사람 데리구
　　　　　공장으로 돌아가잖소!
영종댁 : 부지런히 돈 모아 시집 밑천 마련해야지.
황 주사 : 영종댁, 그건 걱정 말래두…… 꼭 낳아야만 제 자식
　　　　　인가?

(이때 쌍고동이 울려온다.)

황 주사 : 미국 배가 들어온 모양이군! 부둣가엔 실성한 양공
주가 한두 명이 아니랩디다. 딴스홀에서 만나 인연
맺고, 다시 오마 약속한 미군을 기대리며, 미쳐가는
건 우리 젊은 딸들뿐이니…… 그에 비하면 길녀는 얼
마나 가상한 아이야?

영종댁 : 지 몸 하나 편하자고 양코배기 품에 안긴 것들. 미쳐
도 싸지요, 싸! 누군들 성냥공장 내 보내고자퍼 보내
요?

황 주사 : 허긴 그렇지…… (손을 잡으며) 영종댁, 이리 앉아요!

영종댁 : 아이, 누가 보믄 어쩔려고 남에 손을 덥석 잡아요?

황 주사 : 보믄 어때? 곧 내외지간 될 처진데?

영종댁 : (겸연쩍게) 원, 영감님도 정말…….

황 주사 : 거 반공포로 출신 박 주임 어때?

영종댁 : 뭐가요?

황 주사 : 우리 사윗감으로 말이야?

영종댁 : 사람은 좋긴 하지만 우리 길년 아직 어려요.

황 주사 : 어리긴? 만화방창이랬어요.

(긴 기적소리 들려온다. 하수 쪽으로 노을이 진다.
갈매기 울음소리 들려오고, 두 사람, 정겹게 노을을 바라본다.
한쪽에
부둣가 거리
아코디언 "인천의 성냥공장"을 연주한다.
여인 머리에 꽃을 달고 항구에서 온다.
아코디언 앞에 쭈그리고 앉는다.)

우리 동네 성냥공장

— 세미 뮤지컬(Semi Musical)

전 8 장

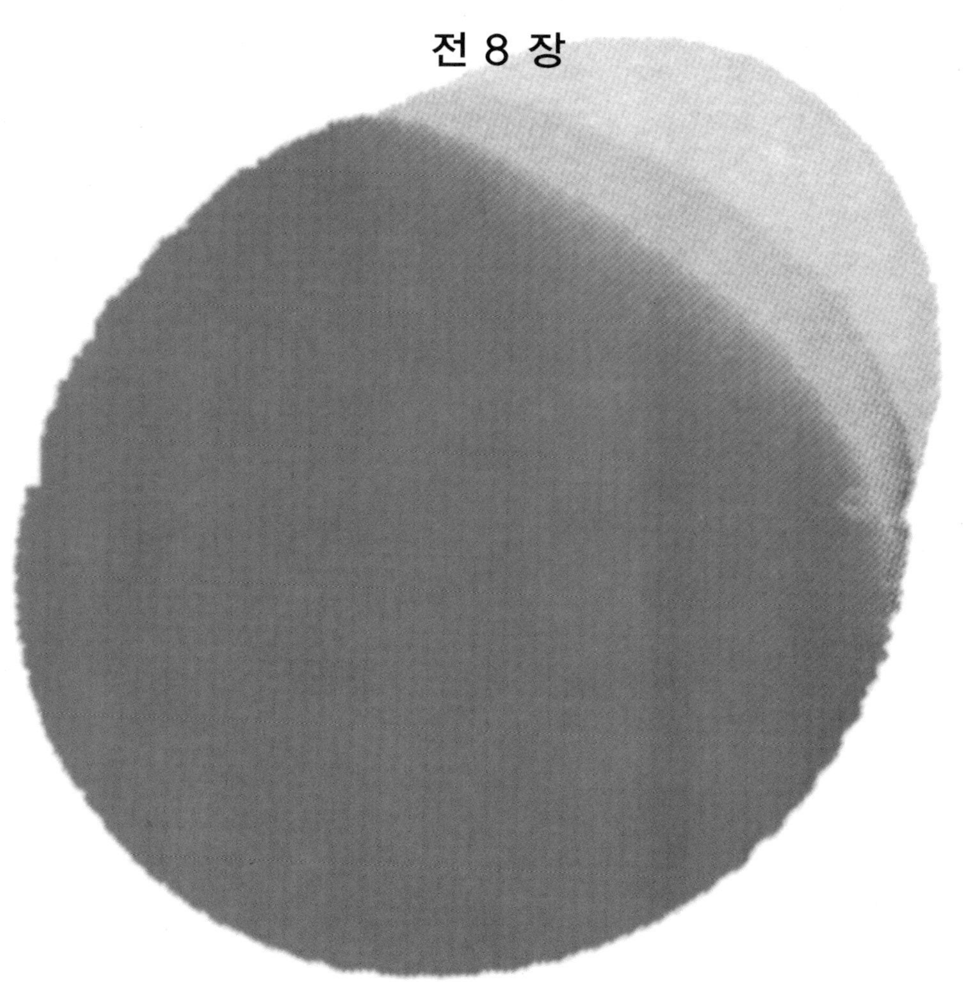

정길녀(19세) 성냥공장 여공.
김익환(33세) 성냥공장 사장.
김정환(30세) 성냥공장 전무. 꼽추 사장의 아우.
아버지(56세) 전 사장.
박철(26세) 일명, 북박. 전 반공포로.
한순이(17세) 성냥공장 여공.
박씨(50세) 일명, 남박. 작업반장.
황노인(57세) 일명, 까네영감. 동리 노인.
영종댁(51세) 길녀의 모. 생선장사.
강형사(40세).
늙은 여공.
젊은 여공 1, 2, 3.
남공 1, 2, 3.

그밖에 행인들, 부랑아들.

때

1960년.

곳

인천.

【 제1막 】

(높낮이가 다른 두 개의 함석지붕이 좌우로 경사진 공장 건물.
왼쪽의 낮은 지붕은 사무실. 오른쪽이 공장. 사무실 지붕 아래
「고려 인촌 공장」 이라고 쓴 낡은 간판이 걸려 있다.
  사무실 낮은 지붕 너머 항만 시설의 일부와 바다가 보인다. 사
무실과 공장은 중앙에 보이지 않는 벽으로 나누어지고 한가운데
출입구로 통해 있다.
  무대 전면은 공장에서 동리로 들어가는 큰길이 지나가는데 왼쪽
상부에 하역 작업하는 기차가 지나가는 건널목이 있다. 기차가
진입하면 적색 신호등이 켜지고 경고음이 들린다. 길 오른쪽 끝
은 동리 입구. 보안등 아래 평상이 하나 놓여 있다.
사무실은 공장으로 통하는 출구와 왼쪽에 밖으로 나가는 출입구.
출입구 옆에 쌓여 있는 박스들. 사무실과 공장이 연결된 한쪽에
탈의실로 쓰이는 커튼이 쳐져 있다. 벽에 항구가 보이는 창문이
나 있고 그 옆에 흑판, 달력 등이 걸려 있다. 그 아래 사무실 책
상, 중앙에 탁자를 중심으로 소파와 의자.
작업장인 공장은 지붕이 화재로 커다랗게 뚫려 있어 천막으로 가
려놓았다. 실내는 어두워서 낮에도 백열등이 켜 있다. 구석구석
에 인화물질인 화공약품 드럼통이 늘어서 있고 여기저기 「불조
심 표어가 붙어 있다. 공장은 윗쪽이 높고 아래가 낮은 작업장으
로 나눌 수 있어서 위에서는 남공, 아래는 포장부에서 일하는 여
공들의 작업대가 놓여 있다.
남공들은 주로 화공약품 배합이나 원목을 가공하는 일을, 여공들
은 성냥개비를 건조하거나 성냥알을 성냥갑에 넣는 일을 주로
한다.)

서막

(작업 중인 성냥공장 내부. 침침한 실내에 매캐한 먼지와 화공약
품 처리 중에 생긴 수증기를 통해 무대 상단의 남공들과 하단의
포장부에서 부지런히 손을 움직이는 여공들의 흐릿한 윤곽이 마
치 무용수들의 동작처럼 율동적으로 보인다. 이하 공원들의 모든
작업 동작은 상징적인 무언극으로 처리해도 좋다.)

남공들의 합창 :
　　　　우리 아비는 성냥 재벌
　　　　잘되는 장사는 성냥공장
　　　　얕보면 큰 코 다치지
　　　　배달성냥 조선성냥
　　　　유엔성냥 고려성냥
　　　　안 써 본 사람 손 들어 봐
　　　　성냥이요 성냥

(박씨가 드럼통에 화공약품을 넣고 막대로 휘저으며 이따금씩 소
리를 지르면 그의 지시에 따라 남공들은 화공약품이 든 용기를
조심스럽게 옮겨와 드럼통에 쏟아 넣는다.)

박　씨 : 염소산가리! 유황! 파라핀!
남공들 : (복창하며) 염소산가리! 유황! 파라핀!

박 씨 : 그만! 조심. 조심! 이봐, 조심하라구.

남공들 : 그만! 조심. 조심! 쉬잇- 이봐, 조심하라구.

여공들 : (민첩하게 성냥알을 집어 성냥곽에 넣는 손동작을 계
　　　속하며)

　　　인천 월미도엔 갈매기도 많고요
　　　성냥공장엔 아가씨도 많은데
　　　아가씨 가슴은 성냥불 가슴
　　　붙기만 붙으면 끌 수 없다지
　　　아무도 끌 수 없는 유황불이래

남공들 : 붙기만 붙으면 끌 수 없다지
　　　아무도 끌 수 없는 유황불이래

함　께 : 아무도 끌 수 없는 유황불이래
　　　불 끄려다 불붙으면 끌 수가 없네

　　　(남공, 여공들이 공장 앞, 거리까지 나와서 서로 어울려 춤추는
　　　사이 불길이 솟는다.)

모두들 : 불이야! 불이야!

　　　(일제히 공장 안으로 들어가 불끄는 직공들. 그러나 불을 끈다기
　　　보다 계속 불과 함께 춤을 추는 듯 보인다.
　　　누군가 "소방서, 소방서! 신고해, 어서!"
　　　갑자기 암전 되면 어둠 속에서 긴 소방차의 사이렌 소리.)

제1장

(무대 전면 공장 앞길. 건널목의 신호등이 바뀌고 열차가 통과하
는 소리.
기차가 통과하고 나서 행인들이 건널목을 건너오자 공장 쪽에서
급하게 "불이야, 불!" 외치는 소리.
행인들이 가다 말고 멈춰 서서 불길이 솟기 시작한 공장 쪽을 바
라본다.)

행인 1 : 또 불이야? 저기가 어디지?

행인 2 : 항만 창고 아닌가.

행인 3 : 창고가 아니라 그 앞 성냥공장이군. 내 그럴 줄 알았
어. 그러니까 노래를 해도 인천성냥공장이지.

(빈 생선 함지를 옆구리에 낀 영종댁이 황망히 건널목을 건너 뛰
어들어온다.)

영종댁 : 이를 어째! 공장에 불이 났으니 이를 어째!

(또 다른 소방차의 사이렌 소리.)

행인 1 : 맞아, 성냥공장이야. 불길이 퍼지기 전에 빨리 잡지
않으면 큰 불나겠는데.

영종댁 : (안절부절하며) 어쩜 좋아. 우리 길녀가 아직 저 속에

있을 텐데. 이를 어째!

(황노인이 동리 입구에서 나온다.)

영종댁 : 까네 영감님! 이를 어쩐 데요. 성냥공장에 불이래요!
황노인 : (느긋하게 뒷짐을 지며) 자네 집에 불이 난 것도 아
          닌데 놀래긴? 난리통에 시내가 온통 불바다가 됐던
          것 보지도 못했남?
영종댁 : 아이구, 영감님. 난리 났던 때가 언젠데 그러세요. 우
          리 길녀가 지금 저 불 속에 있단 말이에요.
황노인 : 걱정 말구 집에 가서 기다려. 곧 조용해질 걸 갖고.
          저 보라구, 벌써 불길이 수그러들고 있지 않남!

(불길이 사라지자, 행인들과 영종댁이 서둘러 퇴장한다.
건널목에서 제대복을 입고 더플 백을 든 박철이 들어선다. 혼자
남은 황노인이 의아하게 살펴본다.)

박 철 : 아저씨, 좀 전에 불난 곳이 성냥공장이 맞습네까?
황노인 : 그렇소만…….
박 철 : 성냥공장이 여기 말고 딴 곳에도 있다고 하던데요?
황노인 : 어느 공장을 찾는데?
박 철 : 오래 되시나요, 여기 사신지가?
황노인 : 누굴 찾는데?
박 철 : (당황하며) 꼭 그런 건 아니구요.
황노인 : (갑자기 언성을 높이며) 까고 있네. 아, 이것도 아니고
          저것도 아니다. 그럼, 묻긴 왜 물었어!

박 철 : (정색하며) 넷날 이 근처에 혹시 피난민 수용소가 있
         지 않았습네까?
황노인 : 그래, 있었지. 그러나 없어진지 오래 됐다구. 왜? 거길
         찾아오셨소?
박 철 : (당황하며) 거저 한 번 물어본 기라요.

         (건널목에서 긴 휘파람 소리. 뒤이어 신이 나서 여럿이 부르는
         「인천 성냥 공장」 노래.)

황노인 : (그쪽을 향해 한 걸음 다가가며) 이놈들아. 건널목에
         서 놀지 말라고 내가 몇 번이나 주의를 줬느냐! 당장
         꺼지지 못해?
소리 1 : 까고 있네. 남이야 전봇대로 이를 쑤시건 말건.
소리 2 : 까고 있네. 남이야 뒷간에서 낚시질하건 말건.

         (건널목 신호등이 바뀌어 경보음이 울리자 도시락통을 든 길녀와
         순이가 숨가쁘게 건너온다.)

소리들 1 : (야유) 성냥공장에 불났다며?
소리들 2 : 홀러덩 벌러덩 다 타버렸다며?
소리들 3 : 털까지 다 탔다며?
황노인 : 이놈들아! 네 에미에게 가서 물어—. 다 타서 숯이 됐
         는지 재가 됐는지, 네 에미가 알지 누가 알아.
길 녀 : (힘을 얻은 듯) 개새끼들아, 이리 건너와. 건너오면 가
         르쳐 줄게. 왜 못 건너오니. 이 건달들아!

(순이가 먼저 박철이 보고 있는 것을 알고 길녀를 제지하려 소매
자락을 잡는다. 신기한 듯 바라보는 박철과 두 소녀가 마주보고
있는 동안 기차가 바람을 일으키며 통과하는 소리. 열차의 불빛
속에 그대로 서 있다.
공장 작업장에 조명이 밝아지면 다음 날 아침 여기저기에서 불탄
자재들을 치우며 정리하고 있는 남녀 직공들.)

여공들의 합창 : (작업을 계속하며)

    석탄 백탄 타는데
    연기만 풀풀 날고요
    요 내 가슴 타는데
    무엇으로 끄려나
    성냥 공장 다 타는데
    한강물로 끄려나
    서해물로 끄려나
    성냥공장 아가씨 가슴이 타네
    몇 살이냐 물으면
    나는요 열일곱
    어디 사냐 물으면
    나는야 인천아가씨

(작업장 한가운데 사다리를 놓고 불에 타서 구멍이 크게 뚫려진
지붕 한가운데를 천막으로 막는 남공과 작업반장 박씨. 그 밑에
서 김전무와 강형사가 보고 있다. 강형사는 수첩에 부지런히 기
록을 한다. 심한 불구로 꼽추가 된 김전무의 오른쪽 얼굴에는 오
래 전 화상을 입은 흉칙한 흔적이 특징이다.)

강형사 : 고의성 있는 방화가 아니라면 부주의가 아니요?

김전무 : (놀래며) 방화라니요? 그렇지 않습니다. 누전이 틀림
없습니다.

강형사 : (수첩에 기록하며) 화재원인은 누전이라 하면 될 테
고……. 피해자는 없었습니까?

김전무 : 다행히 작업이 막 끝난 뒤라 피해자는 없었습니다.

강형사 : 피해액은 대략 얼마나 됩니까?

김전무 : 지붕이 타서 파손되고 건조 중인 목재, 절단기가 일부
탔기 때문에 피해는 크지 않습니다만…….

강형사 : 당장 조업엔 지장은 없습니까?

김전무 : 정리만 끝내면 정상가동이 가능합니다.

(두 사람이 대화를 나누며 이곳 저곳을 점검하는 사이.)

남공들의 합창 : (사다리를 치우고 작업대를 한가운데로 옮겨
놓으며)

인천 월미도엔 갈매기도 많고
인천에 공장엔 아가씨도 많은데

아가씨 가슴은 성냥불 가슴
붙기만 붙으면 끌 수 없다지
아무도 끌 수 없는 유황불이래
불끄려다 불붙으면 끌 수가 없네
불끄려다 불붙으면 끌 수가 없네

(사무실에 조명이 밝아진다.
박철이 혼자 의자에 앉아 있다가 김전무를 따라 강형사가 작업장
입구에서 들어오자 벌떡 일어난다.)

강형사 : (체크리스트에 부지런히 적으며) 화재예방 시설이 너
무 노후해서 화재가 발생하면 대책이 없습니다. 작업
이 없는 야간에 발생했다면 대형화재가 될 수도 있었
던 것 잘 아시지요. 사장님?

김전무 : 전 김정환이라고 합니다. 김전무라고 불러주십시오.

강형사 : (김전무의 화상 입은 흉한 얼굴을 새삼스럽게 바라본
다) 화재 위험이 항상 도사리고 있는 사고 다발 지역
이라 전적인 책임은 공장주에게 있습니다.

김전무 : 형님은 서울 사무실 일이 바빠서 공장운영은 전무인
내가 전담하고 있습니다. 다시 이런 일이 일어나지
않도록 제가 책임지겠습니다. 강형사님.

강형사 : (담배를 피우려 입에 물고) 책임자 두 분이 형제분이
시라!

김전무 : (성냥불을 켜려는 것을 보고) 저— 강형사님. 여기는
금연 구역으로 돼 있습니다.

강형사 : (성냥을 *끄고* 언성을 높이며) 성냥공장이 문제가 많
　　　　　은 업체인 것은 사장님이나 전무님 두 분이 잘 알고
　　　　　계실 테죠?

김전무 : 화재사고 말고 다른 문제될 것이 있겠습니까?

강형사 : (신경질적으로) 참 답답한 분들이시구만—. 인화물질
　　　　　을 취급하는 공장이 화재예방을 최우선으로 신경 써
　　　　　야 하는 것은 기본 아닙니까? 성냥공장은 예전부터
　　　　　작업환경이 좋지 않고 임금문제로 골치 아픈 곳이요.
　　　　　직원은 모두 몇 명이나 고용하고 있지요?

김전무 : 남녀 모두 스무 명이 넘습니다만.

강형사 : 적은 인원은 아니군.(수첩에 적으며) 전무님 얼굴에
　　　　　그 상처도 화상인 것 같은데. 전에도 큰 화재가 있었
　　　　　나 보죠? (화제를 돌리듯) 사장이 못 하면 전무님이
　　　　　라도 특별히 직원들의 작업환경에 관심을 가져 주셔
　　　　　야하겠습니다. 사회 혼란을 일으킬 불씨가 많거든요.

　　　　　(자기의 말에 몰두해서 처음으로 사무실에 사람이 있다는 것을
　　　　　발견한 듯 더블백 옆에 서 있는 박철을 주목한다.)

김전무 : 오늘 새로 입사한 사원입니다.

　　　　　(박철, 지나치도록 공손히 인사한다.)

강형사 : 사무직입니까, 기술자입니까?

박　철 : 얼마 전에 군에서 제대했기 때문에 아무 것도 모릅네

다.

김전무 : 정부에서 특별히 산업체마다 협조를 구하고 있지요. 군에서 제대한 사람들을 우선적으로 고용하라는 겁니다. 박군, 인사드리게. 새로 부임하신 우리 관할 경찰서 보안담당이시라구.

박　철 : 박철이라고 합네다. 많이 지도해 주시라요.

김전무 : 박군은 앞으로 화재예방 담당으로 일하게 됩니다. (호주머니에서 이력서를 꺼내들고) 아, 그리고 박군은 반공투사랍니다. 고향이 북쪽이지만 반공포로로 남아서 군에 입대한 훌륭한 청년입니다.

강형사 : 오, 반공포로 출신이시군. (손을 내밀어 악수를 청하며) 반갑소. 화재담당이라니 앞으로 자주 만날 기회가 있겠군요. 자, 그럼 모두 수고들 하십시오.

(출입구 쪽으로 나가다가 생각난 듯 돌아선다.)

강형사 : 참, 지금 생각이 나는군. 얼마 전 저 아래 지방에 있는 성냥공장에서 사고가 났었는데 말입니다. 그 공장 성냥 상표가 하필이면 북한의 인공기와 닮았더라지 뭡니까. 결국 공장은 문을 닫게 되고 사장이 어려운 입장에 처하게 됐다고 하던데, 모르셨습니까?

김전무 : 그런 일도 있었나요? 우연일 테죠. 일부러 그랬을 리가 있겠습니까?

강형사 : 위험한 건 화재범이 아니라 사상범이지요. 닥치는 대로 태우길 좋아하는 것들이니까. 김 전무님도 평소에

직원들 감시를 잘 하셔야 할겁니다. 그럼 이만.

(퇴장.)

김전무 : 보안담당 형사라면서 꽤 까다롭게 구는군!

(그가 나가자 동시에 건널목 신호등이 바뀌고 경보음이 들리기
 시작한다.
 김전무 서둘러서 작업장의 문을 열고 소리친다.)

김전무 : 이봐! 작업반장! 사무실로 좀 들어와요.

(나이보다 늙고 허리가 굽은 박씨가 들어온다.)

김전무 : 박군, 인사드리게. 반장님이셔. 우리 공장에서는 최고
고참이라네.
박　철 : (허리 굽혀 인사하며) 처음 뵙겠습네다. 박철이라고
합네다.
김전무 : 그러고 보니 같은 박씨들 아닌가? 앞으로 박반장님을
도우면서 일을 배우도록 하게.
박　씨 : 반갑소. 난 고향이 충청도요. 젊은이는 고향이 이북인
것 같은데?
김전무 : 박반장은 남쪽이고 박군은 북쪽이니 남박 씨, 북박 씨
로 구별하는 게 어떻겠어?
박　철 : 그러지 않아도 저를 붙박이라고 불렀습네다. 말뚝 박
았다고 흉보는 소리디요.

김전무 : 반공포로로 곧바로 입대했으면 거, 군 생활 오래했겠
네.

박　씨 : 오라, 반공포로이셨군. 인천에서 일자리를 얻었으니
여기 가족이 있는가?

박　철 : 남한엔 아무도 없습네다.

박　씨 : 쯧쯧. 그럼 홀홀 단신이야?

박　철 : 녯날 이곳 피난민 수용소에서 제 삼촌을 봤다는 소문
을 들은 적은 있습네다.

김전무 : 자, 그럼 이제부터 북박 군은 남박 씨 밑에서 일을 시
작하도록 하고, 밤에는 공장 경비도 맡아주게.

박　씨 : (작업장으로 향하며) 날 따라오게.

김전무 : 거처가 정해질 때까지네. 그 때까진 공장을 집으로 생
각하게.

박　철 : (서둘러 가방을 들고 박씨를 따라 가려다가 굽실하며)
감사합네다, 전무님.

김전무 : 아니, 짐이 모두 그것뿐인가? 그건 여기다 두고 가야
지.

(암전.)
(공장 지붕 위로 노을이 뜨고 멀리 큰길에서 들려오는 구성진 유
행가.
작업장의 일이 끝나가고 정리하는 손길이 바쁘다. 박반장 옆에서
박철이 일을 거들고 있다.)

박　씨 : 일 끝난 조는 청소까지 다해야 나갈 수 있어. 빨리 갈
사람은 청소부터 시작하라구.

여공 1 : 반장님 오늘은 잔업 없는 거죠?

남공 1 : 잔업 좋아하네. 공장이 문을 닫을 뻔했다고. 일을 하
고 싶어도 일거리가 있어야지.

여공 2 : (빗자루를 들어 머리 위를 가리키며) 어휴, 이 먼지.
공장 안에 가득한 게 모두 먼지야. 불난 끝에 청소하
면 먼지만 더 일어난다구.

남공 3 : 난 먼지 알갱이만 아른거려도 허파가 근질근질해서
못 참겠더라.

남공 1 : 이 황가루엔 돼지비계만큼 좋은 게 없지.

여공 2 : 어휴, 일 끝나니까 술 생각이 나나 보지요?

남공 2 : 소주 한 꼬뿌에 제육 한 점이면 더 바 랄게 없겠다.

남공 1 : 가는 길에 까네 영감네 들려 한 꼬뿌 어때?

여공 2 : 길녀, 어디 있어? 일 끝났으니 노래 한 자락 부르지.

모두들 : 좋고! 신 장한몽으로 해라!
짠 짜라랑, 짜라랑 부라보!

(길녀가 억지로 순녀를 손잡고 나오면서 순녀를 상대로 노래한
다.)

길 녀 : 짠―짠 짜라랑 짜라랑, 부라보 부라보
환락의 등불 아래 말라가는 이 얼굴
못 본지 몇 날인가 손꼽으면 눈물져

순 녀 : 정 없는 봄바람에 꽃봉우린 그대로
못 피고 진다 하면 처량코나 사랑아

모 두 : 짠짠 짜랑 짜라랑 부라보 부라보

(모두 춤추는데 —)

박 씨 : 자, 자. 시월해 짧아진 것도 몰러? 청소 끝낸 조부터 사무실 나가면서 신체검사 시작해!

여공 1 : 잔업도 없으니 오늘은 검사 생략하고 일찍 보내주면 안 되나요?

여공 2 : 오늘은 박반장 대신 새로 온 북박 씨가 검사하면 어때?

여공 3 : 어휴, 망칙해. 총각이 어딜 유부녀 몸을 더듬어, 더듬긴.

길 녀 : (순녀의 팔을 들어올리며) 북박 씨, 여기 유부녀 말고 처녀도 있어요.

(모두 낄낄 웃는데— 퇴근 준비를 서두르는 작업장 조명이 차츰 흐려지고 사무실이 밝아진다. 김전무가 구석에 쌓여진 재고품의 개수를 세고 있다. 직공들은 커튼 뒤 탈의실로 들어가서 옷을 갈아입는다. 차례로 줄지어선 직공들이 각각 독특한 몸짓으로 옷속에 아무 것도 없다는 것을 표시하는 동작을 과장하듯 취하며 퇴장한다.
치마를 걷어올리게 하거나 팔을 올리도록 할 때마다 키득거리며 웃는 직공들.
마지막으로 길녀와 순녀가 나와 검사를 받고 나가려다가 길녀만 와서 김전무 앞으로 간다.)

길 녀 : (관심을 끌려 시도하듯) 김전무님, 수고하세요. 저 먼
저 가보겠습니다.

(김전무가 일에 몰두해 있는 사이에 길녀가 재빨리 보자기를 꺼
내 성냥을 싸서 치마 밑에 넣고 도망치듯 출입구로 간다.
박철은 작업장에서 나오다가 흥미롭게 이 토막극을 지켜본다.)

길 녀 : (퇴장하기 전) 전무님, 안녕히 계세요. 반장님도 수고
하세요.

(지켜보고 있는 박철의 시선과 마주치자 혀를 낼름 하고 사라진
다.
박씨가 옷을 갈아입고 나온다.)

박 철 : 지금 나간 저 아가씨래 거저 노래를 썩 잘 부르는만요?
박 씨 : 그래? 길녀가 마음에 드나보지?
김전무 : (작업복을 벗고 옷걸이에서 상의를 꺼내어 입으며)
총각이 처녀 보고 끌리는 게 당연하지. 나나 박반장
이야 지는 해지만 말야.
박 씨 : 김전무가 왜 지는 해요? 아직 장가두 안 들었으면서.
박 철 : (놀라며) 김전무님, 아직 미혼이십네까?
김전무 : (자기도 모르게 얼굴의 화상을 손으로 쓰다듬듯 하며)
유황가루 마시다 보니 반평생이 나도 모르게 후딱 지
나가 버렸군.

(박씨와 김전무, 퇴근 준비를 끝내고 나간다.)

김전무 : 그럼 박군, 우린 먼저 갈 테니 부탁하네.
박 철 : 안녕히들 가시라요.

(혼자 남게 되자 구석에서 더블백을 꺼내어 잠시 주저하듯 하다
가 커다란 스케치북을 꺼낸다. 능숙한 솜씨로 열심히 연필화를
그린다. 서서히 암전 되며 성냥공장 아가씨 노래와 함께 커튼에
여공의 초상화가 비치다가 암전.)

(조명이 바뀌자 공장 앞길 동리 입구. 평상에 남공(1, 2)들이 앉아
있다.)

남공 1 : 해 저무니까 소매자락으로 찬바람 드는 게 벌써 가을
이야.
남공 2 : 종일 가래톳이 설 정도로 서 있으니 허기가 져서 더
한 거라구.

(황영감, 소주병을 들고 나온다.)

황노인 : 오늘두 외상이냐?
남공 1 : 그렇다니까. 어여 그 술병이나 이리 줘.
황노인 : (이빨로 소주뚜껑을 딴 후) 공장놈들 아니랄까 봐 급
하긴.
남공 2 : 허 참. 늙은이, 죽을 때가 다 됐다면서 깡다귀는 여전
하다니까.
황노인 : (술을 따라주며) 공장에 불이 났다면서 김사장은 와

보지도 않던?

남공 1 : 사업은 불이 나야 더 잘된다더라. 아마 불나길 기다렸
을 걸.

남공 2 : 이왕 타버리려면 다 타서 없어져야 새로 짓지—.

황노인 : 여기서 긁어들인 돈, 제 형이 서울로 몽땅 가져가 버
리는데도 공장이 돌아가는 걸 보면 김전무가 무던한
사람이지.

남공 2 : 병신이 따로 없다구. 그 동안 불이 한두 번 났어? 마
누라도 못 얻고 공장 밖에 모르는 게 병신!

황노인 : 까고있네. 그럼 네놈들은 잘난 게 뭐냐. 평생 머리통
에 유황독만 잔뜩 올라있는 개비들. 성냥개비가 따로
없다. 너희가 개비다.

남공 2 : 남 말하듯 하는 구나. 황영감은 머리만 아니라 허파에
기름기 대신 유황기름으로 절었을라.

황노인 : 그러니까 진작에 그만 두었지.

남공 1 : 그래두 그 때가 좋았네. 성냥 한 통에 쌀 한 됫박 하
던 시절이 있었으니까.

황노인 : 거시기, 오늘 그 공장에 젊은 사람 하나 가지 않았나?

남공 2 : 말코가 개코라더니, 그걸 영감이 어떻게 알아?

황노인 : 암, 밖에 앉아 있어두 공장 일이라면 훤히 다 안다.

남공 1 : 북에서 넘어왔다는 그 젊은이를 알긴 자네가 어떻게
알아?

황노인 : 까고 있네. 북에서 넘어오다니. 간첩이란 말이냐?

남공 2 : 반공포로란 말이지.

황노인 : (놀라며) 뭬야?

(건널목에서 길녀와 순녀가 등장.)

순 녀 : 길녀 언니, 나 공장 그만 두어야 할까 봐.

길 녀 : (걸음을 멈추며) 너 오늘 참 이상하다. 하루종일 아무
　　　　 말 없다가 갑자기 무슨 소리야?

순 녀 : 정말이라구. 생각 많이 해보고 하는 소리야.

길 녀 : 어디 돈 많이 주는 데서 널 오라든?

순 녀 : 그런 곳 있으면 언니도 같이 갈 거야?

길 녀 : (얼굴을 살피며) 너 지금 보니까 얼굴이 유황처럼 노
　　　　 오랗다. 아프기라도 한 거니?

순 녀 : 일이 힘든 건 참을 수 있지만……

길 녀 : 순녀야, 지금 우리 형편에 돈 많이 주고 편한 일자리
　　　　 가 찾기 쉬우냐. 양색시나 된다면 몰라.

순 녀 : (힘없이) 양색시가 어때서? 돈만 잘 벌던데—.

길 녀 : 너 미쳤니?

순 녀 : 정말 미치겠능기라. (품에서 편지를 꺼내며) 처음엔
　　　　 오천 원도 보내고 삼천 원도 보내고 지난달엔 이천
　　　　 원 밖에 못 보냈더니……(울먹인다)

길 녀 : (편지를 빼앗으며) 작은 오빠한테 온 거구나.

순 녀 : 아버지만 불쌍한 기라. 큰오빠 일선에서 죽고 둘째 오
　　　　 빠 제대 이틀 전에 사고로 죽고 엄마는 실성해서 누
　　　　 워 있고.

길 녀 : 그럼 작은오빠는 뭘 해?

순 녀 : 작은오빠는 더 불쌍해서 못 보겠는기라. 내가 어떻게

라도 벌어서 공부를 계속 시켜야 하는 건데 점점 사
람만 못 돼 가구.

남공 1 : (취해서 흥얼거리기 시작한다.)

인천 월미도엔 갈매기도 많고
성냥 공장엔 아가씨도 많은데

남공 2 : 장딴지 알밴 년 논두랑에 살고, 손가락 굵은 년 성냥
공장 가고, 허리 미끈한 년 양색시 간다는 말도 못
들어봤어?

황노인 : 까고들 있네. 늙은 말이 콩을 더 밝힌다더니 이것들은
술만 들어가면 아가씨 타령이야.

남공 2 : 까고 있네. 어서 소주 한 병 더 까 봐.

길 녀 : (얼른 치마를 들치고 성냥보따리를 내놓는다) 옛다.
너나 가지고 가서 팔어라.

순 녀 : 오늘두 김전무가 가져 가라고 했남?

길 녀 : 그 사람 징그럽게 생겼어두 마음씨야 곱지. 나한텐 눈
감아 주니까 못 이기는 척 슬쩍 꼬불친 거라구.

순 녀 : 말하는 것 좀 봐. 언니, 정말 김전무가 좋아?

길 녀 : 오늘 새로 온 북박 씨 멋지지 않아?

순 녀 : 멋지면 뭘 해? 생각만 해두 끔찍하더라. 인민군 출신
이라잖아?

길 녀 : 그래두 총각이라더라, 애. 순녀야. 나, 간다! 오빠들 때
문에 너무 걱정하지 마라.

(건널목에서 신호등 바뀌자 휘파람 소리
길녀가 먼저 동리 입구로 향한다.)

순 녀 : 언니 오늘두 공짜 영화 갈 거야?

길 녀 : (돌아보고 큰소리로) 세상에 공짜가 어디 있니?

("노오란 샤츠입은 말없는 그 남자"를 흥얼거리며 길녀가 퇴장하
고 순녀 혼자 남자, 건널목에서 놀리듯 「성냥 공장 노래」가 들
려온다.)

황노인 : (술 취해 비틀거리며) 이 개비만도 못한 놈들아. 내가
이 근처에 다시 나타나지 말라고 몇 번이나 말했냐.
썩 꺼지지 못해!

목소리 : 까네 영감, 까고 있네!

(순녀 혼자 울먹거리며 서 있다.
기차가 소리내며 진입해 들어오기 시작한다. 사라지는 열차의 기
적 뒤로 어디선가 아코디온의 서글픈 멜로디와 함께 성냥팔이 소
녀의 외치는 소리. "성냥 사세요, 성냥. 값싸고 잘 켜지는 성냥 사
가세요, 성냥.")

제2장

(백열등이 희미한 비좁은 공장 안 작업대에 늘어서서 작업 중인
여공들. 절단기 앞에는 남자 공원들이 나무를 작게 썰어 수북하
게 쌓아 놓는다.
공장장 박씨가 화약액유를 배합시켜 휘젓고 있고 그 옆에 북박이
조수로 거들고 있다. 건조대에서 옮겨 온 성냥알들을 작업대에 쏟
아 놓으면 기민하고 익숙하게 성냥알을 집어 곽에 넣는 여공들.
한쪽에선 붓으로 황린을 바르고 있다. 이 모든 것은 서막에서처럼
상징적인 동작으로만 진행될 수 있다.)

남공들의 합창 :
>
> 당성냥은 중국성냥
> 아까이는 왜성냥
> 스트라이크는 양키성냥
> 조일성냥 남성성냥
> 공작성냥 성광성냥
> 경남성냥 영화성냥
> 그 중에 고려 성냥 으뜸이라네
> 자, 성냥이요 성냥
> 값싸고 질 좋은 고려 성냥이요!

여공들의 합창 :
>
> 우리 애비는 성냥재벌

잘되는 장사는 성냥공장
얕보면 큰 코 다치지
배달성냥 조선성냥
유엔성냥 고려성냥
그 중에서도 제일은 고려성냥
안 써 본 사람 손 들어 봐
성냥이요 성냥.

김사장 : 성냥공장은 불만 나지 않으면 망하고 싶어도 망할 수
없는 제조업이라고 했다. 화재가 났으면 당장 서울에
보고하고 대책을 이야기했어야 할 것 아니냐.

김전무 : 전화하면 번번이 강원도 현장에 나가 있다고 하던
데―. 연락 받지 못하셨수?

김사장 : 몇 번씩 말해야 알아듣겠니? 지금 내가 사무실에 편
안히 앉아서 걸려오는 전화만 받고 있을 형편이냐!
도대체 정상가동을 하려면 시간이 얼마나 걸리겠어?

김전무 : 충열기가 타버렸구 건조를 마친 목재가 일부 전소됐
소. 그 정도로 진화됐으니 다행으로 생각하세요. 당분
간 정상조업이 어렵긴 하지만.

김사장 : (답답하다는 듯 서류를 꺼내 흔들며) 김전무! 이번 이
수주를 얻어내려고 얼마나 힘들었는 줄 아냐. 이럴

때 공장에 불이 나다니. 다 잡은 기회를 우물쭈물하
다 놓칠 거야?

김전무 : 형님에게는 기회일지 몰라두 내 생각은 다릅니다. 국
내수요만 지장 없이 공급할 수 있도록 시설투자만이
라도 해주세요. 화재가 난 것은 전력이 약한데다가
전기 시설이 낡았기 때문이에요. 언제 또 불이 날지
모른단 말요.

김사장 : 그걸 나라고 모르겠니? 강원도 광산이 아직까진 적자
운영이다. 공장을 은행 담보로 넣은 형편에 당분간
시설투자는 염두도 못 낸다.

김전무 : (들을 것도 없다는 듯 벌떡 일어나며) 그럴 테죠. 성
냥공장에서야 성냥밖에 더 나옵니까. 금이 나오는 것
도 아니고 석탄이 나오는 것도 아닙니다. 그래도 이
공장이 돌아가고 있으니까 서울 사무실이 유지되는
줄 아세요. 공장을 담보로 넣었다가 은행으로 넘어가
면 그땐 어떡하실 겁니까?

김사장 : 야, 임마. 왜 이 공장이 은행으로 넘어가냐! 이게 어
디 우리 것이냐. 아버지가 일으켜 놓으신 사업이야.

김전무 : 아버님이야 성냥제조밖에 모르시고 평생을 바치셨으
니 당연히 사랑하는 맏아드님에게 회사를 맡기신 거
죠. 나도 아버지처럼 이 제조업밖에는 아는 것이 없
어요. 형님처럼 많이 배우지도 못했고 사업가가 아니
잖소? 그러니까 공장 문만 닫지 않도록 해 달라 이겁
니다.

김사장 : 넌 아직도 돌아가신 아버님을 원망하고 있는 것 같은

데 말이다. 그건 내게 대한 불만으로 밖에 들리지 않
는다.

김전무 : (다시 의자에 털썩 주저앉는다) 원망하지 않고 불평
도 하지 않아요.(오른쪽 얼굴의 화상을 쓰다듬는다.)

김사장 : 네 마음을 내가 왜 모르겠냐. 내가 다 안다. 네가 얼
만큼 이 공장에 정성을 쏟고 있는지─ 그 화상, 그걸
볼 때마다 난 마음이 아프다. (감상적이 되어) 내가
성냥공장을 네게 맡기고 돌보지 못한 건 사실이다.
언젠가 사양 산업이 될 성냥제조보다 좀 더 영구적인
광산업을 주업으로 바꾸기 위해서였지. 그런데 지금
은 생각을 달리 하게 됐어. 정부가 권장하는 수출드
라이브에서 한몫 보려면 이젠 장사꾼이 되어야 해.
성냥이던 가발이던 신발이던 외국에 내다 팔 수 있는
것은 모두 장사가 된다 이거야! 그래서 지금부터 성
냥을 주 종목으로 키울 계획인데─.

김전무 : 형님 말씀대로 성냥은 언젠가 사양산업이 될 수밖에
없어요. 게다가 성냥공장이 인천에 우리 하나뿐입니
까. 일본놈들 본국으로 쫓겨가니까 너도나도 공장 기
계를 다 뜯어 갖고 가서 저마다 공장 하나씩 세웠지
요. 제대로 시설 갖춘 공장이 없습니다. 우리 공장이
살아남은 것은 기술 때문입니다. 제대로 된 안전성
냥, 질 좋은 성냥으로 지금까지 버티어 왔지만 앞으
로 얼마나 버틸 것이라 생각하세요?

김사장 : 왜 성냥이 사양산업이냐? 홍콩에서 우리에게 물건을
주문하는 걸 보고도 모르겠냐. 저 넓은 중동, 아라비

아 대상들 무역보따리에 메이드 인 코리아라고 써
붙인 건 이 성냥뿐이란 말야. 생산만 해내라. 내다
파는 건 내가 할거다. (자신 있게) 우리는 다시 일어
날 수 있어.

김전무 : 도대체 주문량이 얼마나 됩니까?

김사장 : (서류를 건네주며) 놀래지 마라. 무려 십만오천 상자
다.

김전무 : (놀래며) 십만오천 상자? 그렇게 많이?

김사장 : (더욱 자신을 가지며) 이번 수출길만 열려 봐라. 해외
판로는 단연 우리 차지가 된다. 바로 너하고 내가 해
내는 거야.

김전무 : (서류를 들치며) 언제까지입니까. 선적 날짜가?

김사장 : (약간 주춤하며) 거기에 나와 있지. 금년 말까지다. 앞
으로 석 달 남았다.

김전무 : 십만오천 상자가 넘는 것을 석 달 안에 만들어 내라
구요?

김사장 : 왜, 시간이 촉박하다는 거냐?

김전무 : 시간이 문제가 아니죠. 그 많은 물량을 만들어낼 원료
를 다 어디서 구해오죠? 유황은 일본에서, 염소산가
리는 필리핀에서……. 원목가공을 하는 데만 한 달
걸리는 건 알고나 계세요? 그밖에 골분, 아교, 적
린…….

김사장 : (서류를 빼앗으며 폭발하듯 소리지른다) 만들라고 하
면 만들어! 하라면 하는 거야. (서류를 휘두르며) 무
슨 이유가 그렇게 많아?

(김전무 경악하듯이 멍하게 김사장을 바라보고만 있다.)

김사장 : (김전무의 시선을 피하고 애원하듯) 제발 부탁이다, 김전무. 너 이 신용장이 하늘에서 그냥 떨어진 줄 아니? 이번 수출이 우리 회사의 앞날이 걸려있는 걸 모르겠단 말이냐?

(조명이 흐려지고 건널목의 신호등이 바뀐다.)

(조명이 밝아지면 작업장 내부.)

늙은 여공들 : (흥얼거리듯 노래한다)

석탄 백탄 타는데
연기만 풀풀 날고요
요 내 가슴 타는데
무엇으로 끄려나

젊은 여공들 : 성냥 공장 다 타는데
한강물로 끄려나
서해물로 끄려나
성냥공장 아가씨 가슴이 타네
몇 살이냐 물으면
나는요 열일곱
어디 사냐 물으면

항구도시 인천이라네

늙은 여공 : 열 일곱 살만 꽃이더냐 할미꽃도 꽃이제. 나더러
　　　　　몇 살이냐고 물어봐 줄 남자 없나.
남공 1 : 제 나이까지 잊고 사니 다시 젊어지는갑소? 잉?
늙은 여공 : 내가 청춘이면 홍씨 아저씨랑 같이 살겠다고 할까
　　　　　두렵소?
남공 2 : (작업을 계속 하며 혼자 소리로) 여자 눈꼬리가 저렇
　　　　　게 시퍼러둥둥한 색기를 달고 다니니 못하는 말이 없
　　　　　지.
늙은 여공 : 아니 듣자듣자 하니까 저 영감탱이가 못할 소리가
　　　　　없네. 내가 서방질하는 것 보기라도 했단 말야?
남공 1 : 꼭 봐야만 말하나. 보지 않고도 본 듯한데.
늙은 여공 : (주저앉으며) 어이구, 서러워라. 서방 없이 산다구
　　　　　터진 꽈리 보듯 하더니 이젠 날 죄 많은 년으로 취급
　　　　　하네. 어이구, 서러워라.

　　　(모두들 웃는다.)

박　씨 : 아침부터 왜들 그래. 젊은 사람들 앞에서 부끄럽지도
　　　　　않나?
늙은 여공 : 거기 북박 씨, 남박 씨도 다 들었지러?
남공 2 : 암 여기 있는 사람 다 들었지. 쌍년 하면 쌍놈의 새끼
　　　　　해본다더니 저 여자가 그런 여편네라구.
늙은 여공 : (발악하듯이 덤벼든다) 아니 내가 네 마누라냐. 제

마누라한테 하던 수작을 감히 나한테 할려고 들어?

박 씨 : (뜯어말리며) 이러다가 싸움나겠군. 자, 어서 일들 해
요. 불 한번 나더니 모두 제정신이 아니잖어?

(김전무가 문을 열고 들여다본다.)

김전무 : 일들 안 하고 뭐해? 박반장하고 북박, 사무실로 좀
들어와!

(김전무가 들어가자 박씨와 박철이 따라 들어간다.)

남공 1 : 무슨 일이야? 오랜만에 김사장이 나타나더니 불난 일
갖구 닦달한 거 아냐?

남공 2 :북박이 새로 왔으니 얼굴 좀 보자는 거겠지. 반공포로
는 나라에서도 특별대우를 해주라고 했다잖어?

여공 2 : 난 북박 씨 보니까 내 죽은 서방님 생각나더라. 내 신
랑은 대한민국 국군으로 나가 싸우다가 개죽음을 했
는데 북박 씨는 인민군으로 나왔다가 저렇게 살아 남
았으니 좀 좋아. 어이구 죽은 사람만 불쌍하지.

순 녀 : 언니야, 언닌 그 북박 씨 좀 이상한 것 같지 않아? 부
모가 살아 있을 고향을 놔두고 왜 의지가지도 없는
남쪽에 남겠다고 한 거야?

길 녀 : 몰라서 물어? 그러니까 반공포로라고 특별대우를 해
주지.

순 녀 : 성냥공장에 취직한 게 특별대우야? 어디 가든 우리처

럼 배운 것 없으면 황가루 마시면서 가슴이 썩기밖에
　　　　더 하냐구.

남공 1 : 맞다. 우리 같은 사람은 갓 쓰고 먹으나 수건 쓰고 먹
　　　　으나 배부르면 그만이고 돗자리에 누우나 삿자리에
　　　　누우나 발만 뻗으면 그만이지만 젊은이들 할 일이
　　　　못 되지.

여공 1 : 난리 탓이야. 난리만 없었어 봐. 우리 순녀나 길녀처
　　　　럼 꽃다운 나이에 이 짓 하겠나? 부모가 벌어주는 밥
　　　　먹고 학교에서 공부나 했겠지.

여공 2 : 그래도 청춘이 좋지. 우리 세월은 언제 청춘이 있었는
　　　　지도 몰라. 길녀는 한창 나이에 얼굴 곱겠다, 노래 잘
　　　　하겠다, 좀 좋아.

여공 1 : 아무리 그래도 몸조심들 해라. 처녀애들은 궁둥이가
　　　　알밤 벌어지듯이 벌어지면 남자들이 가만 내버려두지
　　　　않는다.

여공 2 : 김전무가 길녀 보는 눈이 다른 것 같잖아? 남들 못
　　　　가지고 가게 하면서 길녀한테는 눈감아 주는 게 딴
　　　　생각을 품은 눈치더라구.

여공 1 : 길녀 노래 솜씨에 반했겠지. 나라도 그렇겠어. 길녀야,
　　　　이참에 노래 한 마디 해라!

모　두 : 그래, 분위기 한 번 바꿔보게 한 곡 불러라!

길　녀 : 손톱을 깎다가 눈물났다네
　　　　가신 님 생각에 눈물났다네
　　　　파도야 파도야
　　　　그렇게 빨리 달려오지 마

　　　　떠나버린 지 오랜 사랑
　　　　웃고 달아나는 바람에게 물어 봐
　　　　울고 달려오는 파도에게 물어 봐
순　녀 : 파도야 파도야
　　　　그렇게 빨리 달려오지마
　　　　떠나 버린 지 오랜 옛사랑
　　　　웃고 달아나는 바람에게 물어봐
　　　　울고 달려오는 파도에게 물어봐

여공들 : 손톱을 깎다가 눈물났다네
　　　　가신 님 생각에 눈물났다네

(사무실에서 박씨와 박철이 들어온다.)

박　씨 : 자, 다들 작업 중단하고 내 말 잘 들어요.

(모두 하던 일손을 놓고 긴장한다.)

남공 2 : 뭐야, 또 난리가 났능가?
여공 1 : 공장 문 닫게 됐다는 소린 아닐 테고.
박　씨 : 하나는 좋은 소식인데…….
늙은 여공 : 어서 말해 보소. 임금 올려준다는 소리면 까무러
　　　　쳐도 깨어나서 춤출 것이구면,
박　씨 : 우리 성냥이 홍콩으로 수출하게 됐다는 기쁜 소식이
　　　　요.

남공 1 : 홍콩? 우리 성냥이? 성냥도 외화벌이가 될 모양인가?

남공 2 : 우리 공장 성냥이야 옛날부터 알아줬지. 일제시대엔 만주에서 고려인촌 성냥을 가져다 썼다지 않아?

박 씨 : 그래서 하는 말인데 내일부터 철야작업을 해야겠어요. 수출량이 너무 엄청나서 크리스마스 지나 연말까지 석 달 동안은 두 교대로 야간 작업을 하기로 결정이 났소!

길 녀 : 그럼, 반장님. 우리 임금도 지금보다 몇 배로 올려주겠지요?

늙은 여공 : 아무리 돈을 많이 준대두 난 밤일은 못하겠더라.

남공 2 : 밤일을 제일 좋아할 줄 알았는데 웬일이야? 싫다니?

늙은 여공 : 에이고, 이 징그러운 남자!

박 씨 : 자, 자. 앞으로 석 달만 참고 일해 봅시다! 누가 압니까? 옛날처럼 고려성냥 명성을 되찾을 날이 오게 될지.

(모두 소리치며 박수를 친다.
김사장과 함께 김전무가 뒤따라 들어와 직공들 앞에 선다.)

김사장 : (득의에 차서) 고맙습니다. 여러분이 그동안 열심히 일해준 덕분에 우리 공장이 우리나라에선 처음 해외 수주를 얻어내는데 성공했습니다. (모두 박수한다) 저도 여러분 못지 않게 기쁩니다. 비록 화재로 해서 생산에 지장이 생기긴 했지만 김전무나 작업반장 이하 여러분이 더욱 분발해서 수고만 해준다면 반드시 우리 고려인촌 회사가 재기할 것을 장담합니다. 이 김

사장, 여러분의 협조로 기필코 우리 회사를 성냥수출
의 제일인자로 만들 자신이 있습니다.

(모두들 박수 치자 김전무와 박씨의 손을 잡고 들어올려 격려하
듯 흔든다.)

김사장 : 많은 어려움이 있겠지만 이번 수출은 우리 회사의 사
활이 걸린 만큼 여러분들의 아낌없는 협조를 기대하
겠습니다.

(박수와 환호 속에 암전.)

제3장

(건널목에 파란 불이 들어오고 경보음이 울리며 어둠 속에서 아
이들의 노랫소리.)

노 래 : 배고프다 땡땡
밥 먹어라 땡땡
엄마는 공장 가고
아빠는 술집 가고
누나는 성냥 팔고
고추 먹고 맴맴
담배 먹고 맴맴
나는야 석탄 줍지
건널목에 땡땡
화물열차 땡땡

(길녀가 뛰다시피 건널목을 건너오자 야유하는 휘파람 소리가 쫓
아온다. 길녀가 뒤돌아보자 박철이 밀가루 부대를 어깨에 지고
뒤쫓아 들어온다.)

길 녀 : 어휴, 놀래라. 누가 쫓아오나 했더니 북박 씨가 아니
세요?
박 철 : 불러도 돌아보지 않고 뛰어가더군.

(다시 휘파람 소리와 함께 「성냥 공장 노래」가 들려온다.)

길 녀 : 저 놈들이에요. 길목에 지키고 있다가 나만 나타나면 저런다니까요!

박 철 : 내가 그러지 못하도록 한 번 혼을 내줄까?

길 녀 : 북박 씨가요? 그럴 수 있어요?

박 철 : 하나 못하나 한 번 볼래?

길 녀 : 아서요. 이웃 동네 사는 청년들인 걸요. 그런데 북박 씨는 웬일이세요, 여기까지?

박 철 : (밀가루 부대를 길녀 앞에 내려놓으며) 이거 받으시라요.

길 녀 : 이게 뭐예요, 인민군 아저씨?

박 철 : 인제 제발 그 인민군 아저씨라고 부르지 말아주었으면 좋겠쉬다. 나도 이제 공장일 한지 벌써 한 달이 지났거던.

길 녀 : 그런데 왜 나보고 이걸 받으라는 거예요?

박 철 : 사실은 전무님이 길녀에게 전해주라고 한 기요.

길 녀 : 왜 이걸 나한테 주는 거죠?

박 철 : 궁금하면 전무님에게 물어보라우. 김전무가 길녀에게만 특별히 호의를 보이는 걸 정말 모르고 있네?

길 녀 : 그야 나를 좋아하기 때문 아니에요?

박 철 : 기래? 기럼 난 길녀에게 무엇을 줘야 하지? 아무 것도 줄 것이 없는데.

길 녀 : 네?

박　철 : 나도 길녀를 좋아하면 안 되나?

길　　녀 : (더욱 놀라며) 네에? 날 좋아 한다구요?

박　철 : 김전무님이 좋아하는 걸 알고도 아무렇지 않으면서
　　　　내가 좋아한다니까 왜 놀래네?

길　　녀 : 당연하죠. 김전무님이야 잘 아는 분이지만 박철씨는
　　　　도통 알 수 없는 사람이고, 또 남자니까.

박　철 : 나에 대해서 뭘 알고 싶은데?

길　　녀 : (한참 생각하다가) 으음…… 아! 박철 씨는 남한에는
　　　　아는 사람이 하나도 없다면서 왜 여기에 와서 사는
　　　　걸까?

박　철 : 그것이 그렇게도 알고 싶으네?

길　　녀 : (호기심에 부풀어서) 우선 궁금한 게 그거예요.

박　철 : 그걸 말해주면 나도 길녀에게 묻고 싶은 걸 대답해
　　　　줄래?

길　　녀 : 글쎄, 먼저 듣고 난 다음에 생각해 보고!

박　철 : 사실, 사람들이 날 이상한 눈으로 보는 것이 싫어서
　　　　포로수용소에서 나오자마자 바로 군대에 들어가서 다
　　　　시 나오지 않으려고 했지. 군인이니까 전쟁 나면 제
　　　　일 먼저 고향에 갈 수도 있을 것 같구. 그런데 곧 남
　　　　북통일이 될 것 같진 않고 해서 제대해 사회에 나왔
　　　　더니 사람들이 또 이상한 눈으로 보기 시작하더라구.

길　　녀 : 고향을 버리거나 떠나는 데에는 이유가 있다고 생각
　　　　하기 때문이죠.

박　철 : 그 이유를 지금 말하려는 거야. 두 가지. 첫째는 화가
　　　　가 되고 싶은 꿈 때문에.

길　녀 : 어머, 간판쟁이 말예요? 애관극장에서 영화간판 그리
　　　　는 사람, 나도 잘 아는데, 날 좋아하기 때문에 영화
　　　　구경 공짜로 시켜주던데?

박　철 : 그래, 정말 길녀는 좋아해 주는 사람이 많아서 좋겠
　　　　다.

길　녀 : 두번째 이유는 뭐죠?

박　철 : (잠시 주저하다가) 음…… 어떤 여자 때문인데.

길　녀 : 좋아하는 여자가 있었군요. 누구죠?

박　철 : 길녀와 비슷하거나, 아주 닮았어.

길　녀 : 북쪽 사람? 남쪽 사람?

박　철 : (슬프게) 아무 데도 없어. 죽었어.

길　녀 : (박수치며) 정말 슬프고 멋있다. 누군지 몰라도 그 여
　　　　자를 사랑했기에 모두를 버렸다. 정말 영화 스토리
　　　　같으네요.

박　철 : 자, 이번엔 내가 알고 싶은 것을 물을 차례인데. 왜
　　　　길녀는 학교 다닐 나이에 공부를 하지 않지? 공장에
　　　　다니면서 시간만 나면 영화구경이나 하러 다니면서.
　　　　난 그게 궁금해.

길　녀 : 궁금할 것 없어요. 나도 두 가지 이유 때문이에요. 첫
　　　　째는 전쟁통에 아버지가 돌아가셔서 집안이 가난하기
　　　　때문이고 둘째는…….

박　철 : 둘째는?

길　녀 : 왜 영화만 보러 다니느냐고 했지요? 물론 영화가 좋
　　　　으니까. 그래서 난 꼭 영화배우가 될 거란 말이에요.
　　　　(말을 끝내고 획 돌아서서 퇴장한다)

박　철 : (다시 밀가루 부대를 들고 따라가며) 이봐, 길녀! 이
　　　　것 가져 가야지!

　　　　(정전이 된 공장 사무실. 책상 위에 램프가 걸려 있다. 박철이 밖
　　　　에서 들어온다. 잠시 망설이다가 책상 밑에서 더플백을 꺼내고
　　　　스케치북을 찾아내어 들쳐본다. 공장에서 김전무가 후레쉬를 켜
　　　　고 안으로 들어선다.)

박　철 : (스케치북을 내려놓는다) 정전이 된지 오랜데 아직도
　　　　안 나가셨습네까, 전무님?
김전무 : (옷걸이로 가서 작업복을 갈아입는다) 내일 아침까지
　　　　불이 들어오긴 틀렸어. 정전이 되니까 오랜만에 한가
　　　　하군. 그동안 무척 바빴지, 박군? 어때, 공장생활이
　　　　할 만한가?
박　철 : 거저, 전무님이나 반장님이 도와주신 덕분입네다.
김전무 : (나가려다 말고 주저하며) 길녀를 만났나?
박　철 : 김전무님 말씀대로 집까지 따라가서 전해주고 왔습네
　　　　다.
김전무 : 수고했군. (다시 주저하며) 자네, 내가 길녀에게 잘 해
　　　　주려는 것이 이상하게 생각되지 않나?
박　철 : 네? 아닙네다. 이상할 것 하나도 없습네다. 직공들이
　　　　모두 싼 임금으로 생활이 못 되고, 게다가 이 몇 달
　　　　간은 임금마저 체불이 되고 있는 걸 알고 있습네다.
김전무 : 하지만 길녀에게만은 내가 알게 모르게 도와주려고
　　　　한 것을 모두 다 눈치채고 있을 걸세.
박　철 : 전무님이 길녀를 귀여워해서 잘 해주는 건데 누가 뭐

라 해도 어떻습네까?

김전무 : 자네도 길녀가 귀엽지? 마음에 들면 그게 좋아한다는
뜻 아니고 뭔가?

박　철 : (당황하며) 아…꼭 그런 건 아닙네다. 난 거저…….

김전무 : (박철이 서 있는 책상 앞 의자에 가서 앉는다) 변명
같은 거 안 해도 돼. 실은 길녀는 내 국민학교 때 은
사셨던 선생님 딸이라네.

박　철 : (놀라며) 네에? 그것 참 잘된 일입네다.

김전무 : 잘 됐다니?

박　철 : (머쓱해지며) 은사님 딸내미가 저렇게 컸으니…….

김전무 : (말을 자르듯) 저렇게 크도록 은사님 사모님이 더 고
생이 많으셨지. 아마 생선장수로 가족들 생계를 꾸려
나간다고 들었네만.

박　철 : 그럼 은사님께서는?

김전무 : 돌아가셨지. 소위 사상범으로 검거되어 재판도 받지
않고 처형당했다네.

박　철 : 남한쪽입네까, 북한쪽입네까?

김전무 : 해방 후에 인천은 소위 한국의 모스크바라는 악명이
날 만큼 공산주의 지하 활동이 심했던 곳이지. 인천
을 남한의 해방구로 만들겠다고 큰소리쳤거든. 길녀
아버지가 바로 그들 대장 역할을 했던 거야.

박　철 : 아, 그런 일이 있었습네까?

김전무 : (책상 위에 스케치북을 발견하고 집어서 펼쳐본다)
박군, 이거 자네가 그린 건가?

박　철 : (당황하며) 심심해서 그냥 해 본겁네다, 전무님. 거저,

장난한 거야요.

김전무 : 이런 재주가 있었군. 이만한 솜씨라면 공장에서 썩긴
너무 아까워.

박　철 : 너무 과찬의 말씀을……전 그저…….

김전무 : (의자에서 일어서며 박철의 어깨에 손을 얹는다) 아
닐세. 난 자네의 젊음만 아니라 자네의 재능이 부러
워지네.

박　철 : 전무님, 그게 무슨 말씀이십네까. 전무님은 미혼이시
고 아직도 젊으십네다. 정말입네다.

김전무 : 난…… 난, 틀렸어. 진작에 내 인생은 거덜난 거라구.

(조명이 어두워지며 김전무 아버지의 환영이 나타난다. 맥고모자
에 단장을 든 해방 전후의 전형적인 갑부의 모습.)

아버지 : 야, 이눔아. 넌 네 아비가 성냥공장 사장 아니랄까 봐
맨 날 공부는 안 하고 불장난만 하냐? 그렇게 화약
가지고 놀면 불내는 건 차치하고 패가망신한다. 불이
얼마나 무서운 줄 모르지, 이눔아. 그러니까 니 아비
성냥공장 물려받을 생각말고 네 형처럼 공부 열심히
해서 고급기술을 배우란 말이다. 알아들었냐?

(환영 사라진다.)

김전무 : 난 아버지 말대로 반평생 이 화약에 반해서 성냥 공
장을 떠나지 못했네. 안전성냥을 만들려고 실험실을

차려놓고 실험하다가 불이 난 적도 몇 번 있지. 불을 끄려다가 지붕 위에서 떨어져 이렇게 병신이 되지 않았더라면…….

박 철 : 공장에 그렇게 큰불이 난 적이 있었습네까?

김전무 : (램프불을 들어 심지를 눈 가까이 바라보며) 있었지. 불이란 것은 무섭기도 하지만 아름답기도 한 거야. 제 몸을 태우는 걸 알면서도 멀리 할 수 없는 게 불이거든.

(멀리서 소방차의 사이렌 소리 들리며 동시에 건널목의 경보음이 난타하듯 하며 암전.)

제4장

(십이월 중순 해 질 무렵. 건널목 앞길.
초겨울 찬바람에 낙엽이 흩어지고 골목 어디선가 주점에서 늙은
여자의 구성진 노랫가락에 맞춰 취객의 젓가락 장단까지 들려온
다.)

("고향이 그리워도 못 가는 신세—"를 취해서 흥얼거리는 남공 1
을 데리고 황노인이 동리 입구에서 나온다.)

황노인 : 이봐, 오씨. 고향도 제 발로 찾아가야 고향 아닌가?
누가 가라구 해서 가고, 오라구 해서 갈 수 있어? 이
러다가 작업시간에 늦겠네. 어서 가 봐.

남공 1 : 까고 있네. 누가 날 오라 가라 해? 봉급을 제때에 주
길 했나, 잔업을 해도 수당이 나오길 하나.

황노인 : 따지려면 김사장에게 가서 따져야지. 일하러 가진 않
고 여기서 취해 떠들면 해결이 되겠어?

남공 1 : 김사장, 김전무. 형이나 아우나 다를 것 없어. 똑같은
놈들이라구! 지 에비보다 더한 놈들이라구! 그때는 쥐
꼬리만한 봉급이라도 제때에 주지 않았느냐 이 말야.

황노인 : 까고있네. 벌써 잊었어? 그 땐 하루 열 네 시간 일하
구 육십 전 받았다. 여자들은 절반도 못 받았어. 옛날
이야기는 하지도 말아.

남공 1 : 그래도 그 땐 밥이야 굶지 않았지. 지금처럼 성냥 훔
쳐내서 팔고 다니진 않았다구.

황노인 : 김사장이 서울서 내려와서 공장을 떠나지 않고 지키
고 있다며? 잘하는 일이야. 그래야 회사 사정을 똑바
루 알지.

남공 1 : 알면 뭐해? 인천에서 번 돈 모두 서울로 갖고 가서
땅 사고, 빌딩 짓고, 자가용 굴리기 밖에 더해? 김사
장이 공장을 위해서 해놓은 게 뭐야?

황노인 : 김전무가 공장 일을 잘 알아도 장사는 역시 김사장이
난 사람일세. 그만한 수완이 있으니 홍콩수출까지 따
냈지.

남공 1 : 홍콩 수출? 두고 보라지. 우리가 일 그만 두면 어떻게
되나 두고 보라구.

황노인 : 그럼, 일 안 하고 공장 문닫게 되기만 기다리겠다 이
거야?

남공 1 : 일 했으면 돈을 달라 이거야. 그렇지 않으니까 우린
성냥 알이나 빼내서 팔아먹겠다, 이거야.

황노인 : 오냐. 재주껏 물건만 빼내 오너라. 나같이 일두 못하
는 놈은 그거라두 팔아야 먹고 산다.

남공 1 : 까고 있네. 너한테 가져올 것 있으면 내가 내다 팔겠
다. 김사장이 온 후로는 그 짓도 못 하게 됐어.

(영종댁이 빈 생선함지를 끼고 건널목을 건너온다.)

황노인 : 영종댁. 많이 팔았소?

영종댁 : 안녕들 하세요? 날씨가 갑자기 차가워져서 생선 팔긴
좋은데 금년엔 추위가 일찍 찾아오나 봐요?

황노인 : 우리 같은 사람이야 차라리 겨울이 없으면 좋겠다. 추
운데 어여 들어가 보소.

영종댁 : 혹시 우리 길녀, 돌아오는 것 못 보셨구요?

황노인 : 야근이 아니면 벌써 돌아올 시간인데 아직 지나가는
것 보지 못했네.

남공 1 : (건널목을 건너가며) 여자애들 몸조심해야지. 암. 요즘
엔 김사장까지 나서서 여자들 보는 눈길이 달라지더
라구.

영종댁 : (남공 1이 퇴장한 건널목을 향해) 별소리 다 듣겠네.
성냥 공장에서 일하는 여자들은 뭐 저희들 눈요깃감
인가?

제5장

(기차가 진입하는 소리가 가까워 오면서 공장 사무실이 밝아진다.
 김사장과 함께 김전무와 박씨가 공장으로부터 사무실로 들어온
 다.
 김사장은 피곤함과 불쾌감으로 짜증스럽게 들고 있던 재고품 장
 부를 탁자 위에 던지고 소파에 주저앉고 박씨는 작업장 출구에
 서 지시를 기다리듯 서 있다.)

김사장 : 이봐요, 박반장! 야근 인원이 계속 줄어드는데 사보타
 쥬하는 거야. 근무태만이 아닌가 말야.

박　씨 : 이웃 공장에서 공원들을 뺏어와서라도 결원을 보충해
 보겠습니다.

김사장 : 그렇게 야간작업이 싫으면 공장 그만 두라고 해.

김전무 : 이웃 공장에서 사람을 뺏어오려면 최소한 그쪽만큼
 은 대우를 해줘야 하는데, 우리가 지금 그럴 수 있는
 처지입니까?

김사장 : 밀린 임금을 연말에 보너스와 함께 지불하겠다는데
 그걸 못 참아서 일을 못하겠다? 김전무, 그런 사람들
 믿고 일을 맡길 수 있겠어?

김전무 : 그럼 납품 날짜에 생산을 못해두 할 수 없겠군요?

김사장 : 납품일자를 지킬 수 없다니? 회사 문 닫는 걸 보고
 싶어서 그래? 이건 회사 사활이 걸린 문제라고 몇 번

씩 말해야 알아듣겠나?

김전무 : 현장에 나와 있으면서두 모르십니까, 형님? 기술자가 부족한 것이 문제가 아니라 이젠 바닥난 원료를 어디서든 구걸해 와야 될 형편이란 말이요.

김사장 : 안 되면 되게 하라구. 왜 못해? 당장 내일부터 전국을 다 뒤져서 타사 제품을 모아 오라구. 방법은 그것 뿐이야.

김전무 : 불량품인 줄 알면서도 타사 제품에 우리 상표를 붙여서 내놓을 순 없어요, 형님.

김사장 : 불량품이라니. 타사 제품이면 모두 못 쓸 물건이라던?

김전무 : 길거리에 행상인들이 팔고 다니는 게 대부분 타사 제품의 불량품들이니까 하는 말입니다.

김사장 : 너 말 잘했다. 길거리에서 덤핑으로 내놓은 것들이 왜 타사 제품뿐이냐. 우리 공장에서두 감독 소홀로 시내에 유출되는 것이 엄청난 것을 세상이 다 안다. 앞으로는 성냥 한 알이라도 들고 나가지 못하게 몸수색을 철저히 해.

박 씨 : (김전무의 눈치를 본 후) 몸수색을 하고는 있지만 완전히 근절시키기가 쉽지 않습니다, 사장님.

김사장 : 그러니까 직원을 믿어서는 안 돼요. 인간적으로 대한다고 우리에게 고맙다구 할 사람이 있을 줄 알아?

박 씨 : 잘 알겠습니다, 사장님.

김사장 : 무슨 수를 써서라도 이번 성탄절까진 모자라는 양을 채우도록 해. (책상을 치며) 박반장! 이건 사장의 명령이야!

박 씨 : (허리를 굽히며) 네, 사장님!

김사장 : 수고들 했으니, 나가서 야식들 하고 들어와.

(김전무와 박씨 밖으로 나간다. 김사장 신문을 집어들며)

김사장 : '안 되면 되게 하라' 그게 내 신조라구. "못하겠다", "못 살겠다" 죽는소리만 하고 있으니까 발전이 없지. 비약을 못한다구.

(신문을 뒤적이다 피곤한 듯 신문으로 얼굴을 덮고 잠을 청하듯 뒤로 몸을 기댄다. 작업장 출구가 소리 없이 열리며 순녀가 사무 실을 살펴본 후 김사장이 잠든 것을 확인하고 발걸음을 죽여 왼 쪽 출구 쪽으로 향해 간다.
김사장이 신문을 얼굴에서 떼고 지켜본다.)

김사장 : (순녀가 출구에 이르자 위협하듯) 거기 서 있어!

(순녀, 놀라서 그 자리에 멈춘다.)

김사장 : 왜 그렇게 놀래?

순 녀 : (떨리는 소리로) 죄송합니다, 사장님.

김사장 : 작업 중에 어딜 가는 거야?

순 녀 : 잘못했어요, 사장님.

김사장 : 작업 중에 외출할 땐 허락을 받고 몸 검사를 받는 것 몰라?

순 녀 : (떨며) 용서해 주세요, 사장님.

김사장 : (일어나 가까이 가며) 죄도 없으면서 뭘 용서하라는
거지.

순 녀 : (무너지듯 주저앉으며) 저는 아무 짓도 안 했어요.

김사장 : (일으켜 세우며) 제품을 숨겨 나가려고 한 거 아니냔
말야.

(김사장, 순녀를 강제로 붙들어 일으키며 몸을 더듬는다. 순녀는
끌려가지 않으려 필사적으로 거부한다.)

순 녀 : 성냥팔이 해서라도 돈을 구해야 한단 말이에요. 전 아
무 죄도 없단 말이에요.

김사장 : 넌 성냥팔이만 하는 게 아니겠지.

(순녀를 탈의실 커튼 뒤로 끌고 들어간다.)

김사장 : 벗어! 벗으란 말야. 감춘 것을 내 놓으란 말야.

(커튼 안에서 순녀의 외마디 비명.
건널목 신호등이 명멸하고 기적소리.)

(암전.)

제6장

(무대 전면 시내의 밤거리. 가로등의 희미한 불빛에 빌딩의 배경
이 드러난다.
골목골목에서 젓가락 장단, 노랫소리, 다투는 소리, 「놀다가세
요」, 「색시 있어요」 등 호객 하는 소리.

취객 둘이 왼쪽에서 어깨동무를 하고 「성냥 공장 노래」를 부르
며 걸어나온다.)

취객 1 : 한 잔 더 하는 게 어때? 이대로 끝낼 수 없잖아?

취객 2 : 야, 임마. 너하고 난 닮은 점이 전봇대를 세울 만큼
많지만 말야. 전봇대가 둘 셋으로 보이면 어떻게 되
는 줄 아냐.

취객 1 : 어떻게 되긴, 이 녀석아. 전봇대 붙들고 잠들면 되지.

(골목에서 여인이 불쑥 나타난다.)

여 인 : 놀다 가세요. 따뜻한 방 있어요.

취객 1 : 자네 말고 다른 아가씨는 없어?

여 인 : 따라오세요. 손님 마음에 드실 테니까.

취객 2 : 그만 집에 가자니까.

여 인 : (소매를 끌며) 그냥 가면 후회 될 껄요. 따라오기만
해요.

취객 1 : (여인의 어깨를 감싸안고 골목으로 들어가며) 그래,
　　　　후회 없이 노는 거야. 천국이 따로 있겠냐?

　　　　(잠시 후, 물건을 던지며 다투는 소리와 비명. 순녀가 흐트러진
　　　　옷을 여미며 뛰쳐나온다.
　　　　여인이 뒤따라 나와 순녀의 머리를 낚아챈다.)

여　인 : 아니, 이년아. 너 남의 장사를 망치려고 환장을 했니?
　　　　제 발로 기어 들어와서 술장사하겠다고 했으면서 손
　　　　님을 내쫓아?

　　　　(취객 1·2 어슬렁거리고 나와서 구경한다.)

순　녀 : 전 이런 곳인 줄 몰랐어요. 술만 팔면 될 줄 알았단
　　　　말이에요.
여　인 : 방게나 꽃게나 옆으로 기기는 마찬가지다, 이년아. 왜,
　　　　술만 팔고 몸은 안 판다고 써 붙이고 있지 그랬어.
취객 1 : 흥, 초짜인 걸 보니 기름을 더 먹여야 가죽이 부드러
　　　　워지겠는 걸.
취객 2 : 풍악두 하고 술도 따르는 여잘 보려면 신포동으로 가
　　　　지 이 골목까지 왔겠냐?
여　인 : 들어가지 못하겠냐, 이년아.
취객 1 : 손님을 제 서방 모시 듯 해도 모자랄 텐데, 뭐? 난 이
　　　　럴 줄 몰랐다고?
취객 2 : 구멍 없는 퉁소를 부는 게 낫지. 재수 없다. 자, 가자!
여　인 : 이봐요, 손님들.

(취객들, 들은 척 만 척 사라진다.)

여 인 : 봤지? 이년아. 손님 쫓아냈으니 너도 당장 꺼져. 가랭
이 벌리고 돈 벌겠다는 계집들 쎄고 쎘다.

(순녀의 등을 밀어내어 쫓아낸다. 순녀, 흐느끼면서 취객과 반대
방향으로 퇴장.
항구에서 뱃고동 소리가 길게 들리면 골목이 바뀌고 성당의 종소
리와 함께 "기쁘다 구주 오셨네 만백성 맞으라" 거리의 찬양 소
리.
아코디온 멜로디와 함께 가냘픈 성냥팔이 소녀의 외치는 소리.)

순 녀 : 담배나 성냥 사세요. 양초도 있어요. 담배나 성냥 사
세요.

(길 모퉁이에서 순녀가 목판을 걸고 나타난다.
맞은편에서 행인이 걸어나온다.)

순 녀 : 담배나 성냥 사세요. 양초도 있어요. 담배나 성냥이요.

(왼쪽에서 행인이 나오다가 순녀 앞에 멈춰 선다.)

행 인 : 담배 팔아주면 성냥은 거저 주지 않나?

(담배를 사서 꺼내들고 성냥을 집어들어 켠다.)

순 녀 : 좋은 성냥이에요. 싸게 팔아요!

행 인 : (바람에 불이 꺼지자) 쳇, 불량품이군.

　　　　(겨우 담뱃불을 붙이고 성냥을 집어넣은 채 사라진다.)

순 녀 : 아저씨! 성냥 값!

　　　　(따라가려다 제자리에 선다.
　　　　눈송이가 떨어지기 시작하자 들려오는 아코디온 멜로디.)

소 리 : 눈이다! 야, 눈이 온다!

　　　　(더욱 크게 들려오는 종소리와 캐럴 송.)

순 녀 : (힘을 내어 처음에는 작게, 점점 크게 춤추며 노래한
　　　　다.)

　　　　성냥 사세요 성냥 사세요
　　　　모두 나와서 성냥 사세요
　　　　손 젖고 발 젖어 추워서 떨 때
　　　　성냥 사세요 성냥 사서 불을 켜세요
　　　　비 오나 눈 오나 바람이 부나
　　　　불을 켜세요
　　　　꺼지지 않는 성냥 있어요 성냥 사세요
　　　　모두 나와서 성냥 사가요

　　　　(골목골목에서 부랑자 떠돌이들이 그림자처럼 나타난다.)

떠돌이 1 : 우— 성냥팔이 거리의 천사.

떠돌이 2 : 밤만 오면 여기는 천사의 거리.

떠돌이 3 : 돈 없어도 우리는 거리의 왕자.

순 녀 : (뒷걸음치며)

그런 눈으로 날 보지 말아요
가난하다고 놀리지 마세요
외로운 소녀라 얕보지 말아요
성냥갑에 가득한 성냥알처럼
나는 꿈 많은 성냥팔이 소녀
타다가 꺼지는 성냥이 아니에요

(떠돌이들을 피해 다시 노래하고 춤추며)

성냥 있어요 성냥 사세요
모두 나와서 성냥들 사요
비 오나 눈 오나 바람이 부나 .
불을 켜세요
길거리 떠도는 나는 성냥팔이
성냥 있어요 성냥이 싸요
성냥 있어요 성냥 있어요

(떠돌이들 원을 그리며 순녀에게 다가온다.)

떠돌이 1 : 낮에는 성냥 팔고 밤에는 몸도 판다지?

떠돌이 2 : 값싸고 좋은 성냥 어디 한번 사볼까?

떠돌이 3 : 팔다 남은 성냥은 거저 준다지?

떠돌이 1 : 오, 거리의 천사. 웃음을 판다지?

순 녀 : (이리저리 피하며) 난 천사가 아니에요. 성냥 공장 아
　　　　가씨라구요.

떠돌이들 : (이구동성으로) 오! 성냥 공장 아가씨!

(일렬 종대로 발맞추어 행진하며 순녀를 중심으로 행군가를 부르
듯 「성냥 공장 노래」를 부르며 돈다. 순녀는 귀를 막고 제자리
에서 맴돌다 쓰러진다.
떠돌이들, 그림자처럼 소리 없이 사라지고 거리의 악사가 아코디
언을 치며 지나간다.)

(코러스의 허밍 "눈이 내리네")

(암전.)

(멀리서 성탄의 종소리.)

제7장

(공장은 불이 꺼져 있다.
사무실에 박철이 침대에 걸터앉아 등받이 의자에 화판을 세워놓
고 연필로 데생을 하고 있다.
잠시 후 출입구에서 소리 없이 강형사가 등장.
박철이 그림을 그리는 것을 보고 의외라는 듯 지켜본다.)

강형사 : (감탄하며) 박철 씨가 화가라는 것은 놀라운 발견인
데.

박　철 : (놀라며) 아, 강 형사님. 들어오시는 소리를 못 들었습
네다.

강형사 : (모자를 벗어 눈을 턴다) 밖에 눈이 오고 있는 것도
모르나? 오늘이 크리스마스 이브라고 그냥 지나가지
않는군.

(박철이 창가로 가서 밖을 내다보는 동안 강 형사 가까이 가서
그림을 본다.)

강형사 : 이런 재주를 갖고 성냥공장에 있다니 아까워. 내가 영
화관에 소개시켜 줄까? 여기보다 돈두 더 벌 텐데 말
야.

(강 형사, 그림을 들어올려 감상하듯 바라본다.

박철, 그림을 빼앗아 가져 간다.)

강형사 : 폐허가 된 건물 앞에 앉아 있는 그 아가씨가 누구요?

박 철 : (그림을 벽에 돌려놓으며) 거저, 적적해서 생각나는 대로 한 번 그려본 것에 불과합네다.

강형사 : 내가 그림을 볼 줄 모르지만 잘 그리고 못 그리는 거야 알 수 있지. 누가 봐도 간판쟁이 솜씨란 말야.

박 철 : 화가가 되려고 한 적은 있었어도 간판쟁이 할 생각은 없시오.

강형사 : 그림 공부를 했다면…… 평양에서?

박 철 : 내래 고향이 원산 아니갔소.

강형사 : 서울엔 좋은 미술대학이 많지. 왜 서울로 갈 생각은 않고 여기서 재능을 썩히시지? 아, 내가 너무 박철 씨에게 관심이 많은 모양이야.

박 철 : 기분이 좋거나 언짢으면 나도 모르게 니북 사투리가 나오는데 오늘은 좀 떠들고 싶어집네다. 저에 대해서 알고 싶은 것이 뭡네까?

강형사 : (느긋하게 걸터앉으며 손사래를 친다) 오해하면 곤란하구. 단지 형사라는 직업의식이겠지. 그래서 말인데, 박철 씨가 여기 온 이후 공장 직원들 동태가 이상해졌더라 이거지. 김사장 말로는 근무이탈을 해서 작업을 못하겠다고 하더군. 누군가 선동을 하고 있다는 거지.

박 철 : 선동이라니요?

강형사 : 전혀 모르고 있으시다 그건가?

박　철 : 최근에 어린 여공 하나가 임금을 못 받아서 야간에 성냥팔이 하려고 허락도 없이 나가려다 사장님에게 발각되어 쫓겨나간 일을 두고 공원들간에 말이 많습네다.

강형사 : 박철 씨는 누구 편이시오? 김사장 혹은 김전무? 김전무가 형님의 지시를 받아들이지 않고 직공들 편에 섰다고 하니 묻는 말이오.

박　철 : 김 전무님은 오직 이 성냥공장을 살리기 위해 평생을 일한 분이라고 알고 있습네다.

강형사 : 난 박철 씨 의견을 묻고 있는 거외다.

박　철 : 내 의견이래 없습네다.

강형사 : 안 그럴 걸. 저 그림은 성냥공장 아가씨를 그린 그림일 텐데 소위 노동자 계급을 사주들의 피해자로 보고 동정하는 분위기가 역력하군. 안 그렇소?

박　철 : 강 형사님, 오늘 밤 내가 남들한테 하지 않던 내 니야기를 할 테니 들어주시겠습네까?

강형사 : 고맙군. 박철 씨가 이렇게 나올 줄 알았어. 무지막지한 노동자 출신이 아닐 꺼라구 말야. 혹시 북쪽에 있을 때 부르주아라고 핍박을 받지 않았소?

박　철 : (떠오르는 회상에 따라 이야기하듯) 나는 화가가 되는 것이 꿈이기도 하고 야망이기도 했습네다. 아마 전쟁이 터지지 않았더라면 지금쯤 북조선에서 내가 되고 싶었던 인민화가가 되어 있었을지도 모릅네다. 고향인 원산에는 돌아가신 부모님 대신에 의사인 형님이 계셨습네다. 짐작하신 대로 출신 성분이 부르주아 지

식인이라서 전쟁이 발발했을 때 내심 형님은 반가워 했죠. 내가 징집이 되기 전에 자원해서 남쪽으로 내려가기를 원했습네다. 그 땐 누구나 곧 통일이 될 것이라고 믿지 않았잖소? 내 장래도 북쪽보다는 남쪽이 더 자유로우리라 생각했고—.

(멀리서 전쟁터의 소음이 들려온다.)

박 철 : 원산이 해안도시라 나는 해군에 입대했고 삼팔선을 넘어 곧바로 인천 방어에 투입됐습네다. 전세가 불리 해지자 연합군의 인천 상륙을 예상했지만 순식간에 해안방어선이 무너지고 말았시요. 우리는 해방군 아 닌 쫓겨가는 패잔병으로 전락했시요.

소 리 : (인민군장교의) 적들은 이미 서울로 후퇴하는 퇴로를 봉쇄했다. 지금부터 충청지방으로 후퇴하여 소백산으 로 들어간다.

박 철 : 후퇴하는 인민군대 중에는 인천에서부터 합류한 민청 대원들이 다수 있었고 그 중에는 간호병으로 자원한 여학생이 하나 있었습네다. 나는 그 민간인들로 구성 된 위생반의 경비 책임자였지요. 청주에서 소백산맥 으로 들어가기 직전 어느 산등성이에서 우리는 북진 하는 연합군 땅크부대와 마주쳤지 뭡네까.

소 리 : 위대한 인민군대 여러분! 우리들 중엔 이 전쟁에서 아직 총 한 번 못 쏘고 후퇴하는 동무들이 많소. 자, 죽던 살던 여기서 인민군대의 용맹성을 보여줄 때가

왔소. 최후의 한 사람까지 싸워서 땅크부대를 저지합
시다. 여기서 죽더라도 역사에 길이 빛날 전투로 남
을 것이오.

("야—! 돌격." 하는 소리와 함께 교전하는 총성.)

소　리 : (여자의) 박철 동무, 박철 동무. 따라 가지 말고 우리
　　　　와 함께 있어요. 부상병이 생기면 박철 동무의 도움
　　　　이 필요해요.

(비명과 함께 총성대신 탱크의 전진하는 굉음.)

박　철 : 어처구니없는 패전이었시요. 달걀로 성벽을 깨려는 무
　　　　모한 싸움이었시요. 전투개시 삼십 분도 못되어 산마
　　　　루는 거저, 죽어 가는 병사들의 비명으로 가득 했습
　　　　네다.
소　리 : 후퇴, 후퇴하라! 걸을 수 있는 자들은 모두 산 속으로
　　　　후퇴한다.
박　철 : 나는 누군가의 손에 끌려 골짜기 아래로 구르고 있었
　　　　시요. 골짜기 아래는 이미 숨이 끊어진 병사들과 아
　　　　직 부상병 몇이 뒹굴러 있었지요. 이틀 밤과 낮을 우
　　　　리는 거기서 숨어 있었습네다.
소　리 : (여자의) 박철 동무! 여기 남아 있으면 우린 굶어 죽
　　　　거나 포로가 되요. 떠날 수 있을 때 떠나요. 어서. 포
　　　　로가 되기 싫으면 항복하세요. 죽지 말고 살아야 해

요. 이 전쟁은 생명을 바쳐 싸울 만한 아무런 가치도
없어요. 우릴 버리고 떠나세요. 나는 이 부상병들을
두고 떠날 수 없어요.

(서서히 조명 밝아진다.
강 형사는 꼼짝하지 않고 이야기에 몰두해 있다.)

박　철 : 미군들에게 포로가 되었을 때 그들은 내가 말한 것이
　　　　모두 사실인 것을 확인했다고 했시요. 여학생 하나가
　　　　마지막까지 그 골짜기에 남아 부상병을 돌보다가 소
　　　　탕전에서 사살되었다고 하더군요.
강형사 : 그 여학생이 누구인지 알아봤습니까?
박　철 : 나에게 이름과 주소를 주며 부탁했뎃시요. 부디 살아
　　　　남아서 인천에 계신 자기 부모 형제를 찾아가 제 죽
　　　　음에 증인이 되어 달라고.
강형사 : 그럼 수용소에서 나온 뒤 찾아가 보았겠군요?
박　철 : 강 형사님이라면 길게 찾아보았겠습네까? 오히려 인
　　　　천을 피해 다닌 셈이지요. 지금까지……
강형사 : 그런데 지금 박철 씨는 인천에 와 있는 거요. 역시 잊
　　　　지 못할 기억 때문인가.
박　철 : 내가 찾아온 것이 아니라 운명의 장소가 되어 나를
　　　　부른 셈입네다.
강형사 : 잊어버려. 잊으라구.
박　철 : 병을 앓는 사람만이 똑같은 병을 앓는 사람을 이해한
　　　　다고 합네다. 이해하기 위해서라도 내가 먼저 불행한

기억을 버리고 싶진 않군요.

강형사 : (정답게 박철의 손을 잡았다 놓으면서) 박군 이야기
잘 들었소. 잊지 않을 거요. (퇴장하려다 돌아서면서)
그리고 박군이 그린 그림도 잘 기억해 두겠어. 내가
제안한 것 잊지 말게. 여기 보다는 극장 간판 그리는
일이 자네에게 더 잘 어울려. (다시 나가려다 돌아서
며) 고맙네, 내게 시간을 내 줘서 (손 흔들고 퇴장)

(건널목에 신호등이 바뀌고 기차 들어오는 소리.
박철, 그림을 바로 세워놓고 바라보며 생각에 잠기다가 창 쪽으
로 가서 눈이 내리는 풍경을 바라본다.
아코디언의 애잔한 멜로디가 들려온다.
암전.)

제8장

(출구에서 김사장이 눈을 털며 들어온다.)

박　철 : 김사장님! 서울로 가신 줄 알았는데요?
김사장 : 해야 할 일이 생각나서 급히 돌아왔네. 김전무는 아직
　　　　도착하지 않았나?
박　철 : 내일쯤 돌아올 거라고 하셨는데요.
김사장 : 일이 잘되면 지금이라도 돌아올 걸. 그 전에 박군이
　　　　나를 도와줄 일이 있네.
박　철 : 지금 말씀이신가요?
김사장 : 내일은 너무 늦을 테니 두 사람이 돌아오기 전에 끝
　　　　내야 해.

(침대 위에 놓인 그림을 보자 신기한 듯 호기심에 차서 두 손에
　들고 바라본다.)

김사장 : 이건 자네가 그린 것인가
박　철 : 부끄럽습네다, 사장님.
김사장 : 북한에선 이런 그림을 뭐라고 부르는가? 패배주의라
　　　　고 부르지 않을까? 공장에서 일하는 씩씩한 여공이
　　　　아니라 폐허 앞에 넋을 잃고 앉은 여자라?
박　철 : 적적해서 한 번 그려봤을 뿐입네다.

김사장 : 아무 생각 없이 그림이 나오지는 않을 테고. 여보게
　　　　박군, 아니 자네를 북박이라고 부른다면서?

박　철 : 네, 사장님.

김사장 : 이런 그림 그릴 생각 말고 나하고 함께 손잡고 일 해
　　　　볼 생각 없나?

박　철 : 전 지금 배우는 일에 만족하고 있습네다.

김사장 : 자네 진심을 말해 보게. 북쪽으로 돌아가는 대신 남한에
　　　　남게 됐을 때는 반드시 무슨 목적이 있었을 것 아닌가?

박　철 : 무슨 별다른 목적이 있었겠습네까?

김사장 : 진심인가?

박　철 : 흔히들 말하듯이 자유스러워지고 싶었을 뿐이디요.

김사장 : 우리 자본주의사회에서는 말이네, 그 자유라는 것이
　　　　돈이 없으면 누릴 수 없는 가장 값비싼 것 중에 하나
　　　　일세. (그림을 가리키며) 여기 자네가 그린 이 여자를
　　　　보게. 지금 이 폐허 앞에 할 일이 없어 앉아 있는 여
　　　　자가 자신이 자유롭다고 생각할까?
　　　　밥이건 빵이건 배를 채울 일거리가 없어서 절망하고
　　　　있는 거 아닌가?

박　철 : 제 생각은 그런 것이 아닙네다.

김사장 : 아니긴 뭐가 아니야. 혹 자네가 사랑하는 여자인지도 모
　　　　르지. 그런데 지금 돈이 없으니 이 여자를 행복하게 해
　　　　줄 수 없어 고민한 나머지 이 그림을 그렸을는지도 모른
　　　　단 말일세. 내 추측이 크게 틀리지는 않겠지?

박　철 : 사장님, 저는 단지—.

김사장 : 말하지 않아도 알고 있어. 이 여자를 자네 여자로 만

우리 동네 성냥공장　323

들면 되는 거야. 멀리서 찾을 것도 없어. 이런 여자는 우리 성냥 공장에서도 찾아보려면 얼마든지 있을 걸세. 누군가? 자네 마음을 빼앗은 이 여자?

박 철 : 사장님 말씀은 말 그대로 지나치게 자유로우십네다.

김사장 : 정길녀! 내 아우 김전무가 특별히 관심을 갖고 있는 아이지. 자네도 알고 있나?

박 철 : 노래 잘 부르고 활발해서 우리 공장에선 모르는 사람이 없습네다.

김사장 : 하지만 그 애 아버지가 어떻게 해서 죽은 지는 모를 걸세.

박 철 : 모릅네다. 저는 다만…….

김사장 : 인천에서 악명 높던 공산주의자였지. 강형사는 김전무가 그 아이를 특별히 돌봐주는 것도 알고 있더군. 강형사는 자네도 의심하고 있어. 그 아이 아버지를 자네가 알고 있기 때문에 자네가 정길녀의 가족과 접촉할지도 모른다고.

박 철 : 설마! 저를 간첩이나 불순분자로 오해하고 있었단 말입네까?

김사장 : 내가 자넬 믿기 때문에 하는 소리네. 오해하지 말고 들어. 박군! 자네가 나를 도와주면 나도 자네를 도와줄 수 있네.

박 철 : 어떻게 해야 도와 드린다는 겁네까?

김사장 : 지금 아무 것도 묻지 말고 공장에 들어가서 모래가 든 시멘트 부대를 찾아내도록 해!

박 철 : 꼭 지금 해야 합네까?

김사장 : (강요하듯) 물어볼 필요가 없어. 이건 명령이야.

(박철이 작업장으로 들어가자 공장에 불이 켜지고 시멘트 부대를
작업장 한가운데로 끌어온다. 김사장이 따라 들어와 서둘러서 빈
수출용 상자를 몇 개, 그 앞으로 가져간다.)

김사장 : 지금부터 그 모래와 시멘트를 이 상자 속에 채워 넣
는 거야.

(삽 두 개 중에 하나를 박철에게 건넨다.)

박 철 : 무엇 때문에 이 모래를 빈 상자에 넣습네까?
김사장 : (삽을 들어 모래를 상자 속에 옮겨 넣기 시작한다) 서둘
러야 해! 백 상자를 만들려면 시간이 걸릴 테니까 말야.

(박철, 움직이지 않고 김사장의 동작을 어이없이 바라보고만 있
다.)

김사장 : 보고만 있지 말고 내가 하라는 대로 해!
박 철 : (삽을 던지며) 김사장님! 이건 불법입네다. 이렇게 해
서 선적일자에 주문량을 채워야 합네까?
김사장 : (삽을 집어던지며) 너, 김전무와 한편이 되어 내 사업을
방해할 테냐? 약속한 기일에 선적을 못하면 공장이 문을
닫고 은행에 넘어가는 것을 보고만 있겠느냐구!
박 철 : 그렇다고 모래를 성냥으로 속일 순 없지 않습네까, 사
장님?

김사장 : 너희 빨갱이들은 목적을 위해서 수단을 가리지 않는
　　　　 걸 나도 알아! 지금 우린 빨갱이와 싸우는 게 아니라
　　　　 수출전쟁에서 해외 바이어들과 싸우고 있는 거야. 여
　　　　 기서 지면 공산주의자들과 싸워서 지는 것보다 더 참
　　　　 혹한 패배를 당한다는 것 몰라?
박　철 : 그 전쟁에 이기는 방법이 꼭 이런 방법 밖에 없습네
　　　　 까, 사장님?
김사장 : 흥, 넌 북한 공산당의 앞잡이로 남한 정부를 향해 총
　　　　 을 들었던 자였으니까 내 말뜻을 알아들을 줄 알았는
　　　　 데.
박　철 : 말씀이 지나치십네다. 저는 사장님이 생각하시는 것처
　　　　 럼 그어대기만 하면 불이 붙는 성냥개비가 아닙네다.
　　　　 모래상자에 실려 가는 모래알이 아니란 말입네다. 무
　　　　 엇이 옳고 그른가를 알아서 행동하는 자유를 가진 한
　　　　 인간입네다.
김사장 : 옳고 그른 걸 판단하는 것은 네 자유다. (삽을 다시
　　　　 들며) 그러나 이건 내 전쟁이야. 성냥이든 모래든 팔
　　　　 수 있는 것은 무엇이든 판다! 그게 내 사상이야.
박　철 : 흥!

　　　　 (사무실 출구에서 강형사를 선두로 길녀, 순녀를 업은 박씨, 김전
　　　　 무가 차례로 들어온다.)

강형사 : 여보게, 박군. 박군 어디 있어?

(박철, 사무실로 뛰어 나간다.)

김전무 : (박씨에게) 순녀를 박군의 침대에 눕히게.

박　철 : 어떻게 된 일입네까? 강형사님께서 찾아내셨습네까?

길　녀 : 시내에서 성냥을 팔고 있다가 쓰러져 있었어요. 내가
　　　　 경찰에 연락을 했더니 달려와 주셨어요. 고마워요, 강
　　　　 형사님.

(김사장이 공장에서 나온다.)

강형사 : 마침 김사장님께서도 나와 계시는군.

김사장 : 왠 소란들이야? 박반장! 밖에 나갔던 일은 어찌됐어?
　　　　 빈손으로 돌아온 건 아니겠지?

(박반장, 길녀와 함께 순녀를 침대에 눕힌다.)

박　씨 : 죄송합니다, 사장님. 연말이 되어 공장마다 제품이 딸
　　　　 려서 우리에게 넘겨줄 게 없답니다. 다행히 원가의
　　　　 두 배를 받고 우리 회사에 전량 납품하겠다는 회사를
　　　　 몇 군데 찾았을 뿐입니다.

김전무 : 하지만 제대로 공정을 거치지 않고 품질검사에 합격
　　　　 하지 않으면 받을 수 없다고 말해 두었어요.

김사장 : 선적일자가 다가오는데 지금 품질검사를 하고 있을
　　　　 때야? 바이어에게 한 납품 약속을 못 지키면 김전무
　　　　 가 책임을 질 거냐구!

김전무 : 고려인촌 회사의 상표를 붙여서 나가는 한은 품질검

사 없이 절대로 내보낼 수 없습니다.

김사장 : 집어쳐! 지금은 회사 사정을 최우선으로 생각할 때야!

김전무 : 아시지요, 형님. 전시 중에는 성냥도 무기나 다름없는 물자였습니다. 불량품을 잘못 쓰면 화재가 나거나 인명의 피해를 입기 때문입니다.

김사장 : 전쟁이건 평화시건 필요할 때 공급하는 게 시장원리다. 불량품도 잘 쓰면 상품이라구.

김전무 : 제품이 팔린다고 무조건 공급해야 시장원리는 아닙니다. 형님, 제 얼굴을 똑똑히 보십시오. 안전 성냥을 만들기 위해 실험하다가 두 눈까지 실명할 뻔했습니다. 성냥도 폭탄이나 똑같이 생명을 살리기도 하고 피해를 주기도 한다는 걸 모르시겠소?

강형사 : 그 점은 나도 김전무와 생각이 같소! 전쟁에서 입은 상처나 화재로 입은 상처는 피해가 똑같이 큰 거요.

길　녀 : 반장님, 순녀가 정신이 돌아오나 봐요. 이젠 순녀가 왜 공장에서 쫓겨났는지도 들어봐야겠어요.

김전무 : 우선 병원으로 옮겨 가야해. 그 동안 고생이 너무 심했던 것 같다.

강형사 : 사장님도 함께 가시겠지요?

김사장 : 내가 따라 가야 할 이유가 뭐요?

강형사 : 공장에서 일어나는 일은 모두 사주인 김사장님의 책임이 아니오?

(박반장이 순녀를 업고 출구로 향한다.)

김사장 : 회사 밖에서 일어나는 것도 내 책임이요?

강형사 : (김사장에게) 김사장, 직공들에게 주야간으로 작업을
시키고도 임금을 체불해서 소요가 일어나면 그건 누
가 책임집니까? 알아볼 것이 있으니 저와 함께 본서
까지 가시지요.

김사장 : 당신, 보안계 형사면 다야? 난 홍콩 배에 물품을 선적
하기 전까지 여길 떠날 수 없단 말야. 알아들어?

길　녀 : 우리한테는 그것보다 더 중요한 게 우리 목숨이에요.
어린 여공을 혹사하고 학대하고 길거리에 내쫓아 쓰
러지게 한 사장님 밑에서는 더 이상 일할 수 없어요.
안 그래요, 김전무님? 그리고 반장님? 안 그래요, 박
철 씨?

박　철 : 길녀 말이 백 번 옳아. 난 그런 나라에 살고 싶지 않
아서 남한정부를 택한 거라요.

강형사 : (김사장 등을 문 쪽으로 밀며) 자, 갑시다. 박반장은 김
전무님과 함께 환자를 어서 병원으로 데려가야 되겠소.

(모두 나가고 마지막으로 강형사가 박철과 길녀에게 손을 흔든다.
성당의 종소리.)

강형사 : 메리 크리스마스 앤드 해피 뉴 이어.

(퇴장하자 두 사람 마주 서서 바라본다.)

길 녀 : 지금 강형사님이 뭐라고 하셨어요?

박 철 : 메리 크리스마스 앤드 해피 뉴 이어.

길 녀 : 성탄절에는 선물을 주고받는 거라는데 우린 아무 것
도 없어서 어떻게 하죠?

박 철 : (의자 위에 그림을 가져다가 길녀에게 준다) 자, 이것.
내가 언젠가 말했지. 나도 김전무님처럼 길녀에게 줄
것이 있으면 좋겠다고.

길 녀 : 정말 이 그림 박철씨가 그린 거 맞아요?

박 철 : 그 여자가 누구인 것 같아?

길 녀 : 피이— 설마 성냥공장 아가씨는 아닐 걸요. 난 앞으로
한국영화계에 스타가 될 여자인데.

박 철 : 그럼 난 강형사 말대로 극장 간판이나 그릴까.

길 녀 : 어머나, 강형사가 그런 말을 했나요? 나도 그렇게 말
하려고 했는데.

박철 · 길녀 : 하하하!

(함께 웃다가 자신들도 모르게 뜨겁게 포용한다.
작업장에 조명이 밝아지며 노래하며 춤추며 뛰어나오는 남녀 직
공들.)

코러스 : 인천 월미도엔 갈매기도 많고
성냥 공장엔 아가씨도 많은데
아가씨 가슴은 성냥불 가슴

붙기만 붙으면 끌 수 없다지
아무도 끌 수 없는 유황불이래
불끄려다 불붙으면 끌 수가 없네
불끄려다 불붙으면 끌 수가 없대

― 막 ―

반면이 숨겨진 무대

김 구 연(아동문학가)

내가 오성근 형을 알게 된 것은 그이와 같은 학교에 교사로 근무하시던 시인 최경섭 선생을 통해서였다. 확실치는 않지만 1980년 전후가 아니었던가 생각된다.

희곡과 시를 쓴다고 들었는데 피차 밥벌이에 여념이 없다 보니 인사는 나누었지만 자주 만날 기회는 드물었다. 어쩌다 문학과 관계 되는 모임에서가 아니면 책이나 출간케 되면 서로 정중히 이름을 써서 주고받는 정도의 친분이 한동안 유지되었다고 할 것이다.

나 역시 별 볼일 없지만 오성근 형은 누가 보더라도 깡마르고 왜소한 체격에 눈길을 끌만한 미남도 아니어서 별다르게 관심을 두지 않았었다. 또한 그의 전공이 내가 평소에 관심을 두어 본 적이라곤 없는 희곡문학이었으니 만나자마자 가까워지지 않은 이유가 바로 그것이었을 터이다.

나의 딸 소영이가 형이 근무하고 있던 학교에 다니고 있었는데 고 3이 되면서 영어과목 선생님이 오형인 것을 알고부터 관심이 가져지고 조금씩 접촉이 생기기 시작했다.
황혼녘에 어깨를 나란히 주막거리를 드나들게 된 것도 그 무렵부터가 아닌가 싶다. 문학예술에 관해서도 그렇지만 인생살이나 사회를 바라보는 시각에서도 우리는 많은 공통점을 발견할 수 있었기 때문이다.
그 당시 일로 지금도 잊지 않고 기억하는 일이지만 우리 집 소영이가 숙명여대 전체 수석입학을 했을 때 애비보다 더 얼씨구나 기뻐해 준 것이 성근이 형이었다. 자신이 가르친 학생이었으니 어쩜 당연하다 하겠지만 그 기뻐하는 모습이 도무지 남의 일이 아니었던 것이다. 지극히 감정을 절제하는 것처럼 보이면서도 형은 그렇게 진솔하고 구김살이 없으며 감격하기 좋아하는 사람이다. 좋은 것을 보면 금방 감격해 마지않는 그를 보노라면 과히 극적인 것을 사랑하는 사람임을 알 수 있겠다.
형은 문단 등단도 나보다 몇 해 앞서지만 나이가 위이니 세상구경을 그만큼 많이 해왔다. 때문에 나는 요즘까지도 예술이나 세상일을 그로부터 많이 배우고 있는 중이다. 내가 인천에서 30년 넘게 몸담아 오던 직장을 그만 둔 유사한 시기에 그 또한 정년 몇 해를 앞두고 과감히 교직을 접고 나와 작품 창작에만 백의 종군하고 있는 것도 오로지 좋은 연극작품을 만들어 보려다는 한 가지 열망이 가슴 속에 불붙고 있기 때문이리라.
지금은 그도 나도 작품창작만을 일념으로 생활하고 있다. 비

록, 고등룸펜이랄까 알거지 백수건달이 되어버리긴 했어도 그
덕분에 우리는 자주 만나지 못하던 지나간 세월에 복수라도 하
듯이 하루가 멀다하고 만난다. 만나서는 우리가 접했던 예술의
영감이 우리 영혼에게 체험케 해준 문학의 세계를 주유하며 열
광하다가 몇 잔 술에 취해 희열을 갈무리하는 소중한 시간을
나눌 수 있게 됐으니 그 얼마나 다행한 일이랴.

　그는 생김새에서나 걸음걸이에서도 볼 수 있듯이 왜소한 체
격에 비해 그 어느 누구에게도 지지 않을 만큼 강단이 있고 결
벽증이랄 정도로 성격 또한 올곧고 정직하다.

　형은 평소에 말이 없는 사람이다. 어디서건 함부로 앞에 나
서지 않는다. 누구에게 건 싫은 소릴랑 한 마디도 입 밖에 내
어놓는 법이 없다. 나는 말이 없다가도 기분이나 분위기에 따
라서는 곧잘 지껄이고 흥분이 도를 넘어 설 때도 없지 않으니
나와는 달라도 한참 다르다고 할 것이다. 형은 부친께서 웬만
한 개인 병원을, 그것도 서울 한복판에서 개업하고 있던 의사
의 아들로 태어났지만 어린 시절이 마냥 아름답거나 행복하지
만은 못했던 것 같다. 고등학교에 입학하면서부터 문학병이 골
수에 깊이 들어서 서너 번의 가출까지 경험하고 보니 서울에서
도 알아주는 명문교의 학생이었으면서도 졸업을 못하고 두어
해를 불량소년으로 방황하다가 뒤늦게 대학진학을 한 것으로
나는 알고 있다.

　그 지경이다 보니까 학교 마치고, 군대 마치고 결혼도 마흔
고개가 가까워서의 만혼이었다. 초임발령으로 강원도 벽지에서
같은 학교 교사로 만난 형수님과의 연애시절 이야기는 공개하
고 야단 맞을 것이 두려워 훗날로 미루어 두기로 한다.

지금은 아직도 학업을 마치기 전인 장성한 두 딸의 아버지로서 자식들에 대한 걱정이 이만저만이 아니다. 자상하고 좋은 아버지일 것이 제자들을 자기 자식처럼 아끼던 교사였으니, 이 또한 사람 살아가는 것이 다 그렇고 그런 것쯤으로 치부해 버리는 나와는 근본적으로 다른 일면이라 하겠다.

그 동안 우리는 곧잘 의기투합해서 전국 구석구석을 밟아보겠다는 큰 뜻을 품고 많은 날을 떠돌아다녔다. 지리산이며 치악산, 설악산, 북한산 등등 여러 산을 뻔질나게 오르내렸고 동강이며 조양강 또는 오대천과 금당계곡 등을 찾아 여러 날씩 강줄기를 따라 트레킹을 즐기기도 했다. 모닥불을 피워놓은 강변에서 물고기를 잡아 어죽을 쑤어 먹으며 소주 파티로 밤을 새우거나 야영을 했고 때로는 어두운 산길을 밤이 새도록 하염없이 걸어보기도 하였다. 지금도 늦은 가을 금당계곡에서 하늘을 지붕 삼고 앉아 추위로 개 떨 듯 하며 날밤을 새우던 일을 떠올리면 주책없이 아직도 이십대의 젊음으로 돌아가는 기분이다. 그런 중에 우리는 서로의 속내는 물론 조그만 버릇이나 표정의 변화까지도 읽을 수 있을 만큼 가까워졌다.

나는 군번도 없는 무명용사(?)이지만 그는 대한민국 공군장교 출신이다. 그가 공군에서도 관제사로 일했다는 것은 영어회화가 능통했기 때문이었을 것이다.

그런데도 평소 이야기를 나눌 때 실수로라도 영어 단어 한 마디를 입에 담는 법이 없다. 나는 제대로 알지도 못하고 발음도 엉터리인 영어를 아무렇게나 주워 섬기는데 반해서 정작 그는 영어 생활문화권에 통달하고 있다는 것을 어느 때 한 번 슬쩍 내색조차 해본 적이 없다. 외국인과 합석했을 때만큼은 예

외였지만 말이다. 무서운 사람이 아닐 수 없다.

그는 몇 년 동안에 십여 편에 가까운 장막희곡을 무대에 올렸는데 언필칭 지방에 살고 있는 희곡작가로서는 행운아에 속한다고 할 것이다.

나는 연극이나 희곡문학에 대해서는 아는 바 전무하지만 형의 작품공연 때는 빠지지 않고 앞자리 하나를 차지한다. 그가 매 공연 때마다 초대권을 쥐어주기 때문이지만 그러다 보니까 그는 내가 연극관람을 무척이나 즐기는 것으로 착각하고 있는 것이나 아닌지 모르겠다. 때로는 한 사람의 관객이라도 더 채워주려는 애틋한 배려에서인 줄은 까맣게 모르고 말이다. 관극을 딱히 싫어할 까닭도 없긴 하지만 때로는 미안하고 부끄러운 마음을 숨기느라 전전긍긍해 마지않을 때도 없지 않다. 그것은 내가 자진해서 돈을 내고 입장권을 마련한 적이 없다는 것과 관극 중에 간혹은 달콤한 잠에 취해 버릴 때도 없지 않다는 사실 때문이겠다.

형은 물론이지만 나도 이제 60년이 넘도록 이 화려한 삼천리 반도 강산에 머물러 왔다. 이제 바야흐로 형이나 나의 태양이 서산 마루에 다다르고 있는 것이다. 그렇지 않아도 메마르고 삭막한 이 땅에서 어쩌자고 그것도 때없이 한없이 배고픈 일을 자청해서 머리털이 희끗거리는 오늘까지 매달려 있는 것인지 그 정확한 이유를 알 수 없는 노릇이다.

언제쯤이나 세상 물정을 조금이나마 헤아리고 손톱 끝만큼이라도 철이 들 것인지 그저 아득 또다시 아득하기만 한 것이다.

제 딴엔 문학을 한답시고 겁없이 저 혼자 잘난 척 거들먹거리고 다니면서 그동안 저지른 울지도 웃지도 못할 숱한 비행이

며 가족들을 괴롭히고 고생시킨 역사를 되돌아보노라면 등줄기
에 진땀이 나고도 남는다. 너무나도 파렴치스럽고 끔찍해서 머
릿속이 지끈거릴 지경이다. 이점 또한 나와 형과의 커다란 차
이점이 아닐 수 없겠다. 특히 최근 몇 년 전까지만 해도 그가
교사로 있으면서 열심히 희곡작품을 쓰고 있었다는 것을 누가
알았으랴.

형이야 연극에 매혹되고부터 극작가가 되려고 마음먹었고 극
작가로서 세상에 알려지는 날을 위해 칼을 갈고 있었다지만 나
는 그동안 밤을 드새우며 작품을 쓰고 책을 내놓은 것이 고작
요 모양 요 꼴 밖에 못되더란 말인가 하고 생각하면 실소를 금
할 수가 없다.

하지만 어쩔 것인가. 그나마 문학에라도 미쳐 살아왔기에 이
렇게 변명이라고 늘어놓을 수가 있는 것이 아니겠는가.

오성근 형이여!

우리 비록 거렁뱅이처럼 철저하게 가난하지만 후회는 하지
말도록 합시다. 벗을 때 벗더라도 거렁뱅이 옷이 갑옷이라도
되는 듯 지키기 위해서.

형의 말마따나 돈키호테가 풍차를 향해 돌진하듯 정신을 가
다듬어 골인 점을 향해서 달려 나갑시다. 절룩거리면서도 쉴새
없이 팔다리를 내저으며 앞을 향해 달려나가는 오로지 의지 하
나만 남은 늙은 마라토너를 생각하면서 말이요.

무대도 인생도 마찬가지, 아무리 자신을 표현해 보려 애써도
결국은 반쯤밖에 보여주지 못하고 반쯤은 조명이 가 닿지 않는
어둠 속에 가려진 채 남는 것! 밝혀지지 않고 숨겨져 있는 남
은 반쪽의 진실을 찾아서 우리의 얼마 남지 않은 생애를 쏟아

부어야 하지 않겠소?

예술가의 일생이 바로 그런 것일 테지요. 아니, 예술가가 못 되더라도 진솔한 인생을 살고 싶은 자의 뜻이겠지요. 한숨도 눈물도 감추고 찌그러져 보일 테지만 웃는 얼굴로 다시금 막을 올립시다.

그리고 어디까지나 우리 자신들이 진정으로 그 무엇보다도 소중한 존재라는 사실을 잠시도 잊지 말도록 합시다. ☆

오성근(吳成根)

　1939년 서울에서 출생. 1966년 연세대학교 교육대학원 졸업. 1970년 중앙일보 신춘문예 희곡 부문 입선. 1975년~1997년 인천 신명여자고등학교 교사. 1977년 3인 시집 『태초의 바람』 발간(현대문학사 간). 1999년 오성근 시집 『목에서 목마름으로』 발간. 2000년 오성근 산문집 『새들은 모두 이름을 부른다』 발간. 1998년 창작희곡 『데이신 따이』 공연(제16회 전국연극제 인천광역시 대표작). 2000년 창작희곡 『심청의 손에 누가 꽃을 주었는가』 공연(인천연극협회). 2001년 창작희곡 『우두미 가는 길』 공연(극단 예랑). 2001년 창작희곡 『사슴아, 사슴아,(목종 비곡)』 공연(극단 10년 후). 2001년 창작희곡 『성냥공장 아가씨』 공연(인천연극협회). 2002년 창작희곡 『불무령 불유령』 공연(월드컵 축하 공연). 2002년 가족극 뮤지컬 『공룡을 찾아서』 공연(극단 야호.)

　현재, 인천광역시 부평구 산곡동 현대아파트 108동 606호에 거주하며 연락전화는 032) 518-0568번이다.(편집자)

우리 동네 성냥공장

2003년　8월　1일　1판 1쇄　인쇄
2003년　8월　15일　1판 1쇄　발행

지은이　오 성 근
펴낸이　김 송 희
펴낸곳　메 세 나

주소 / 405-224 인천광역시 남동구 구월4동 1286의 12호
전화 / (032) 463-8355 / (032) 462-9131
팩스 / (032) 463-8339
홈페이지 / www.jaryoweon.co.kr
이메일 / jrw92@jaryoweon.co.kr
출판등록 1992. 11. 18. 제42호

ⓒ 2003, 오성근

ISBN 89-90468-08-6　　03810

※ 책값은 뒷표지에 기록되어 있습니다.